Jennie Ahlgren

Björn Larsson

DRÖMMAR VID HAVET

Roman

pan

Björn Larsson:

Splitter 1980

Den keltiska ringen 1992

Long John Silver 1995

Drömmar vid havet 1997

Det onda ögat 1999

Från Vredens Kap till Jordens Ände 2001

ISBN 91-7263-284-4

Norstedts Förlag, Stockholm

Omslag: Elsa Lokrantz

Författarfoto: Ulla Montan

Andra pocketupplagan, första tryckningen

Tryck: Nørhaven Paperback A/S, Danmark 2002

***

www.panbok.com

Pan ingår i P.A. Norstedt & Söner AB,

grundat 1823

En Panpocket från Norstedts

I

1

Det fanns dagar, på Atlanten, med obruten horisont runt om, då hav och himmel hade samma djupt klarblå färg. Det var dagar då en vass sol lyste upp vattenmassor i uppror, då kritvita vågbrott blåstes till skumstrimlor, då fartyget vältrade sig i de väldiga vågbergen, då en stenhård vind vispade upp vattenrök som fick kortlivade regnbågar att blixtra till runt stäven. Det var sådana dagar som somliga människor, om än bara bildligt talat, kunde ge ett liv för. Men det var också sådana dagar som de flesta säkerligen skulle ge vad som helst för att få slippa uppleva, om än bara på grund av fruktan för döden. Eller för livet.

Det var en sådan dag som de passerade ön Salvore vid inloppet till Ría Arousa och äntligen fick sjölä. De sista timmarnas seglats hade varit storslagen, men också påfrestande. Vinden hade sakta och säkert ökat hela morgonen och nått full stormstyrka vid middagstid. Sjöarna ute på Atlanten hade växt till missbildade monster som kastade runt deras fartyg på trettio tusen ton som en barkbåt. Det var tur att de gick med full last, surrad och fastkilad under däck enligt lastkonstens alla regler. Om bara var och en gjorde vad de skulle fanns det ingen egentlig grund till oro.

Styrman Sundgren hade styrt skutan skickligt. Inte någon gång hade han brustit i omdöme. Giren in mot Ría Arousas mynning var mästerligt utförd; klar, distinkt, snabb, med exakt roderutslag i precis rätt ögonblick mellan två serier av särskilt höga och branta vågor. Just därför skulle det ha varit orättvist av kaptenen, Marcel, att ta över rodret nu när den värsta sjön låg bakom dem. Sundgren borde ges tid att få känna att han rott i land företaget att ta dem tryggt i hamn.

Marcel och Sundgren hade varit till sjöss tillsammans i snart femton år, ja Marcel hade till och med varit styrman under Sundgren innan denne en dag på egen begäran hade gått ner i grad. Sundgren var en förstklassig sjöman som sällan eller aldrig gjorde ett fel. Men till vilket pris? En gnagande ängslan över varje manöver och beslut, en tärande oro över varje möjlig olycka eller tillbud ombord och en rastlös vånda över allt som skulle kunna hända vid kaj och vid tilläggning. En oinvigd skulle ha kunnat tro att Sundgren var en sådan som axlade all världens olyckor, men så var inte alls fallet. De verkliga olyckorna, i synnerhet de som inträffade i land, tog han för det mesta med jämnmod. Det var bara det som möjligen skulle kunna inträffa som fyllde honom med farhågor och onda aningar. Sundgren skulle ha kunnat göra en fjäderlätt tilläggning i vilken hamn som helst under vilka förhållanden som helst. Men för att få ro i själen ville han helst att Marcel skulle ta över när ansvaret var som störst.

Sundgren tittade på Marcel som om han såg honom för första gången. Sundgren hade mött många människor under sitt långa liv till sjöss, men aldrig hade han stött på någon som verkade vara så sorglös och grubbelfri som Marcel. Hur i helvete bar han sig åt?

Han var en duglig officer, visst, en av de bästa, men det verkade inte som om någonting bet på honom. Marcel var som ett barn, när barn är som barn ska vara. Sundgrens två egna var ju ganska misslyckade vad barnasinnet anbelangade. Det var kanske inte att undra på. Han hade själv inte varit någon muntergök precis.

”Du tar för tungt på saker och ting”, hade Marcel ofta sagt till honom.

”Kanske det”, hade Sundgren lika ofta svarat. ”Men hur gör man för att låta bli?”

Till det hade Marcel inte haft något annat svar än just det, att man lät bli och mer var det inte med det. Och precis så tycktes det vara med Marcel själv. Han var sjökapten, med streck på axeln, med ställning och ansvar, men det var som om han gav fullständigt fan i vilket, som om han när som helst kunde lämna fartyget och börja leva i en hydda på en ö i Karibien eller någon annanstans. Sundgren förstod sig inte på Marcel, och visste nästan ingenting om hans liv och bakgrund, annat än att han var född i Jakarta och till hälften holländare, och han uppskattade honom mycket. Utan Marcel ombord skulle han själv ha varit ett nervknippe, en surkart och en räddhågsen tyrann, och hatat sig själv för att vara just det.

Vad var det Marcel hade som så många saknade? undrade Sundgren för sig själv när han tittade på Marcel stående i bara skjortärmarna ute på bryggvingen för att lägga till deras fartyg i en rykande storm utan att visa minsta tecken på oro eller nervositet. Hur i all världen kunde Marcel ta så förbannat lätt på saker och ting, som om livet var en lek, en god historia berättad för om masten? Sundgren visste det inte, och kanske ville han inte veta det heller. Själv mådde han bäst av att ha ett liv i fasta och förutsägbara former, av att veta sin plats och inte sträva efter annat. För honom räckte det mer än väl att få ha förmånen att segla med Marcel. Han behövde inte vara som han dessutom.

2

Det fanns dagar i Vilagarcía de Arousa, om vintern, då havet vräkte ut all sin vrede och tycktes vilja hämnas på människorna för att de hade lagt beslag på det för egen räkning. Det var dagar då sydvästvinden ven och ylade mellan husen, då de korta och branta vågorna ute på rían var i ursinnig tvekamp om att först vältra sig upp på stränderna, då man trodde sig kunna höra det öronbedövande mullret från den väldiga dyningen som hamrade obevekligt mot klippbranterna längre åt väster.

Sådana dagar drabbades Rosa Moreno av fruktan. Hon stod bakom en husknut med blicken på det vitfradgade vattnet och undrade om hon någonsin skulle ge sig av. Om hon alls skulle våga leva.

Så länge hon kunde minnas hade hon haft denna längtan som värkte i henne. Vad kunde hon? Två års avbrutna studier i juridik var inte mycket att komma med. På baren där hon arbetade fanns det vissa som påstod att hon liknade Ingrid Bergman, att hon, Rosa Moreno, hade Ingrid Bergmans leende.

Det var möjligt att det var sant. Hon hade till och med tagit tåget in till Vigo för att se en film med Ingrid Bergman, men hon var inte Ingrid Bergman och skulle aldrig bli det heller. Hon hade kanske hennes leende, men det var allt. Hon var inte dum, men vem brydde sig om sådant? Allt som räknades var att man var bäst och *det* visste hon med absolut säkerhet att hon inte var. Hon var omtyckt av gästerna på kaféet, det var sant, och de kanske skulle ha saknat henne en stund om hon hade slutat. Men de skulle inte ha bytt kafé för hennes skull och vad hjälpte det henne att hon var saknad för en stund? Värken i kropp och själ rådde det inte på.

När hon såg sig själv stå resten av sitt liv i samma bar, servera samma öl, höra på samma skämt, skära upp samma skivor *jamón serrano* och höra samma kommentarer om alla fotbollsmatcher på TV, då var det som om allt blev svart, som om det inte tjänade något till att leva, hur gott man än gjorde och ville.

Värst var det de dagar då vädrets vansinne tvingade Vilagarcías fiskeflotta att stanna i hamn, inte bara de stora trålarna som skulle ut på öppna havet, utan till och med de flatbottnade båtarna som bara vittjade sina *viveros*, musselflottarna som bredde ut sig som ett lapptäcke över ríans vanligtvis lugna vatten. Nu låg fiskebåtarna som en flock skrämda höns och tryckte bakom piren som översköljdes av vitt skum. Fiskarna stod som hon själv bakom husknutarna och gjorde inget annat än väntade.

För så var det. När det blåste sydvästlig storm om vintern slutade Galicien att leva. Det var som om man stoppade upp en film på nyheterna för att visa en ögonblicksbild av en bankrånares suddiga ansikte. Vem var den skyldige? frågade sig Rosa Moreno. Vem hade ansvaret? Var det hon själv, stjärnorna, Gud, eller någon annan?

Hon hoppades att vinden snart skulle lägga sig så att hon hann se fiskarna stånga sig ut till havs innan hon började på kaféet. Hon ville se dem kasta förtöjningarna och stäva ut mot horisonten. Hon behövde få se med egna ögon att det i alla fall fanns somliga som tycktes vara fria att gå och komma som de ville.

Hon tittade på klockan. Det var snart dags att ge sig av. Hon skulle just vända sig om när hon fick syn på en fartygsstäv bakom Isla Arousas norra udde. Den frusna stillbilden fick liv. Fiskarna tog ett steg framåt för att se vad detta var för ett skepp som av allt att döma var på väg in till deras hamn för att söka skydd. Alla visste utmärkt väl att fartyget och dess manskap hade slagits för sin blotta överlevnad innan det kom in i Ría Arousa.

Rosa Moreno stannade kvar där hon stod fastän hon borde ha gett sig av till kaféet. Det svarta skrovet stampade och rullade i de krabba och vresiga vågorna. Hon höll andan. Till och med hon förstod att det inte var en lek att lägga till ett fartyg i Vilagarcía i full sydvästlig storm. Så sent som föregående vecka hade en tanker gått på grund utanför Coruña, brutits i två delar, exploderat och satt havet i brand. Och tre veckor dessförinnan hade ett danskt fartyg gått till botten utanför Cap Finisterre och dragit med sig större delen av besättningen ner i Atlantens bråddjup. När hon hade sett på TV:n i kaféet hur styrmannen och tre andra besättningsmän, de enda överlevande, hade förts i land av sjöräddningen hade hon börjat gråta mitt framför kunderna.

De hade tittat undrande på henne och en av dem hade frågat varför hon grät. Hon hade sagt som det var, att det fick henne att tänka på sin bror. Att hon också grät för några danskar och ett dussin filippiner som hade försvunnit från denna jord för gott det vågade hon inte säga. Det var det ingen som skulle ha förstått.

Fartyget ute på rían kom närmare. Det rullade mindre nu när det hade kommit in på grundare vatten där vågorna var mindre. Men samtidigt blev de brantare så att de sände vattenkaskader ända upp till bryggan. Hon knep ihop ögonen. Såg hon inte en människa ute på bryggvingen? Jo, där stod en man i bara skjortärmarna.

Hon skyndade sig ner mot hamnen fastän hon inte hade tid. Hon gick så långt ut på piren som hon vågade utan att riskera att bli genomvåt eller helt enkelt spolas i havet.

”Han har bara en chans”, hörde hon en av fiskarna säga. ”Om han inte får i land förtöjningarna första gången kommer han att driva redlöst rakt över bassängen. Och då vete fan vad som händer.”

Var det så det var? tänkte hon förskräckt. Hennes nävar var knutna så att de vitnade.

Två fiskare trotsade vinden och vattenkaskaderna för att komma ut till förtöjningspollaren längst ut på piren. Någon var tvungen att ta emot i land, det förstod hon, om allt skulle sluta väl. Hon hade så gärna velat hjälpa till, men hon skulle bara ha varit i vägen.

Mannen på bryggan syntes tydligt nu. Till sin förundran såg hon att han hade ett stort leende på läpparna. Var det verkligen sant? Ja, kaptenen, om det var han, såg ut som om detta var lek. Med ens försvann hennes ängslan. Med ens var hon säker på att ingenting skulle hända fartyget.

Hon lyfte armen och vinkade.

”Tror du kaptenen har tid att tänka på fruntimmer nu?” ropade en av fiskarna till de andras skratt.

Rosa Moreno hörde knappt vad de sa. Hon följde kaptenens minsta rörelse med blicken och mitt i alltihop tycktes han få syn på henne. Och så var det, fastän hon knappt vågade tro sina ögon. Kaptenen lyfte armen och vinkade tillbaka.

”En flicka i varje hamn”, skrek Pedro skadeglatt. ”Inte trodde jag att vi hade sådana flickor i Vilagarcía.”

Han kunde lika gärna ha kallat henne hora. Inte för att det rörde henne i ryggen. Det enda som betydde något just då var att kaptenen hade lagt märke till henne, att hon inte bara var en obetydlig tjugotvååring som stod på kajen medan alla sprang runt och skötte sitt.

Fartygets stäv var nu plötsligt i jämnhöjd med henne. Gick det inte för fort? Hon hörde motorn vråla till och såg hur skrovet skakade när kaptenen slog back för full maskin. Två ledlinor kastades ut från vardera stäven och aktern. De ringlade sig ut genom luften och hamnade precis framför fötterna på fiskarna som stod redo på piren. De i sin tur halade in som om deras sista stund var kommen. De stora trossöglorna dök upp i klysen och det dröjde inte länge förrän de låg runt pollarna och sträcktes upp med spelen på fartyget. Så snart fartyget låg still vid kaj kastades fler ledlinor ut och nya trossar halades i land och sträcktes. På ett par minuter låg fartyget insnärjt i ett spindelnät av linor som var så spända att de dallrade. Men tryggt. Och hela tiden hade kaptenen stått till synes oberörd på sin bryggvinge. Rosa Moreno var säker på att han gav henne ett särskilt leende när allt var klart.

"Det var som fan!" utbrast en av fiskarna och kastade beundrande blickar upp mot bryggan. "Och utan bogserbåt!"

Rosa Moreno gladdes å kaptenens vägnar. Det var hon som hade haft rätt och de andra som hade haft fel.

"Är du här?" hörde hon en röst säga bakom sig.

Hon vände sig om. Det var Mario.

"Skulle inte du ha varit på arbetet för en kvart sedan", sa han.

Hon nickade, men gav fartyget en menande blick.

"Visst, visst", sa Mario. "Men Mercedes väntar på att du ska avlösa henne. Det är viktigare än ett fartyg som råkar komma till Vilagarcía. Är det inte?"

Rosa Moreno kastade en blick bakåt och hann se kaptenen dyka upp vid relingen innan hon gick därifrån.

"Jag är ledsen", sa hon till Mercedes så snart hon kom in genom dörren. "Jag tittade på ett fartyg som kom in i hamnen."

"Än jag då?" frågade Mercedes.

"Jag vet", sa Rosa Moreno. "Men det var så spännande. Fiskarna trodde inte att kaptenen skulle klara att lägga till i stormen. Men det gjorde han. Du skulle ha sett. Han hade till och med tid att vinka till mig mitt i alltihop."

"Det är nog bara något du inbillar dig", sa Mercedes. "Jag

begriper inte varför du inte skaffar dig en fästman här, i stället för att ränna efter sjömän på fartygen."

Rosa Moreno svarade inte. Hon hejade på de fåtaliga gästerna. De föredrog i alla fall henne framför Mercedes. Kanske var det därför Mercedes gjorde vad hon kunde för att framställa henne som en lättfotad och virrig nippertippa.

Rosa Moreno satte sig ner på den blankslitna taburetten vid kassaapparaten. Vilket liv! Sitta där på en taburett och titta ut genom fönstret, vänta på en beställning, och ännu en, tills man blev gift, fick barn, blev gammal och dog. Om det ändå hade kommit nya gäster då och då, men kaféet låg på en mörk sidogata och inte ens på sommaren var det många turister som letade sig ditin. Och de som ändå stack in näsan kom sällan tillbaka.

Ibland hade hon tänkt på att försöka få arbete på något av de stora kaféerna nere vid hamnen, eller till och med på yachtklubbens restaurang. Dit kom i alla fall människor som inte var bundna till händer och fötter – seglare och sjömän från jordens alla hörn på väg till jordens alla hörn.

Men det var inte lätt att få något annat med den arbetslöshet som rådde. I Spanien var det flera miljoner. I hela Europa över tio miljoner! Fler än i hela Galicien! Hur många var det i hela världen? Och bland dem var hon en oansenlig och osynlig myra.

Dessutom var hennes rykte kanske inte det bästa. Hon var omtyckt, visst, men hon var tanklös, en drömmerska, en som inte stod med båda fötterna på jorden och vem ville anställa en sådan människa? Mario, det visste hon, behöll henne av snällhet. Han tyckte synd om henne därför att hon var ett hittebarn och därför att hennes bror hade drunknat. Men medlidande hjälpte henne inte att leva.

När kaptenen från fartyget visade sig i dörren till Café Sport var Rosa Moreno genast säker på att det inte bara var en slump. Alla hennes horoskop hade sagt samma sak. Just den här veckan var det högst sannolikt, dels att hon skulle göra en ny bekantskap, dels att hon löpte stor risk att bli förälskad, förmodligen i en Stenbock.

Rosa Moreno trodde inte på att horoskopen alltid slog in. Men hur ofta hade ekonomerna rätt i sina förutsägelser om hur det skulle gå med räntor och kurser och underskott och budgetar? Hur ofta fick politikerna rätt när de uttalade sig om framtiden?

För övrigt var hon inte den enda som var dum och godtrogen, om det var det hon var. I tidningen hade hon läst att det fanns tio tusen heltidsastrologer i Frankrike och att tio miljoner fransmän regelbundet gick hos astrolog. Ett företag på tio anlitade astrolog när de skulle anställa en ny medarbetare. Var de dumbommar allihop? Varför skulle inte hon få tro på stjärnorna?

Men när påvens nya katekes hade kommit ut året dessförinnan så hade Mercedes rusat in på Café Sport trots att det inte var hennes vakt. Hon slog upp den sju hundra sidor tjocka boken och läste högt så att alla skulle höra i vilka kraftiga ordalag den katolska kyrkan fördömde astrologin och andra irrläror av samma sort.

”Gud skapade väl stjärnorna också”, hade Rosa Moreno vågat sig på att invända. ”Vem vet om han inte också använder sig av dem för att tala med oss?”

”Tror du inte påven vet sådant bättre än du?” hade Mercedes snäst av henne.

Rosa Moreno hade inte svarat. Hon kunde inte säga att hon inte trodde på Gud därför att Gud inte hade hjälpt henne att leva. Gud hade inte hindrat Rosa Morenos mor från att överge henne och hennes bror, Cecilio, och först låtit dem hamna på barnhem och sedan hos adoptivföräldrar. Gud hade inte hindrat Cecilio från att spolas över bord från den fiskebåt där han arbetade. Och inte hade Gud hjälpt Mercedes att bli lycklig heller för den delen. Missunnsam och småaktig, det var vad hon var, sin tro till trots. Och vad skulle man ha Gud till, om det inte var för att bli lycklig?

Sjökaptenen log mot henne och satte sig på barstolen snett framför kassaapparaten, precis som om han visste att det var just där, fast på andra sidan bardisken, som Rosa Moreno själv brukade sitta när hon inte serverade.

"Jag heter Marcel", sa han på god spanska, fastän han inte kunde rulla sitt r. "Och du?"

"Rosa Moreno."

Marcel sa efter och hon tyckte om att höra honom säga det. När han uttalade hennes namn lät det som om det kom någon annanstans ifrån, som om det var ett exotiskt namn.

Marcel öppnade en vit kanvaspåse och tog fram en stor burk rulltobak som han ställde på disken. Rosa Moreno hade aldrig sett en så stor burk tobak. Den rymde säkert en halv liter. Hon frågade om det inte var besvärligt att gå runt med en så stor burk när det fanns mindre paket som fick plats i en bakficka.

"Det har jag aldrig tänkt på", svarade Marcel. "Jag har alltid haft med mig allt jag behöver i min påse, min tobak, mina pengar, tandborste, rakhyvel, penna och papper. Man vet aldrig."

"Vet aldrig vad?" frågade Rosa Moreno.

"Om man plötsligt skulle vilja gå sin väg. Eller bara stanna där man var. Här till exempel."

"I Vilagarcía?" utbrast Rosa Moreno klentroget.

"Nej, här på Café Sport. Var det inte så det hette?"

"Varför skulle ni stanna här? Ni är ju sjökapten. Ni har ert fartyg."

"Än sen då? Skulle det inte vara lika mycket värt att sitta här och se på en vacker flicka som du?"

Rosa Moreno kände att det hettade till i hennes ansikte.

”Det är bara något ni säger”, sa hon. ”Till alla flickor i hamn. Ni menar det inte.”

”Jo”, sa Marcel. ”Det gör jag. Ni är vacker. Ni har ett vackert leende.”

”Som Ingrid Bergman?” försökte Rosa Moreno.

”Det är mycket möjligt. Men jag jämför inte. Det är vackert som det är.”

Det var första gången någon hade sagt till henne att det räckte att vara som hon var. Men hon trodde ändå inte att han menade vad han sa.

”Jag är alltid beredd att stanna eller ge mig av”, förklarade han. ”Det lärde jag mig en gång för alla i Indonesien där jag är född. Tänk nu bara om jag kom hit varje kväll i en vecka medan mitt fartyg lossade och om jag under den tiden blev förälskad i dig. Skulle jag då resa min väg igen? Skulle jag inte bli lyckligare om jag stannade kvar? Ett fartyg kan alltid få en ny kapten. En flicka som man är förälskad i kan man inte byta.”

”Ni kunde ta med er flickan ombord,” hörde Rosa Moreno sig själv säga. ”Hon kanske hellre skulle vilja det.”

Marcel skrattade.

”Kanske det. Fast jag skulle tro att de flesta flickor vill ha sina sjömän till sjöss. Inte sin egen kanske, men åtminstone alla andra.”

”Varför då?” frågade Rosa Moreno.

”Annars fanns det ingen att drömma om”, svarade Marcel.

Rosa Moreno tänkte att det kanske låg någon sanning i det. Men själv hade hon aldrig drömt om en sjöman. Bara om att räknas och om att få känna sig riktigt verklig.

”Om det var jag”, sa hon bestämt, ”så skulle jag ha velat följa med ombord.”

När Rosa Moreno vaknade sent på morgonen tre dagar senare var hon fullt och fast övertygad om att sjökaptenen Marcel fortfarande låg vid hennes sida och höll om henne med sina seniga armar. Hon tryckte sig till och med emot honom och försökte märka honom på hela sin kropp, innan det gick upp för henne att hon var ensam i sängen. Hon satte sig upp med ett ryck, livrädd för att ha gjorts till en engångsföreteelse, till en daggdroppe som snart hade dunstat, kort sagt till den hon var, en oansenlig tjugotvååring, om än med ett vackert leende, bland miljoner och åter miljoner av samma slag som befolkade vår jord.

Men sedan, till sin stora lättnad, kom hon ihåg vad Marcel hade sagt.

"När du vaknar kommer jag att ha gått min väg. Jag måste vara tillbaka på fartyget i gryningen."

Det hade Rosa Moreno haft full förståelse för. Hon hade faktiskt varit idel öra hela tiden. Hon visste mycket väl att hon varken skulle kunna hålla kvar Marcel i Villagarcía eller få följa med honom ombord. Hon var innerst inne säker på att det inte fanns något att hoppas på för hennes del.

Det var ju just därför som Rosa Moreno slängde all försiktighet över bord och gav sig hän åt Marcel. Vem visste hur länge hon skulle behöva leva på minnet av honom? Vem visste när hennes känslor nästa gång skulle få explodera som fyrverkeripjäser mot himlen och glittra som stjärnorna i den glasklara portugisiska nordanvinden? Var det något som stod knivskarpt för Rosa Morenos ögon, så var det att hon skulle ta tillfället i akt. Det var nu hon skulle stjäla allt hon kunde från Marcel, alla hans känslor, alla hans upplevelser och alla hans berättelser.

Redan denna morgon kände hon en stor tacksamhet mot honom. Det var första gången hon hade älskat med en man och han hade varit precis så omtänksam och mjuk som hon hade föreställt sig att han skulle vara. Hon hade fått en utdragen och intensiv orgasm, helt annorlunda än dem hon kunde ge sig själv. Marcel hade hjälpt henne, med all finkänslighet i världen, att bli en vuxen kvinna.

Efter frukosten satte hon sig i sängen med sina astrologiböcker. Hon ville försöka förstå hur det kunde komma sig att hon faktiskt, precis som horoskopen hade förutsagt, hade blivit förälskad i en Stenbock. Med list hade hon lyckats ta reda på Marcels födelsedatum för hon kände på sig att Marcel inte trodde på stjärnorna och att han bara använde dem för att navigera sitt fartyg. När allt kom omkring var Stenbockarna tjurskalligt självständiga och skulle alltid göra allting själva. De skulle minsann inte vara underkastade något, vare sig stjärnor eller andra människor!

Marcel var född den 28:e december och själv var hon Fisk, född den 20:e mars, klockan sju på morgonen. Det var i alla fall det som stod på den födelseattest som hennes mor hade lämnat kvar i barnvagnen, fast med moderns eget namn och födelseorten bortklippt så att det skulle bli omöjligt att leta upp henne. Hennes mor hade omsorgsfullt sopat igen alla spår efter sig och bara lämnat födelsedatumet kvar, som om hon visste att Rosa skulle komma att behöva det en dag.

Men, försökte Rosa Moreno tänka, vad spelade det för roll om man hade en mor eller ej om det var stjärnorna som styrde? Det var säkert inte en slump att de riktiga astrologerna aldrig la synastrihoroskop mellan barn och deras föräldrar, utan bara mellan förälskade, vänner och arbetskolleger. I stjärnornas värld var inte föräldrarna särskilt viktiga. Åtminstone hoppades Rosa Moreno det.

Innan hon började det mödosamma arbetet med att lägga sitt och Marcels horoskop läste hon Stenbockarnas allmänna karaktärsdrag:

”Stenbocken är zodiakens mest ambitiösa, målinriktade och uthålliga tecken. Det är kyligt, principfast och starkt präglat av sunt förnuft. Stenbockar är praktiska, logiska, envisa och besitter stark självdisciplin. De är inåtvända och uppfattar sig själva som ensamma och isolerade människor. Ur denna känsla av att vara utestängda från världen och dess gemenskap föds Stenbockens önskan att 'bli något i den här världen'. Få andra tecken är som Stenbocken medvetna om hur litet människor bryr sig om varandra. De vet vad det är som får saker och ting att hänga ihop, och vad som är viktigt i sociala sammanhang. De vill gärna imponera på andra med statussymboler. De vet redan på ett tidigt stadium hur mycket folk värdesätter yrke, pengar, utseende och position i samhället. De är kända som strebrar. Många känslomässiga förbindelser försakas på grund av karriären. Stenbockens allvar, målmedvetenhet och pliktkänsla är inte bara negativ, även om många som har dem i sin närhet tvingas till försakelser som känns besvärliga och meningslösa. Om en Stenbock sätter in sin enormt starka energi och koncentrationsförmåga i ett projekt, kan han uträtta stora ting. Tecknets öde är att komma upp sig i samhället genom hårt och intensivt arbete. De hamnar ofta till sist i någon form av maktposition. Deras hemmabana är alla de yrken där de har möjlighet att bestämma över andra."

Var detta Marcel? Var han en streber? Var han en sådan som ville imponera på andra med statussymboler? Som kapten hade han förstås en maktposition och bestämde över andra. Och för att bli kapten hade han säkert behövt ha både självdisciplin och logiskt sinne. Han hade säkert blivit det genom hårt och intensivt arbete. Ensam var han kanske också trots allt. Han hade i varje fall aldrig tagit med sig någon av sina besättningsmän till kaféet eller ens nämnt några vänner och bekanta. Sant var det väl också, tyvärr, att han kunde offra en känslomässig förbindelse på grund av karriären, det vill säga för fartyget, trots allt han sa om att han var beredd att stanna i land för en vacker flickas skull. Det trodde hon i varje fall inte på. Och kyla hade han sannerligen visat när han la till med fartyget i den rykande stormen!

Ju mer hon funderade på det, desto mer gick det upp för henne att Marcel mycket väl kunde vara en typisk Stenbock. Men han var inte bara det, det var hon säker på. Vad blev det av hans omtanke, hans generositet, hans hjälpsamhet, hans värme och hans smittsamma leende? Det fanns bara ett svar: det låg i ascendenten, i descendenten och i aspekten. Det låg i månen och i planeterna, i det föränderliga och flyktiga, inte i det obönhörliga gittret av stjärnor som reglerade liv och kanske till och med död.

3

Det fanns dagar i Tréguier, om vintern, som var livlöst grå. Det var dagar då varje ljud avlöste tystnad, då ekot av fotsteg mellan stenhusen tycktes taktlöst, då himlen var så enformig att man kunde få för sig att den inte var tillstädes, då ljuset i skymningen var så kraftlöst att trädkronornas spegelbilder i floden Jaudys snabbflytande vatten knappt kunde skönjas, då allt var ett disigt, fuktigt och för de flesta hopplöst töcken.

Det var just en sådan dag som madame Le Grand tog kikaren, slog upp fönstret, lutade sig ut över Rue de Renan och ställde in skärpan så att floden ryckte fram ur diset. Hon såg ett stycke av den kaj som kallades hamn, trots att den bara tillät tilläggning vid högvatten och tvingade fartygen att torka ut på den steniga bottnen vid ebb. Hon såg också två kranarmar korsa varandra likt ett snedställt krucifix som spretade upp mot den glädjefattiga himlen.

En utomstående på genomresa skulle kanske ha undrat om detta verkligen var en levande hamn. Men mme Le Grand hade vetat besked. En kajplats i Tréguier var tjugo tusen francs billigare per dygn än varje annan hamn på Bretagnes tidvattenvirvlande nordkust. Att lossa sand eller utsäde med de två föråldrade kranarna i Tréguier gick därtill lika snabbt som med det nya tekniska vidundret i St Malo, en grotesk dammsugare vars slang vred sig som en pytonorm i fartygens lastrum.

Det är visserligen sant att man inte skulle ha trott att Tréguier kunde mäta sig i effektivitet när man såg närmare på stadens två rostanfrätta kranar. Men Chevalier, kranskötaren, var en mästare på sitt område. I mme Le Grands tankar rådde det inte minsta tvivel. Chevalier hade överfört all den kärlek han var mäktig på de dieselmotorer som var kranarnas hjärtan. Sådana människor fanns, det visste hon, som inte levde för annan ömhet än den som kunde överföras medelst vevaxlar eller sprutas in i en cylinder med en tusendels sekunds precision. Mme Le Grand hade mött dem bland chieferna på flera av de fartyg som löpte in till Tréguier.

Men inte ens Chevalier kunde i längden enbart leva på tillfredsställelsen över en motors välljud. Som de flesta andra behövde han få ett erkännande för sin insats här på jorden, om den så bara var till kranarnas fromma. I synnerhet i detta tröstlösa vintermörker var det viktigt att få honom att förstå att det åtminstone fanns någon enda människa som värdesatte hans arbete och talade om för honom att det hade någon mening, så länge det nu stod på. En gång i månaden bjöd alltså mme Le Grand honom på middag och lovordade honom för hans idoga arbete.

Genom kikaren såg hon just Chevalier som skyndade förbi längs kajen. Han hade naturligtvis också nåtts av beskedet att ett fartyg väntades och var på väg för att se till att kranarnas dieselmotorer skulle brumma som vanligt när det blev dags för lossning.

Mme Le Grand gick in i badrummet och tog fram det blodröda och smetiga läppstift som hon alltid la på när hon skulle möta ett nytt fartyg och en ny besättning. Tillsammans med den rikliga ögonskuggan, den slitsade kjolen, de högklackade skorna och de svarta nätstrumporna gav läppstiftet just det lätt tvivelaktiga utseende som hon visste skulle väcka sjömännens nyfikenhet.

Dessutom roade det henne att se deras samtidigt förbryllade, aningen förlägna och förstulet lystna blickar när hon dök upp på kajen. Hon förstod dem så väl. Hon var femtio år, men hennes mage var platt som en planka. Benen var välsvarvade och hennes numera slappa bröst hölls upp av en halvkupad behå som i vinterkylan fick topparna att peka upp mot himlen under den tunna blusen. Lystnaden var det alltså inget att invända emot. Inte blygseln och försagdheten heller.

När hon var färdig med sin toalett återvände hon till fönstret och såg ut. Några minuter senare dök stäven på ett fartygsskrov upp i gatans förlängning. Hon stängde fönstret, gick nedför trappan och ut på gårdsplanen där hon sköt upp de två höga portarna som stängde ute all insyn från gatan. Hon satte sig i sin svarta Citroën, backade ut och körde långsamt den korta sträckan ner till hamnen.

Detta var ett nytt fartyg med en ny besättning. Hon hade fått veta att fartyget var bekvämlighetsflaggat i Nigeria, men att det egentligen hörde hemma i Nederländerna. Inte för att det spelade någon roll. Männen ombord, kaptenen undantagen, kunde komma från vilken avkrok som helst av jorden. Ingen besättning var den andra helt lik, ja knappt någon enda sjöman heller.

När hon körde upp på kajen var två matroser i färd med att kasta i land trossarna. Chevalier tog händigt emot som alltid och la öglorna runt pollarna. Mme Le Grand stannade bilen strax nedanför den snart utlagda landgången och klev ur. Hon noterade de förstulna blickar som kom henne till del, men blev förvånad över att se kaptenen vinka till henne. De flesta kaptener var så upptagna av att övervaka tilläggningen att de inte hade öga för något annat och i varje fall inte för en landkrabba i en svart Citroën. En sak hade hon lärt sig med åren, och det var att sjömän var svåra att göra intryck på. En svart Citroën och ett par nätstrumpor var inte mycket att skryta med i jämförelse med en rykande storm på Nordatlanten. Så länge en sjöman var ombord på sitt fartyg böjde han sig inte för någon som stod i land.

Mme Le Grand lutade sig mot sin bil och väntade tills fartyget var tryggt förtöjt. Sedan ropade hon an besättningen.

Hon riktade sig inte till någon särskild, men hon tittade till på kaptenen som gjorde en gest till hälsning och lämnade bryggan. Strax därefter stod han vid relingen tillsammans med sina matroser.

”I kväll kommer ni hem till mig!” ropade mme Le Grand på sin franskbrutna engelska.

Sjömännen såg på sin kapten som i sin tur återgäldade hennes blick.

”Javisst”, fortsatte hon, ”ni kommer hem till mig allihop på en drink och en matbit. Jag hämtar er vid sju. Är vi överens?”

Det syntes tydligt att matroserna inte riktigt visste vad de skulle tro.

”Kalla mig Mama!” la hon till. ”Okay? Jag kommer vid sju.”

Kaptenen log. Det var länge sedan, tänkte mme Le Grand, som hon hade sett ett sådant leende.

”Jag kan inte tala för min besättning”, sa han, ”men jag kommer med största nöje, madame.”

”Mama!” insisterade hon.

Hon såg de andra sjömännen säga något till sin kapten.

”Då säger vi det, Mama, vi kommer allihop, alla fem. Gärna. Klockan sju.”

Hon satte sig i bilen och körde långsamt därifrån. I backspegeln såg hon hur sjömännen följde henne med blicken. Vad trodde de? Att hon verkligen var en bordellmamma som hade bjudit dem på sådan underhållning? Kanske, men samtidigt måste de ha undrat hur det alls skulle kunna finnas en bordell i en sömnig stad på tre tusen bretonska själar med en hamn som väl på sin höjd besöktes av ett fartyg i veckan, i en stad alltså som knappast hade tillräckligt kundunderlag för sådan verksamhet.

På slaget sju såg Sundgren Mamas svarta Citroën köra fram och stanna framför landgången. Han gladdes åt detta avbrott som inte var som vanligt, vad det än skulle föra med sig. Besättningen, säkert med undantag av Marcel, trodde bergfast att de skulle på bordell. Inte för att någon annan än maskinisten var allvarligt intresserad, men alla var nyfikna och skulle inte ha något emot att tillbringa en kväll i kvinnors sällskap. Ombord trivdes de bra tillsammans, inte tu tal om det, trots att de trodde på olika gudar och kom från alla möjliga håll. Hans egen förtjänst var det inte. Det var Marcels naturligtvis.

I alla slutna sällskap var det nyttigt att ha en glad och lättsam prick som Marcel. Men det hindrade inte att manskapet behövde träffa andra människor och vanligt folk. På ett fartyg lärde man snart känna varandra utan och innan, men sedan fanns det inte så hemskt mycket att prata om. Ett fartyg med ett manskap som trivdes, det var Sundgrens erfarenhet, det var också ett tyst fartyg. Ju längre man avlägsnade sig från den senaste hamnen, desto färre ord blev sagda.

Sundgren kastade en blick ut genom koögat. I ljuset från däcksbelysningen såg han Mama träda ut ur bilen. Hon var iklädd en åtsmitande klänning som slutade strax över knäna, men utan den tvetydiga makeupen och nätstrumporna från samma eftermiddag. Nu hade hon till och med elegans och stil. Sundgren kunde inte låta bli att undra om detta var en bekantskap för honom själv att göra. Men å ena sidan var han lyckligt gift, och å andra sidan visste han att han inte hade en chans med kvinnorna i Marcels sällskap.

Sundgren gick upp på däck där besättningen stod uppradad längs relingen. De var iklädda sin finaste stass, nyrakade och i ett fall, maskinisten Edwards, till och med vattenkammad. De skruvade på sig under Marcels blick som om han skulle mönstra dem. Att de inte hade lärt sig att Marcel gav blanka fan i hur de tog sig ut så länge de gjorde vad som skulle göras ombord och visade vett och hyfs! Hade de inte sett att Marcel själv alltid gick omkring i sina bomullsbyxor och tröjor? Vissa saker kunde tydligen inte ens en kapten som Marcel ändra på. Nej, det var inte så enkelt att vara både människa och människors överordnade samtidigt. Det hade han själv lärt sig under den korta tid han hade varit kapten innan Marcel tog över.

”Det blir trångt”, sa hon när de kom fram till bilen. ”Men det brukar gå med litet god vilja.”

De skrattade aningen förläget när de packade in sig, fyra där bak, halvt om halvt i knät på varandra, och Marcel på sätet bredvid Mama.

”Om ni inte har något emot det”, sa Mama och la handen på Marcels knä, ”så skulle jag vilja visa er Tréguier först. Det är gjort på ett ögonblick.”

Mama körde långsamt runt i de smala gränderna och pekade ut klostret, rådhuset med sina vintervissna blomlådor, de få kaféerna som hade kvällsöppet och deras kunder, vilka de var och vad de gjorde i livet. Hon berättade om den jättelika gotiska katedralen i vars storslagna skugga Tréguiers rosa granithus tycktes vara bostäder för lilliputtar. Ändå var katedralen, en av Bretagnes tre, bara en blek skugga av sitt forna allsmäktiga jag. Tréguier hade inte varit biskopssäte på över hundra år och nu var katedralen mest ett tomt skal, en fasad på stadens vykort, en av televisionen utkonkurrerad svunnen storhet. Men kunde man tänka sig, nej väl, att katedralen till stor del hade bekostats med hasardspel, med pengar från nationallotteriet, javisst, redan på den tiden, på 1500-talet, nej, det fanns inte mycket nytt under solen som Mama såg det. Det var därför, som de själva kunde se om de sträckte på nacken och alls var intresserade, som spirans håliga mönster bestod av klöver, spader, ruter och hjärter. Vilken var trumf månntro? Gud måste ha varit frestad att manipulera en aning med slumpen, tror ni inte? Ju fler som förlorade, desto mer pengar till hans ära, eller hur? Komiskt, inte sant? Guds vägar är outgrundliga. Numera går visst lotteripengarna till idrotten, för att vi i Frankrike ska löpa fortare eller hoppa högre och längre än alla andra. Medge att det var bättre att satsa slantarna på något mindre flyktigt som denna katedral, Gud eller ingen Gud. Ett världsrekord blir snart slaget, om inte annat med hjälp av några piller. Katedralen däremot står här till tid och evighet och pyntar, med rätt underhåll.

Sjömännen tittade och lyssnade till hennes kärvänliga och smått ironiska prat. Sundgren la märke till Edwards, maskinistens, ansikte. Det såg både förundrat och besviket ut, för det hade väl börjat gå upp för honom att kvällens förlustelser skulle bli långt oskyldigare än vad han hade tänkt sig och möjligen hoppats på.

Till sist körde Mama in på en gårdsplan, stannade bilen och bad allihop att krångla sig ur om de kunde. Hon visade dem in i ett stort rum på första våningen. I ena änden stod en tre meter lång bar med en uppsjö av olika flaskor bakom. I den andra änden var ett bord överdådigt dukat till sex personer.

”Välkomna till mig!” sa mme Le Grand. ”Nu ska vi äta och dricka gott tillsammans, så länge ni har lust och orkar.”

Marcel och manskapet tittade på varandra.

”Vi känner oss hedrade”, sa Marcel.

”Trots att det inga flickor är?” sa Mama roat.

Edwards rodnade.

”Ni går inte av för hackor ni heller”, sa han och harklade sig.

De drack flera apéritifs innan de satte sig till bords. I Mamas ögon verkade alla både uppsluppna och tacksamma över den uppmärksamhet hon visade dem. Hon underhöll dem med historier om alla märkliga sjömän hon hade mött de senaste femton åren från fartyg som la till i Tréguiers oansenliga hamn. Hon visade dem sin gästbok där all världens olika nationaliteter trängdes utan urskillning och rang. De gjorde stora ögon förstås, men hon såg också ett slags respekt.

Det hade dröjt längre än vanligt, halvvägs in i middagen, innan någon av dem tog mod till sig och frågade varför hon gjorde detta. Den som frågade var förstås, så som det brukade vara, kaptenen, han som kallades Marcel och som hade detta leende som hon inte fick glömma att notera på sina kort. Men risken att hon skulle glömma var liten.

Hon hade svarat som hon brukade, att hon var änka och att hennes make hade varit redare och ägare av två kustfartyg. Han hade fått henne intresserad av sjöfarten och av de människor som färdades på havet. Det var hennes sätt att hålla kontakt med omvärlden. Det fanns inte så mycket av den, som de säkert förstod, i Tréguier, i all synnerhet på vintern.

”Nu när ni har fått svar på den frågan”, sa mme Le Grand, ”kanske jag får lov att ställa några frågor i gengäld. Om ni inte tar illa upp. Ingenting personligt eller så. Ser ni, jag sitter här dagarna i ända för mig själv och får tiden att gå med att tänka på människor jag mött från jordens alla hörn. Det är bättre än att läsa tidningar, som bara berättar om olyckor och elände, eller romaner, som tar slut, om de alls handlar om riktiga människor. Därför skulle jag väldigt gärna vilja att var och en av er berättade ett trevligt minne, vad ni tror på och vad ni skulle önska er av livet. Om det inte är för mycket begärt. Det ska inte vara något högtravande och djupt. Bara raka vägen från hjärtat. Ni har väl ett sådant? Det har de allra flesta. Tror ni på Allah så säger ni det. Tror ni på Karl eller bröderna Marx så säger ni det. Önskar ni er att bli rika och slippa lyfta ett finger resten av era liv så säger ni det. Inget annat.”

Återigen såg männen på varandra, utan att veta vad de skulle säga eller vem som skulle börja.

Mama tittade på Marcel.

”Det brukar vara kaptenen som börjar”, sa hon.

Männen tittade nyfiket på Marcel och lutade sig tillbaka med sina glas.

”Men berättelsen ska vara sann”, sa Mama. ”Det är alldeles för ont om sanning nuförtiden.”

Marcel sa ingenting på en stund.

”Det var en gång”, började han sedan som om det var en saga i stället för sanning, ”en kapten med sneda ögon och blod från alla möjliga raser som förde ett mindre kustfartyg mellan olika europeiska hamnar för att lasta och lossa gröda och gödning till Europas bönder. Kaptenen var till synes en ganska munter figur som en gång i tiden hade fått för sig att livet var det enda som var värt att leva. En dag tog han sitt lilla fartyg, en myra bland alla stora tankers och styckegodsare, in till en stad i Galicien som hette Vilagarcía. Som vanligt när kaptenen kom i hamn letade han upp ett litet kafé på någon undanskymd gata. Det skulle vara ett sådant dit ingen kom av en tillfällighet, bara för att de råkade gå förbi, utan ett sådant där alla kände alla. Det var på sådana lokaler, visste kaptenen, som man på kort tid kunde lära känna människor från trakten. Vår kapten var nämligen på sitt sätt svag för människor. Inte så att han samlade på dem eller att han trodde att de var särskilt goda eller särskilt onda. Av allt att döma kunde en människa vara precis hur ond eller god som helst. Att tro något annat var inget annat än önsketänkande eller dumhet. Men det som innerst inne fascinerade kaptenen var just denna oändliga variation, att ta reda på hur var och en såg på livet och dess slut. Det, och att kanske hjälpa människorna till ett leende och en dröm.

Denna dag när kaptenen kom in på det lilla kaféet var det emellertid inga människor kvar. Bakom baren stod en ung och söt flicka som han kände igen från hamnen när han hade lagt till med sitt fartyg. Flickan hade vinkat till honom och han hade vinkat tillbaka. Varje kväll medan fartyget låg kvar i staden Vilagarcía och lossade sina fyra tusen ton kikärtor gick kaptenen tillbaka till kafét. Han drack några glas whisky och pratade med flickan om livet och kärleken. Flickan var inte särskilt lycklig. Hon längtade ut. Hon var inte stort mer än en nyutpuppad fjäril, men livrädd för att bli fångad i någon samlares nät och sedan nålas fast under glas, vacker kanske, för det var hon, men död. Kaptenen kände att han gärna skulle ha velat ge henne vingar, men utan att veta hur. Han var trots allt ingen trollkarl.

Kaptenen var en sådan som rullade sina cigaretter. Tobaken hade han i en stor burk som han alltid hade med sig vart han än gick. Medan han pratade med flickan stod burken på disken. När han kom tillbaka till fartyget den andra kvällen och skulle röka sin sista cigarett upptäckte han att flickan i några obevakade ögonblick hade lagt ner små lappar med meddelanden i burken. På lapparna stod det skrivet hur mycket hon tyckte om att ha kaptenen där, att hon gärna skulle vilja följa med honom på fartyget, att hon kunde arbeta i kabyssen om så skulle vara, där hon frågade om han möjligen var född i Stenbockens tecken och skrev att hon ville tacka honom för att han hjälpte henne att städa när hon stängde baren, ja till och med för att han kom tillbaka varje kväll. För kaptenen var det som julafton när han återvände till sin hytt och öppnade burken. På kaféet låtsades både han och flickan som om det inte fanns några meddelanden. De hade en hemlighet tillsammans. Med sitt lilla tilltag hade flickan gjort kaptenen till sin sammansvurne.

En dag kom sista kvällen, som det alltid gör med sjömän. Kaptenen berättade för flickan att fartyget var lätt och att det skulle lägga ut nästa morgon. Flickan började gråta och innan kaptenen gick tog hon av sig sitt ena örhänge och nålade fast det på kaptenens tröja."

Alla tittade på Marcels bröst och där hängde en liten elefant med en rödaktig sten infattad i kröken mellan snabeln och hjässan.

"Det lär ska vara en karneol", sa Marcel. "Det var min historia", la han till, "mitt trevliga minne."

Mama såg på manskapet att de inte riktigt visste hur de skulle förhålla sig vare sig till sin kapten eller till hans berättelse.

"Ja", sa Mama, "det var en rörande historia. Men är ni säker på att ni inte lämnade kvar ett brustet hjärta?"

"Möjligen lämnade jag kvar en skärva längtan. Men vad är skadan med det? Vad vore vi utan längtan?"

"Det är en mycket svår fråga", sa Mama. "Men som kvinna tror jag nog inte att ni kan utesluta tanken på det brustna hjärtat. För oss kvinnor är längtan och drömmen ofta förbundna med kärleken, om ni inte visste det. Så är det inte alltid för män har jag märkt."

Hon vände sig till Sundgren, som skruvade på sig under hennes blick.

"Vad säger ni, herr styrman?" frågade hon. "Har er kapten krossat ett hjärta eller inte?"

"Det vågar jag knappast uttala mig om", svarade Sundgren försiktigt.

"Och längtan då?" insisterade Mama. "Vad vore en människa utan längtan?"

"Tja", sa Sundgren med ett skevt leende, "som jag ungefär."

När besättningen senare på kvällen hade tackat för middagen och värdinneskapet, med en värme som alldeles säkert kom från hjärtat, satte sig mme Le Grand vid sin skrivpulpet. Hon la den uppslagna gästboken bredvid sig och tog fram fem katalogiseringskort från den understa lådan. I källaren hade hon tio tusen sådana kort till.

Hon tänkte på sin fasa då hon hade kommit in på biblioteket i St Brieuc och upptäckt att katalogådorna var utbytta mot flimrande skärmar och tangentbord, att alla skrivna ord hade förvandlats till nollor och ettor, så att ingen därefter egentligen kunde veta vem, om någon, som stod bakom orden. En handstil var unik, som ett fingeravtryck inför evigheten.

Hon hade skyndat sig ut och gått in på den pappershandel där hon i alla år hade köpt sina kort, hundra åt gången. Där hade hon fått veta att produktionen hade upphört. Veckan därefter hade varit en mardröm tills hon slutligen hade funnit en bibliotekarie i Quimper som med glädje sålde henne tio tusen oskrivna kort som de inte längre hade någon användning av, nog för att räcka livet ut.

Hon la sina kort på bordet och började skriva. Hon började med kaptenen och arbetade sig neråt till maskin. Hon skrev:

"Marcel, kapten, efternamn okänt. Ursprung: förmodligen holländsk far och indonesisk mor. Religion: möjligen människor som drömmer, i små doser. Annars ingen, absolut ingen. Tror inte på ett liv efter detta."

Mme Le Grand lyfte pennan, tänkte efter och strök sedan över den sista meningen:

"Bryr sig inte om vad som kommer härefter", skrev hon ovanför och fortsatte:

"Intressen: människor och i synnerhet kvinnor. Särdrag: ett oförlikneligt leende, fyllt av värme och till och med av drömmar om ett annat liv. Mål i livet: att inte ta det så tungt. Högsta önskan: Ingen, för av det blir man olycklig."

Hon la lite motvilligt Marcels kort åt sidan och tog fram ett nytt.

"Sundgren", skrev hon, "Per. Ursprung: svensk. Religion: obestämt protestantisk. Hoppas att det finns ett liv efter detta, i all synnerhet ett paradis, men fruktar att det bara blir ett helvete. Alla har vi något att straffas för på andra sidan. Intressen: fartyg och sjöfart. I varje fall ingenting i land, förutom möjligen sina barn. Mål i livet: inga särskilda. Det är för sent för sådant. Högsta önskan: att klara sig oskadd igenom livet. Att tjäna pengar och ha en ställning så att hans barn åtminstone kan säga sig ha en far som kom någon vart här i världen.”

”O'Brian, Timothy, matros. Ursprung: irländare. Religion: katolsk. Vet att det finns ett liv efter detta, åtminstone för irländare, om inte annat så som tack för att vi irländare har förbjudit skilsmässa, pornografi och abort. Räknar alltså med att få tillträde till Paradiset. Några dumheter i ungdomen kan väl Gud förlåta. Mål i livet: att dricka ett par pints i goda vänners lag, sjunga en sång då och då, fira jul med familjen, hjälpa ungarna till arbete och familj. Högsta önskan: att Irland vinner femnationsturneringen i rugby.”

Inom parentes noterade mme Le Grand att O'Brian på fullt allvar höll fast vid att detta var hans högsta önskan, alla kategorier.

”Castro”, skrev hon sedan, ”matros. Nationalitet: filippinsk. Religion: katolik. Men har inte tid med så mycket religion. Fast han tror nog inte att alla får ett liv efter detta. Mål i livet: att tjäna pengar till sig själv och sin familj så att ungarna ska kunna gå i skola och lära sig läsa. Att en gång kunna köpa sig en Mercedes. Men det är inte så lätt. Han skulle gärna arbeta mer än sina trettio timmars övertid i veckan för att kunna spara pengar. Men han får inte för kapten. Kapten tror att han skulle bli för trött och göra misstag. Kaptenen har sagt till honom att fartygets säkerhet är viktigare än hans Mercedes.”

Och så vidare frestades mme Le Grand att tillägga, för här hade det blivit en lång diskussion om utflaggning, löner, övertid och annat som inte intresserade henne ett skvatt. Kanske var det ett fel, kanske var det för att hon själv hade det gott ställt, men hon kunde inte låta bli att ringakta dem som mätte liv i pengar. Det var, som hon uttryckte det för sig själv, alltför fattigt.

Hon tog fram sitt sista kort.

”Edwards, maskinmästare. Nationalitet: engelsman. Religion: Vet ej. Intressen: Motorer och kvinnor. Mål i livet: 'Allt som gör livet gott att leva'.”

På mme Le Grands fråga om vad det var som gjorde livet ”gott att leva” hade Edwards svarat att det kunde man aldrig veta i förväg. Livet gick upp och ner som en berg- och dalbana. Men för honom skulle väl livet helst vara som ett jättelikt tivoli, man betalade en slant, ställde sig i kö, fick en rolig stund och kunde komma tillbaka för att få mer.

Ur minnet skrev mme Le Grand sedan ner de olika människornas berättelser på korten. Slutligen satte hon ett löpande nummer i gästboken, som hon också antecknade på kortet. Därefter tog hon korten med sig in i nästa rum där ett tjogtal kortlådor stod uppställda längs ena väggen. Hon började med att dra ut lådor i ämnesregistret. Det fanns en låda för kön, en låda med nationalitet, en med intressen, en med tankar om liv efter detta, det vill säga om religion som ju inte var något annat än ett sätt att hantera människans dödlighet, en med högsta önskningar och en med berättelser. Det tog sin runda tid att föra över upplysningarna från huvudkortet till ämneskorten, men det var nödvändigt. Först när detta var gjort låste mme Le Grand fast huvudkortet med stången i det alfabetiska registret.

När hela besättningen var katalogiserad inför evigheten om så erfordrades gick hon in i sovrummet och bytte kläder. Hon svepte in sig i en mörk kappa av oansenligt märke och snitt och gick ut på gatan. Hon tog av till höger och gick ner mot hamnen, men höll sig på hussidan av gatan som löpte längs kajen. Det svarta skrovet från fartyget syntes nu knappast över kajkanten och hela fartyget lutade lätt inåt. Det stod på botten och skulle så göra ytterligare några timmar.

Det lyste i två av kajutagluggarna. Nu satt besättningen säkerligen med en flaska whisky och talade om det egendomliga i att ha blivit bjudna på middag av en dam som hon i en stad som Tréguier.

Mme Le Grand gick vidare och tog snart av till vänster på en mörk gata utan gatubelysning där hon inte riskerade att möta någon. Visserligen var det sällan man alls mötte någon på Tréguiers gator sent på kvällen om vintern. Efter klockan tio var det bara Alex kafé som var öppet och där satt sällan mer än ett dussintal halvtrötta halvalkoholister och lika många hoppfulla ungdomar på jakt efter prinsen eller prinsessan på den vita hästen. Det enda andra tecknet på liv var ljudet från en enstaka bil som körde förbi på huvudvägen vid hamnen och det svaga blåaktiga flimret från televisionsapparaterna bakom de stängda fönsterluckorna. Televisionen var en av rötterna till själviskheten, det var hon säker på. Förr i tiden, det hade de gamla berättat, fylldes gatorna av folk efter middagen. Man ställde ut bord på trottoaren och spelade kort, man träffades och pratade om dagens händelser, barnen lekte med varandra, dörrarna och fönsterluckorna stod öppna tills det var dags att sova. Nuförtiden var Tréguier en spökstad med siluetter och skuggor efter klockan åtta.

Mme Le Grand öppnade en dörr i muren till kyrkogården som hon snabbt gick över utan att se sig omkring. Hon avskydde kyrkogårdar med alla monument över döda som bara bevarade något åt de invigda och närmast sörjande. Ett namn, en yrkestitel och ett liv mellan två årtal! Det var allt och det var för ynkligt. Varför ristade man inte in hur de döda hade levt? Varför lät man det som var viktigt förgås?

Snart stod hon framför en ny dörr som hon öppnade med en stor och tung järnnyckel. Hon trädde in i Tréguiers kloster, gick med tysta steg genom mörka korridorer, öppnade ytterligare en massiv trädörr med en annan nyckel och stod så i katedralen. Hon gick ner i skeppet och tog en av de lätta trästolarna som hon bar upp till altaret och ställde framför madonnan på just den plats där prästen brukade stå och mässa till sin fåtaliga församling. Sedan biskopssätet hade dragits in hade Tréguiers troende själar decimerats till ett par hundra som inte ens de gick regelbundet i högmässan. De flesta kanske därför att de knappt kunde ta sig dit på egen hand. Ett par hundra, grovt räknat, det var inte mycket att ståta med inför evigheten.

Mme Le Grand satte sig på stolen och väntade. Hon väntade på Gud. Det hade hon gjort i femton år varje gång som hon hade förevigat ytterligare några okända människor i sitt kortregister. Hon hade gjort sitt. Nu var det Guds sak att göra resten.

Men han hade inte hört av sig. Inte för att förklara varför han hade kallat hennes make till sig, den godaste av människor, som hon hade älskat över allt annat. Inte för att komma med minsta bud på varför Gud i sin allsmäktighet hade fått hennes make att vilja ta livet av sig en spirande vårdag femton år tidigare. Och inte för att tacka henne för det arbete hon hade utfört sedan dess för att se till att alla dessa människor hon mötte lämnade någon form av spår efter sig i stället för att bara försvinna ut i tomma intet, som om de aldrig hade funnits.

Ibland misströstade hon, det är klart. Hon sa till sig själv att ingen skulle dömas ohörd, inte ens Gud. Hon förstod också att det måste vara svårt att se varenda en av de miljarder människor som befolkade vår jord. Hon fann det naturligt att han i första hand höll kontakten med dem som redan trodde. Men dels satt hon i katedralen, dels skulle hennes tvivel ha varit så lätta att skingra. Varför gav han henne inte bara ett tecken? Varför, om han nu var allsmäktig som man sa, talade han inte bara om för henne att Yann var i livet och väntade på henne i Paradiset, att Yann inte bara var död för all framtid?

4

Det fanns dagar i Kinsale, om vintern, som var vindlöst blida. Det var dagar då varje ljud hann tystna innan nästa tog vid, då röken från de koleldade öppna spisarna och pannorna hängde kvar i luftrummet som en morgontidig floddimma, då himlen var en blålätt rodnad som speglade sig, flöt ut och blev en marmorering i Bandon River allteftersom solen sjönk och tidvattenströmmen skiftade styrka och lopp. Lukten av stenkol, av daggvått gräs, av hav, av matos från de många restaurangerna, av öl och tobak från de än fler pubarna svepte in Kinsale i sin egen särpräglade doft.

Sådana dagar, skulle man tycka, borde kunna få vilken människa som helst att mjukna och åtminstone för en stund, den tid skymningen varade, förlika sig med det liv hon hade gjort till sitt. Det är alltså tänkbart att det var därför Peter Sympson, på väg hem, stannade till vid den stenpir som stack ut sitt trubbiga finger i floden.

På pirens norra sida låg ett antal fiskebåtar förtöjda i tre rader, de mindre som fiskade skaldjur ytterst och de större som brukade brottas med Atlanten längst in. På pirnocken var det tomt, så olikt dagen före då ett tjogtal djuphavsfiskebåtar från Le Guilvinec i Bretagne hade tvingats söka skydd för en svår storm som till och med hade slagit Bandons skyddade flodarm till rykande skum.

Hamnens enda kran spretade overksam mot den molnfria himlen. Den blankslitna käftskopan låg på marken som ett urplockat tandgarnityr. Ett dussintal fetlagda svanar vandrade sorglöst runt på piren och plockade bland de frön som låg kvar efter föregående lossning.

Peter Sympson la emellertid inte märke till detta. Han såg ner på marken, så som han i stort sett alltid gjorde så snart han hörde grus krasa under sulorna. Trettiofem år, drygt, som juvelerare i ädla och halvädla stenars tjänst hade gett honom denna yrkesskada. Han gick oftast med huvudet böjt, aningen framåtlutad och med blicken fastnaglad vid en cirkel belägen en handsbredd framför hans främre fot. Sällan längre bort, för på större avstånd var det inte möjligt att urskilja stenarnas textur och färg med blotta ögat utan att kröka rygg.

Det är med andra ord möjligt att det trots allt bara var en sten, sannolikt någon färgad kvartssort med tanke på makadamens sammansättning just där, som hade fångat hans uppmärksamhet och fått honom att dröja kvar. Säker kan man dock inte vara. Peter Sympson var långt ifrån immun mot skönhet och han kunde mycket väl låta sig falla offer för en skymnings magi. I själva verket var skönheten det enda som var värdesäkrat i Peter Sympsons liv. Ädla stenars skönhet var hans livförsäkring, så var det, hur befängt det möjligen än kunde låta.

Att han däremot vände upp blicken efter en kort stund kan ha varit en tillfällighet, liksom att det som kom i hans blickfång var stäven på ett fartyg som dök upp bakom James Forts ruiner. Han följde förundrad fartygets framfart och kunde inte göra sig fri från förnimmelsen att det svarta skrovet lösgjorde sig som ett spökskepp från fortets mörka murar. Ja, inte ens när fartyget framträdde tydligt i hela sin längd kunde han bli kvitt tanken att detta inte var ett fartyg som de andra som anlöpte Kinsale med jämna mellanrum. Han stod alltså kvar av inget annat skäl än denna förnuftsvidriga känsla av angelägenhet.

Han la märke till hur både bogsvallet och kölvattnet la sig när fartyget drog ner på farten och girade långsamt så att stäven till sist pekade in mot stenpiren där han stod. På bryggans styrbordsvinge såg han en gestalt som ägnade uppmärksamhet åt det minskande avståndet mellan fartygets stål och kajens cement.

Men inte all uppmärksamhet ändå, noterade Peter Sympson. Kaptenen såg sig omkring medan han manövrerade den stora kolossen. Plötsligt tycktes det till och med som om kaptenen fick ögonkontakt med honom själv, med Peter Sympson på kajen, för han höjde armen och vinkade. Peter Sympson tittade sig omkring, men när han såg att han var ensam lyfte han själv armen och hälsade tillbaka.

Snart kastades trossar i land och fartyget förtöjdes utan att ett ord blev yttrat. Kaptenen log ett leende med en tydlig värme, förnimbar till och med för en sådan som Peter Sympson, och försvann in i styrhuset bara för att någon minut senare stå på däck. Med ett smidigt hopp svingade han sig ut över skrovsidan och ner på piren. Han gick fram till Peter Sympson.

”Härlig dag, eller hur?” sa han och nuddade lätt vid Peter Sympsons arm.

Peter Sympson fick lägga band på sig för att inte ta ett steg tillbaka.

”Jag har ofta hört talas om Kinsale”, fortsatte kaptenen. ”Det sägs att det är lika trevligt som det är vackert.”

”Det finns de som tycker det”, sa Peter Sympson.

”Och ni själv då?”

”Jag är juvelerare”, svarade Peter Sympson.

”Säger ni det?” utbrast kaptenen. ”Jag har samlat på mig en del stenar under mina resor. Skulle ni inte kunna tänka er att se på dem vid tillfälle? Man blir ju påprackad än det ena och än det andra i hamn. Jag har köpt stenar både på Madagaskar och Ceylon, mest för att jag tyckte de var vackra, men båda öarna lär ju vara fulla med riktiga ädelstenar.”

Peter Sympson kände sig rådvill och tveksam inför kaptenens rättframhet, men samtidigt kunde han inte motstå frestelsen att ta sig en titt på en handfull stenar från två av de ädelstenstätaste platserna på jorden.

"Gärna", svarade han alltså, fast med en uppriktighet som överraskade honom.

"Vad säger ni om en öl i kväll?" frågade kaptenen. "Vi kan titta på stenarna först och sedan gå ut och fira om jag har något värdefullt i mina gömmor. Vad tycks?"

Peter Sympson kom sig inte för med annat än att nicka.

"Gå bara ombord och fråga efter Marcel!"

"Hur dags?" frågade Peter Sympson.

"När som helst", svarade Marcel med samma leende. "Jag har inga fasta tider när fartyget ligger i hamn."

"Men middagen?"

"Det behöver ni inte tänka på. Jag brukar äta när andan faller på. Middagstid har jag bara när jag ibland lagar mat åt manskapet. Jag brukar koka ihop någon stark indonesisk rätt för omväxlingens skull. Men det tänker jag inte göra i kväll. Så ni kan komma precis när som helst, mitt i natten om det skulle passa er bäst. Som sjöman har man inga tider."

Peter Sympson tvekade framför landgången. Vad var det han hade gett sig in på? Som om han inte fick nog av människor i sin butik!

Men Peter Sympson tillstod nyfikenhet. Denne Marcel hade först vinkat till honom bara för att han själv råkade stå på kajen. Senare hade samme Marcel börjat prata med honom bara därför att han själv av ren artighet hade vinkat tillbaka. Av dessa enkla skäl skulle de nu dricka en öl tillsammans. Och titta på Marcels stenar. Inte för att Peter Sympson förväntade sig att få se något särskilt. Folk förstod inte att de allra flesta ädla stenar fick sitt värde av sin slipning eller av sin sällsynthet. De sällsynta var förstås sällsynta och dök därför sällan upp ur folks gömmor. De övriga var oftast slipade enligt äldre metoder som inte gjorde stenen rättvisa. Att slipa om dem blev för det mesta lika dyrt som att köpa en ny sten.

Peter Sympson gick upp för landgången och såg sig osäkert omkring. Han hade aldrig varit ombord på ett lastfartyg förr och hade inte en aning om hur det var inrättat. Fanns det en huvudentré? Var porttelefon eller ringklocka ersatta med en skeppsklocka?

En sjöman kom förbi. Peter Sympson frågade var han kunde finna ”Marcel”, så som han hade blivit ombedd att göra. Sjömannen tog med honom akteröver och pekade på en brant trappa.

”Ni går ända upp. Marcels hytt är dörren till vänster.”

Peter Sympson gick uppför den smala trappan med handtag på bägge sidor. En annan värld och andra människor, tänkte han, som han intill nu aldrig hade skänkt en tanke. Men så var det med så mycket och med så många människor, ja med de allra flesta. Han själv hade i alla fall inte tid att försöka leva sig in i hur de levde och dog. Det var faktiskt helt omöjligt att under ett och samma liv försöka vara specialist både på ädla stenar och människor. Man fick välja helt enkelt.

Peter Sympson knackade på Marcels dörr och hörde ett ”kom in!”. Peter Sympson öppnade dörren och möttes av samma smittsamma leende som på kajen några timmar tidigare.

”Välkommen, herr juvelerare!” sa Marcel och bjöd honom att sitta ner i en av två slitna läderfåtöljer.

”Jag ser att ni undrar över fåtöljerna”, sa Marcel. ”Det är rätt tänkt. Lastfartyg är vanligtvis inte utrustade med exklusiva lädermöbler. Men fartyget är på sätt och vis mitt enda hem och därför kan det gott få vara bekvämt.”

”Men ni bor väl någonstans i land?” frågade Peter Sympson.

”Jag hyr ett rum hos en dam i Rotterdam, men jag är nästan aldrig där. När jag är i land tar jag in på hotell eller hyr ett möblerat rum där fartyget råkar befinna sig. I Falmouth mötte jag en norsk sjöman för inte så länge sedan. Han berättade att han en dag på en mindre ö i Karibien hade börjat prata med en infödd som hade huvudet fullt av hasch och rasta. Den infödde frågade sjömannen var han kom ifrån. *Norway* svarade sjömannen. Den andre tittade länge på honom med ett stort frågetecken i ansiktet och sa sedan: *You can't live nowhere, man!* Men det kan man faktiskt, som jag. Jag är en flyttfågel.”

Peter Sympson nickade.

”Härförleden tog jag tåget till Dublin”, sa han. ”Jag skulle delta i en juvelerarmässa och kom att prata med konduktören. Vet ni vad han sa? Han sa att det var klart att han inte hade åkt bort, om han inte hade varit tvungen. Han skulle ha stannat hemma, sa han, om han inte hade varit tvungen att resa på grund av jobbet. Det är jag i ett nötskal, kapten. Jag är en övervintrare.”

”Då är vi tydligen ganska olika på den punkten, jag som flyttfågel och ni som övervintrare. Men får ni aldrig lust att se er omkring?”

”Nej. Dessutom har jag redan rest världen runt i jakt på mineraler och ädelstenar. Men det var inte av lust. Jag skulle ha föredragit att kunna finna vad jag sökte runt Kinsale, eller åtminstone på Irland.”

”Finns det inga ädelstenar på Irland?”

”Inte mycket att tala om. Bergkristall, ametist, ganska trista agater och blekblå topas, det är ungefär allt. Vilket förstås inte hindrar att man kan finna fina exemplar. Min allra vackraste sten har jag faktiskt hittat här i landet, i en kvartsåder på en av Arranöarna.”

”För min del vet jag ingenting om ädelstenar. Jag har inte en aning om vad det är jag har köpt. Jag har bara gått efter vad jag tyckte om, efter utseendet."

"Det är en förnuftig utgångspunkt, kapten. Alltför många köper ädelstenar för deras prislapps skull. Vad är det till exempel för mening med alla dessa briljanter som numera ska sitta på vartenda smycke och ringa in alla andra stenar? Man ser ju varken diamanterna eller stenen, utan bara ett ljusspel, som bara en fackman kan skilja från zirkon eller till och med från bergkristall."

"Jag tror er. Men skulle ni inte vilja ta en titt på min samling innan vi går ut?"

Peter Sympson tänkte på att det hade varit i en liknande situation på tu man hand med någon som inte visste någonting om ädla stenar som han hade funnit den ena av sina två stenar. Den gången hade han förstås haft goda skäl att tro att personen framför honom verkligen var ägare till en ovärderlig sten som hade försvunnit spårlöst under första världskriget. På den tiden hade Peter Sympson rest över hela Europa och börjat göra affärer med öststaterna bara för att kunna få veta något om det krigsbyte som hade hamnat på deras sida av järnridån. Han hade försett dem med dollarstinna köpare till stenar som inte kunde säljas hos dem. Tio års intensivt detektivarbete hade det tagit honom att spåra upp den gula diamanten hos en före detta SS-major med samma rang inom den östtyska säkerhetstjänsten. Tre år till tog det Peter Sympson att hos denne man ingjuta det förtroende som krävdes för att Peter Sympson skulle anförtros uppdraget att försöka sälja stenen på andra sidan. Bara för att själv lägga beslag på den.

Det slog honom nu, när Marcel bredde ut en hög stenar på bordet, att det var sedan den dagen som han själv hade slutat drömma. Som juvelerare hade han sedan dess kunnat se på kollegernas jakt efter deras livs fynd med ett visst medlidande.

Marcels stensamling var en salig blandning av råstenar och

cabochoner av olika slag och storlek. Ingenting tycktes vid en första anblick vara särskilt värdefullt, och stenarna var inte heller särskilt vackra med Peter Sympsons måttstock mätt. Men han gjorde sin plikt, granskade var och en i luppen och talade om för Marcel vad han hade i sin brokiga skattkista: peridot, jadeit, citrin, den senare ett stycke som möjligen var slipbart, turmalin, ett ganska sprickigt och dött exemplar, samt flera varianter av kalcedon och kvarts.

"Ni verkar inte särskilt entusiastisk", sa Marcel när Peter Sympson la ner luppen.

"Nej, det är jag inte, om jag ska vara uppriktig, och det försöker jag alltid att vara. När det gäller kvalitet och slipbarhet så är era stenar medelmåttiga. I pengar är det kanske fråga om hundra pund, på sin höjd."

"En middag för två på restaurang, det är alltid något. Men jag har möjligen sparat det bästa till sist. Den här stenen fick jag av en rysk sjöman som jag tog ombord för att han skulle kunna fly till väst. Han påstod själv att det var en familjeklenod, och att den var ganska värdefull. Jag har haft den i flera år, som ett fint minne, men aldrig brytt mig om att få den värderad."

"Ni gör nog klokt i att inte hoppas på för mycket. De flesta familjeklenoder har bara affektionsvärde. Men låt oss se på stenen för säkerhets skull."

"Jag hoppas ingenting, herr Sympson. Jag har vad jag behöver. Jag är bara nyfiken, nu när jag ändå träffat en riktig juvelerare. Jag har knappt haft den framme sedan jag fick den."

Marcel öppnade ett litet träskrin och sköt över det till Peter Sympson. Dennes första tanke var att det var fråga om rodolit som hade en fin lyster i artificiellt ljus som inne i Marcels hytt. Men något väckte Peter Sympsons misstänksamhet. För det första var stenen väl stor för att kunna vara rodolit. För det andra var lystern eldigare än rodolitens.

”Vill ni följa med mig ut?” frågade Peter Sympson.

Peter Sympson la stenen i ett sämskskinn som han alltid hade till hands. Han vecklade inte upp det förrän de stod på bryggvingen.

”Men nu är den ju grön!” utbrast Marcel när stenen kom till synes. ”Är ni trollkarl?”

Peter Sympson log och kunde inte låta bli att känna ett slags stolthet. Han hade gissat rätt.

”Nej, det är jag inte. Men er sten är en alexandrit, en variant av krysoberyll. Det är en raritet och den enda sten som byter färg i olika ljus, grön i dagsljus och röd i artificiellt ljus.”

”Den är alltså värd pengar?”

”Ja. Jag skulle gissa på femtio tusen pund.”

”Femtio tusen! Och den tog jag emot av en rysk flykting som hade behövt pengarna bättre än jag! Nu är det i alla fall jag som bjuder på middag på Kinsales bästa restaurang. Om ni vill följa med?”

”Med största nöje!”

Peter Sympson menade vad han sa. Det var lätt att fatta tycke för denne Marcel, tänkte han. Möjligen, slog det honom, för att han visste att det bara skulle vara den tid fartyget låg i hamn.

Senare på kvällen, efter en förstklassig skaldjursmiddag, frågade Marcel om Peter Sympson ville sälja alexandriten åt honom. Marcel visade Peter Sympson örringen med karneolen som hängde på hans bröst och berättade en historia om en ung flicka vid namn Rosa Moreno.

”Vet ni vad, herr Sympson, jag skulle vilja ge flickan Rosa Moreno hela behållningen från försäljningen av min sten. Minus era omkostnader förstås.”

”Femtio tusen pund är mycket pengar att ge bort.”

”Vad gör man inte för ett leende som Ingrid Bergmans? Och för en örring och små meddelanden i en burk rulltobak.”

Peter Sympson insåg att Marcel menade allvar. Vilket lättsinne! tänkte han. Vilken sorglöshet! I en tid då pengar var alltings måttstock skingrade Marcel sina för vinden med en skamlös lätthet.

”Är ni säker på att gåvan blir väl mottagen?” dristade sig Peter Sympson att fråga, fastän det ju inte var hans angelägenhet. ”Det kan inte vara lätt att ta emot en sådan summa pengar.”

”Blir folk ledsna över att vinna på lotteri? Jag tänkte att pengarna skulle dimpa ner från himlen, för att stjärnorna råkade stå i rätt konstellation eller något i den stilen. Flickan skulle aldrig få veta vem den okände givaren var.”

”Ni är generös.”

”Det vet jag inte. Er hobby är vackra stenar. Min är flyktiga bekantskaper och deras drömmar om livet.”

Efter kvällen med sjökaptenen gick Peter Sympson hem till sitt. Han reglade dörren till sitt arbetsrum trots att han redan hade låst ytterdörren med dubbla sjutillhållarlås. Han satte sig vid skrivbordet och tog fram ett läderfodral som satt fast med ett band i innerfickan på hans kavaj. Han knöt upp bandet och tog fram två stenar som han la på en hopvikt näsduk. Han masserade tinningarna med fingertopparna, blundade några gånger och iakttog sedan de två stenarna.

Båda var enastående i skönhet och båda var de enda i sitt slag. Efter mer än tre decennier som juvelerare var han säker på sin sak. Deras like stod inte att finna.

Ändå var de väsensskilda. Den ena var vid en första anblick värdelös. Den andra var ovärderlig, enligt alla mått mätt, ja, den kanske till och med var så värdefull att i stort sett ingen skulle ha råd att köpa den. På detta enda sätt var därför de två stenarna jämbördiga. Marknaden, som var alltings måttstock i ädla stenars värld, kunde inte rymma någondera av dem.

Men samtidigt var de så olika två stenar kunde vara. Den ena kunde han i princip erbjuda till försäljning i ett skyltfönster, om det nu alls fanns en människa, förutom han själv, som förstod att upptäcka och uppskatta dess gömda skönhet. Den andra, den ovärderliga, kunde han däremot inte visa för någon. Ingen, utom han själv, visste med säkerhet att stenen fortfarande existerade. Den var omtalad, och det fanns till och med fotografier av den, men i handböckerna stod det lakoniskt att läsa att den var "i okänd ägo". Den var en legend, ett omspunnet rykte, något som alla juvelerare drömde om, deras graal, i den mån de numera hade någon annan graal än att tjäna storkovan. Att äga denna dröm var det enda brottsliga Peter Sympson hade gjort sig skyldig till i hela sitt liv. Men han hade å andra sidan upprepat brottet i snart femton år.

Två gånger varje dag, innan han öppnade affären på morgonen och när han kom hem på kvällen, satte han sig på sitt kontor och betraktade de två stenarna, först med blotta ögat och sedan med den lupp som han enbart använde för det ändamålet. Fem dagar i veckan, året runt, i snart femton år, hade han varit sig själv och de två stenarna trogen. Detta var han inte så litet stolt över, även om han inte kunde skryta med det inför någon.

Därtill kom, som sagt, att stenarna var hans enda livförsäkring på den här sidan graven. Han trodde inte att skönhet var objektiv. Han trodde inte att skönheten var en och odelbar, som fanns där att uppfatta eller ej. Hur skulle man kunna tro på det när man såg hur många människor som vältrade sig i ett töcken av fulhet? Hur skulle man kunna tro att skönheten var en och densamma när man tänkte på vad det var som folk kallade skönt? Däremot var han helt säker på att den skönhet man valde att hylla och gjorde till sin hörde ihop med det slags människa man var. Estetik var inte oskyldig, som man sa, smaken inte mer relativ eller subjektiv än man själv var.

Den värdelösa stenen tog han ganska ofta fram i sin butik och iakttog sedan spänt reaktionen. Någonstans i världen, det var han övertygad om, måste det finnas en annan människa som han själv, som förstod att denna sten inte var någon annan lik. Han hoppades att det var en kvinna.

Han var inte så dum att han inbillade sig att denna människa nödvändigtvis skulle råka besöka butiken under hans livstid. Så enkelt var det inte. Men det var viktigt för Peter Sympson att tro att möjligheten fanns. Visst hade det funnits dagar då han misströstade, då han fruktade att det hade varit fel att satsa allt på ett kort. Men det kom alltid andra dagar då han utan svårighet kunde föreställa sig hur denna kvinna skulle vara och hur hon såg ut. Ibland tyckte han sig se henne framför sig lika gnistrande klart som en diamant.

Han visste att det fanns kunder som tyckte att han var underlig när han såg dem oavvänt in i ögonen i hopp om att få se den människa som skulle upptäcka hemligheten i hans sten. Hans blick var inte heller som andras. I så många år hade han varit van att se in i ädelstenarnas djup där blicken till sist kunde förlora sig i genomskinlighet, att många antagligen trodde att han inte såg dem, eller att han såg igenom dem, som om de inte fanns.

Men ögon var för Peter Sympson som ädla stenar, desto längre man såg in i dem, desto mer osäker blev man på vad man faktiskt såg. Man gick vilse och förlorade sig i ögon precis som i ädla stenar. Försåvitt man inte bara stannade på den blanka ytan för att till sist bara se spegelbilden av sina egna ögon.

Han tittade på de två stenarna som låg framför honom på bordet. Just i dag, efter mötet med Marcel, hade han bestämt sig för att förlora sig i innandömet. Han ville försöka glömma ytan och undvika att låta sig bländas av glansen, att bli offer för skenet. Han hade inga särskilda motiv för sitt val. Han trodde till exempel inte att det hade något med Marcel att göra, inte heller med Marcels alexandrit eller med den unga flickan Rosa Moreno som skulle bli femtio tusen pund rikare. Skenet, skimret, det som kom utifrån och reflekterades tillbaka, fastän upphöjt till tusende potens av skönhet, var lika fängslande som det dolda och oåterkalleligen gömda i stenens kärna.

Men en sak var alldeles säker, det gick inte att betrakta båda samtidigt. Man fick välja helt enkelt.

Med en erfarenhet som Peter Sympsons var det vanligtvis inga större svårigheter att bortse ifrån ytan, att åtminstone för en stund göra sken av att den inte fanns, för att sedan låta sig sjunka mot stenens kärna. Men just med de klaraste och blankaste ädelstenarna, de vars slipning var så perfekt att man inte kunde upptäcka minsta orenhet ens med lupp, just de stenarna var också de i vilka det var svårast att sväva. Ögat hade inget stöd i stenens mitt, blicken mötte inget motstånd och det krävdes stor koncentration för att inte plötsligt bara se genomskinlighet.

Förmodligen var det av brist på koncentration efter mötet med Marcel som Peter Sympson misslyckades denna dag med att låta blicken och honom själv sväva fritt i stenens mitt. Han försökte gång på gång, men föll rakt igenom så att han bortom stenen bara såg bordets ådring, men gulfärgad, som om han hade på sig ett par solglasögon.

Det hade hänt förr utan att det hade oroat honom. Men just i dag kände han skräcken komma krypande, rädslan för att han för evigt skulle förlora sig i genomskinlighet, att han resten av sitt liv skulle se rakt igenom stenen. Därför tog han genast fram den andra stenen, den värdelösa. Den hade i alla fall en kärna som var omöjlig att se igenom.

Det var ett stycke bergkristall, kristallin kvarts, inget annat, en sådan som såldes i tusental till alla stenmystiker som inbillade sig att den förlänade magisk kraft, en sådan som man hade funnit i hela kristaller i Alperna vägande tio ton. Men inne i Peter Sympsons bergkristall fanns både en inneslutning, en lamell av blodröd karneol, och en inkapslad sprickbildning, fylld med gas eller vätska och osynlig för blotta ögat, vilka tillsammans vid vissa ljusvinklar fick stenen att flamma upp i ett blodrött hav, vid andra vinklar i en regnbåge av alla tänkbara röda nyanser, vid en tredje i en röd stjärnjättes eldtungor. Men ljuset skulle falla i ett litet antal på graden bestämda vinklar. Annars såg stenen helt alldaglig ut, en bit halvopak till klar bergkristall med något rött inuti.

Peter Sympson vände på stenen så att den skulle flamma upp i sitt röda hav. Men han darrade på handen och allt han såg var en blekröd nyans som försvann lika snart igen. Han försökte med regnbågen, men inte heller det lyckades.

Slutligen la han tillbaka båda stenarna i sitt fodral och stoppade det i innerfickan. En dag som denna var det ingen mening att envisas.

Helt oväntat kom han sedan att tänka på att han inte kunde komma ihåg hur sjökaptenens ögon hade sett ut, vare sig färgen eller texturen. Han kunde inte ens minnas om han hade sett Marcel i ögonen eller inte, han, Peter Sympson, som annars inte kunde låta bli att betrakta folks ögon på samma sätt som när han skulle bedöma en ädelstens karat och eld.

5

Det fanns dagar, några få, om vintern, i Marstal då luften var så klar och hög att det var som om något saknades. Det var dagar då öarna i det sydfynska öhavet var skarptecknade och tycktes ha ryckt närmare varandra, då vinden som drog in från ishavet i norr rensade bort röken från Ruhrs industriella underverk, då en människa kunde få för sig att hon för en gångs skull såg verkligheten klart, ja kanske till och med att hon genomskådade den.

Sådana dagar kunde Jacob Nielsens utlängtan ta sig orimliga proportioner. Han kunde stå i timmar på den smala landtungan söder om Marstal och blicka ut över vattnet. I den glasiga luften kunde han inte låta bli att tänka sig bort, trots att han samtidigt visste att horisonten bara var skenbart gränslös. Strax bortom välvningen låg Tyskland, dit han inte hade minsta önskan att bege sig.

Vare sig dit eller någon annanstans, försökte han intala sig. Hade han inte gjort sig just så fri och obunden som han hade velat vara sedan han blev vuxen? Hade han inte slagit sig ner i Marstal för att slippa fara runt i verkligheten som en jojo? Efter tjugofem år av frister och förfallodagar, affärsresor och möten, kongresser och utställningar, förhandlingar och kompromisser, armbågar och krokben, ytliga leenden och artiga handslag, efter allt detta hade han äntligen lyckats förverkliga sin livsdröm att stiga av det tåg vars slutstation var ett svart hål i botten av en avgrund.

Just därför irriterade det honom att märka att han inte kunde nöja sig med sitt obundna och fridfulla liv. Han hade nog med pengar för att kunna leva resten av sina dagar utan att lyfta stort mer än ett finger. Hans barn behövde honom inte längre, om de någonsin hade gjort det, och de försökte inte ens upprätthålla skenet att så var fallet. Hans före detta hustru hade gift om sig och skulle kunna klara sig utan den summa han den förste varje månad överförde till henne medelst en fast betalningsorder hos banken. Han var fri och obunden som få, han kunde röra sig lätt och ledigt i livets villervalla, inte ens ett armbandsur behövde han ha och än mindre en almanacka. Varför skulle han, Jacob Nielsen, stå där i vattenbrynet och känna av en krypande och försåtlig rastlöshet? Det var utan rim och reson.

I den stunden såg han ett fartyg dyka upp runt Langelands sydspets. Det svarta skrovet tycktes sväva strax ovan vattenytan. I den klara sikten framstod det som en dallrande hägring.

Jacob Nielsen följde fartyget med blicken och förväntade sig att få se det försvinna under horisonten med kurs mot Kiel. Men i stället girade det in mot den smala rännan som ledde in i Sydfynska öhavet. Det förvånade honom för det var sällan ett lastfartyg i den storleken kom genom den sydliga rännan. Än mer förundrad blev han när han upptäckte att fartyget återigen girade där rännan delade sig och att det var på väg in till Marstal.

Han skyndade sig tillbaka in mot den sömniga småstaden som var långt ifrån sin forna glanstid då den var säte för ett dussintal redare och hamnen var full av aktivitet. Marstals flotta av kustfartyg var ett begrepp i hela Danmark. Det var bara det att de flesta inte visste att det tillhörde en svunnen storhetstid. De få fartyg som fortfarande ägdes av Marstalbor var utflaggade och registrerade i Panama eller Nigeria. De flesta fartyg som la till i hamnen var på väg till uppläggning och skrotning eller möjligen försäljning till tredje världen. I jämförelse med förr var Marstals hamn inte stort mer än en begravningsbyrå för havets levande lik.

Det var alltså en händelse av visst format att ett främmande fartyg som av allt att döma seglade i aktiv fart var på väg in till Marstal. Jacob Nielsen var inte den ende som hade gått ner till hamnen. Ett dussintal nyfikna hade redan samlats på kajen, förutom de gamla sjömännen som alltid satt på sina bänkar med en öl i näven. Jacob Nielsen nickade vänligt till dem och fick spridda hälsningar till svar. Sedan han kom till Marstal hade han i stort sett varje dag gått ner och satt sig på ljugarbänken tillsammans med de andra, druckit en öl, hört dem berätta sina minnen och lägga ut sin syn på livet, det lilla som var kvar. De gamla hade efter hand kommit att godta honom som en god kamrat, en sådan som lyssnade och tog dem på allvar. Jacob Nielsen var inte en sådan som skrattade åt att de drog på sig sina gamla blå overaller bara för att gå ner och sätta sig i hamnen med sin öl, som om det var ett arbete, som om de därför fick något att leva för. Nej, Jacob Nielsen var inte en sådan människa som drog på munnen när de gamla förklarade för honom att det enda som räknades här i livet var att man hade något att sysselsätta sig med.

”För utan att ha något att göra”, sa de som med en mun, ”var det inte mycket mening med att finnas till.”

Jacob Nielsen frågade dem vad de trodde det var för ett fartyg som var på väg in. Han fick huvudskakningar till svar, men en av dem kastade fram tanken att det kunde vara ett fartyg som ville ligga i hamn några dagar i väntan på att få last. Efter hand hade kajplatsen i Marstal blivit så billig att redarna kunde tillåta sig att släppa i land besättningen några dagar i stället för att ligga för ankar.

När fartygets stäv dök upp mellan pirhuvudena vände de sig alla om och betraktade det som de kännare de var. De ville inte bara se vad det var för ett fartyg, utan lika mycket hur det manövrerade och förde sig fram.

Jacob Nielsen tittade på kaptenen som stod i bara tröjan i

den kyliga nordanvinden ute på bryggvingen. Själv visste han inte mycket om fartyg, annat än det han hade lärt sig på bänken av de gamla, men så mycket begrep han att det inte var någon lätt sak att lägga till en järnklump på flera tusen ton. Därför förvånade det honom att se hur obekymrad kaptenen tycktes vara på sin bryggvinge. Han såg sig omkring och tog sig till och med tid att höja handen till dem där de stod som nyfikna åskådare. En av gubbarna visslade kort när fartyget hade stannat och trossarna kastades i land.

En sjöman hängde råttrattar på förtöjningslinorna.

"Det hade han kunnat bespara sig", sa en annan av de gamle med ett skratt som tonade bort med ett stänk av bitterhet. "Här i Marstal har till och med råttorna övergivit skeppet."

Fartyget hade knappt förtöjt klart förrän kaptenen försvann bara för att strax därefter dyka upp på däck och hoppa i land. Han gick fram till Jacob Nielsen och gubbarna, hälsade vänligt och frågade om de inte möjligen var gamla sjöbussar. De gamla sprack upp i leenden, grävde fram sin bästa ombordarengelska från förr i tiden och hälsade kaptenen och hans fartyg välkomna till Marstal.

"Vet ni vad?" sa kaptenen efter att de första artigheterna hade utbytts. "Jag bjuder er gärna på en öl i kväll. Allihop. Om ni vill göra mig den äran."

De gamle tittade generat på varandra. Detta var deras lyckodag, tänkte Jacob Nielsen, och de vågade knappt tro att de hade hört rätt. Till sist tog en av dem mod till sig och tackade för vänligheten medan de andra nickade instämmande. Jacob Nielsen gladdes å deras vägnar.

"Ni är också välkommen", sa kaptenen och vände sig till Jacob Nielsen, "fastän jag inte skulle tro att era sjöben går upp emot de här saltingarnas."

Jacob Nielsen nickade han också, precis som gubbarna.

"Kom och hämta mig ombord och ta med mig till puben.

Så ska vi göra en riktig helkväll tillsammans. Det är så sällan man får tillfälle till sådant såsom sjöfarten har blivit."

Innan kaptenen hoppade upp på sitt fartyg igen vände han sig om.

"Fråga efter Marcel!" sa han bara.

"Det var som fan!" sa en av de gamle så snart Marcel hade försvunnit. "Jag trodde inte de fanns längre, rättskaffens och hyggligt folk som han där. Det var annat förr."

Det trodde inte Jacob Nielsen på. Det enda som hade varit bättre förr vad han kunde förstå var att de inte hade så bråttom som nu. Plötsligt la han märke till att rastlösheten från tidigare hade gett med sig. Det räckte alltså med en fläkt från världen för att blåsa bort hans utlängtan. Det lugnade honom, för var det något han avskydde så var det ju just det, att ständigt skynda vidare, att utan uppehåll springa efter saker och ting som inte betydde ett skvatt inför evigheten.

Jacob Nielsen satt tillsammans med den trivsamme sjökaptenen och de gamla sjöbussarna på en ölstuga i Marstal. De pratade om hur det var förr, om hamnar de hade angjort, om kvinnor de hade mött och lämnat, om hur sjöfarten hade det nuförtiden, om stormar, om original, kommer du ihåg den och den, han var inte som alla andra, men hur många var det på den tiden?

Jacob Nielsen nöjde sig med att lyssna till att börja med. Han hade sett en del av världen, men bara låtit sig transporteras runt i flyg som ett kolli. Det var inte mycket att komma med i det här sällskapet, det insåg han.

"Det egendomliga är hur tydligt man minns dagar till sjöss", sa Marcel. "Håller ni inte med mig? Är det inte så att man kommer ihåg fler dagar till sjöss än i land?"

Gamlingarna tänkte efter ordentligt, och gav honom sedan rätt. Det var en sak som Jacob Nielsen hade lagt märke till under samtalen: sjömännen gjorde sig inte till eller försökte ställa sig in. De sa som det var och hur de tänkte, rakt på sak.

”Jag tror”, fortsatte Marcel, ”att det beror på att det går så långsamt till sjöss. Man har tid att ta intrycken till sig. Vi gör inte mer än fjorton knop i motvind och motsjö. Det är inte mycket fortare än att cykla. Har ni tänkt på det?”

”Ja”, sköt Jacob Nielsen in för en gångs skull. ”Jag kände en gång en man som var passionerat upptagen av Samuel Beckett, ni vet den irländske författaren som bosatte sig i Frankrike och sedan fick Nobelpriset. Min bekant ville veta allt som gick att veta om Beckett och hans böcker. Alltså åkte han till Irland bara för att se om det var saker i Becketts böcker som han själv inte hade förstått därför att han var dansk. En dag vandrade min bekant ute på landet. Överallt fanns kohagar och på de små vägarna var det fullt med koskit. Det var då min bekant plötsligt förstod varför det fanns en sådan uppsjö av komockor i Becketts verk. För det gjorde det tydligen, mycket mer än vad som var naturligt, och säkert mycket mer än vad de som hade delat ut Nobelpriset hade lagt märke till. Och, sa min vän just, om han inte hade varit till fots utan suttit i en bil eller i ett tåg, så hade han aldrig gjort denna upptäckt. Om resa är att uppleva, minns jag att han sa, så är hastigheten avgörande.”

Alla nickade åt Jacob Nielsens historia och de blev fort rörande eniga om det viktigaste, att resa var en fråga om tidens gång.

Jacob Nielsen kände en djup tillfredsställelse över detta samförstånd mellan människor som nyss hade träffats och knappt kände varandra. Som tack bad han att få bjuda laget runt resten av kvällen. Ingen ville höra talas om det, men han insisterade och förklarade hur mycket det faktiskt betydde för honom att få sitta där som en i laget.

Kanske, tänkte han för sig själv, skulle denne kapten, Marcel kallad, nämna Jacob Nielsen när Marcel satt med andra människor i en annan avkrok av världen. Kanske skulle Marcel en dag säga att han hade mött en viss Jacob Nielsen som bjöd ett halvt dussin människor på dricka en hel kväll och som berättade en historia om en bekant som älskade Samuel Beckett över allt annat. Och så skulle Beckett själv, genom Jacob Nielsens bekant, genom honom själv, genom kaptenen Marcel, bli länkad till människor som aldrig hade hört talas om vare sig Beckett eller Jacob Nielsen. Tänk sedan om han själv, Jacob Nielsen, en dag skulle möta en av dessa människor i Rio eller Bombay, om de skulle prata om ditt och datt, och sedan upptäcka de ekon och spår som redan band dem samman utan att de hade haft en aning om det! Om de därmed skulle kunna visa att världen inte var ett övermäktigt kaos, ett virrvarr av anonyma mänskliga varelser som drunknade och suddades ut i sin egen mängd och mångfald.

Senare på kvällen frågade den yngste av gubbarna, en kraftkarl till sjuttioåring som hade mönstrat av för bara några år sedan, vilka rutter och hamnar Marcel seglade på. Marcel hade förklarat att de mestadels seglade mellan olika Atlanthamnar, små billiga hamnar där de lastade och lossade spannmål och konstgödsel. Senast hade de angjort Vilagarcía i Galicien, Kinsale i Irland och Tréguier i Bretagne. För övrigt kom de och gick enligt redarnas instruktioner.

När gamle Jens hörde namnet Tréguier nämnas avbröt han Marcel.

”Tréguier? Du har väl aldrig träffat Mama? En finare dam har jag förbanne mig aldrig mött under mitt långa seglarliv!”

”Hon lever och frodas”, sa Marcel med ett stort leende. ”Hon bjöd in mig och hela mitt manskap på ståtlig middag så sent som för ett par veckor sedan. Vi hade aldrig varit med om maken. Vi trodde först att hon var bordellmamma. Och sedan visar det sig att hon är ett helt sjömanshem i egen person.”

”Inte sant”, svarade Jens. ”Man fick skriva sitt namn i en

läderinbunden gästbok kan ni tro, hämtad i Citroën blev man också, och trakterad å det generösaste. Jag har aldrig druckit så goda viner i hela mitt liv antar jag. Jag säger antar, för annars bryr man ju sig inte om vad man häller ner i strupen. Hos Mama var det annorlunda. Tänk att hon lever och bjuder in sjömän fortfarande. Det ska jag berätta för frugan. Fast hon blir väl svartis precis som sist när jag talade om hur det hade varit. Vad säger ni kapten, skulle ni inte kunna komma förbi en sväng och berätta för fruntimret att jag inte ljugit? Eller att hon inte behöver bli svartsjuk. Det låg inte på det planet, så att säga."

De andras nyfikenhet sken ur ögonen på dem, och Jacob Nielsen var inte sämre än de andra. Marcel berättade hela historien om denna kvinna som kallade sig Mama och tog hand om alla sjömän som kom till Tréguier, som fick dem att tala om vad de önskade sig i livet, vad de trodde på och som lät dem skriva sina namn i en gästbok som måste ha innehållit tusentals namn.

Jacob Nielsen frågade Marcel om han visste vad det var som drev denna Mama, om det fanns någon tanke bakom.

"Hon kanske bara är som hon är, gästfri över alla gränser, och en smula ensam."

Senare på kvällen när de andra hade gått hem för att sova, tidiga som de var vad sådant anbelangade, hade Jacob Nielsen försökt pressa Marcel på fler upplysningar.

"Varför är ni så intresserad av Mama?" frågade Marcel.

Jacob Nielsen visste inte riktigt vad han skulle svara, men han sa att det viktiga måste vara att länka ihop människor med varandra, precis som på Internet. Var det inte det Mama gjorde, fastän med handkraft? Tänk så många människor som måste vara förbundna med varandra genom henne, precis som Jens och Marcel själv. Tänk att få vara spindeln i ett sådant nät!

På vägen hem fortsatte Jacob Nielsen att tänka på denna

kvinna som förde en gästbok med tusentals namn och människor mellan pärmarna. Jacob Nielsen hade nämligen en dröm. Det var drömmen att kunna sitta i sitt fönsterlösa rum med sin dator och övervinna sin egen ändlighet. Jacob Nielsens innersta dröm och hetaste önskan var att lägga in ett spår av sig själv i alla databaser på vårt klot. Rätt som det var, så var hans tanke, skulle han, Jacob Nielsen, med personuppgifter och någon synpunkt på livet, dyka upp på en skärm i Pentagon eller Danska Nationalbanken. Jacob Nielsen skulle spridas som virus med postgirot, med speditionsfirmornas fraktsedlar och Gallupinstitutens statistik.

Det hade börjat som en lek, men efter hand hade Jacob Nielsen insett att han menade allvar. Ett liv, hade han råkat tänka en dag, som försvann spårlöst när det slocknade, det var meningslöst. En människa som helt och fullt glömdes bort när hon dog, som inte lämnade minsta avtryck efter sig, inte ens i sina egna barn, varav Jacob Nielsen hade två, varav ingen brydde sig om sin far, en sådan människa hade strängt taget levt förgäves och i varje fall inte varit till mycket nytta. En sådan människa, som så att säga aldrig hade funnits, kunde till nöds undvaras. Det gällde naturligtvis även honom själv. Det var åtminstone Jacob Nielsens nuvarande inställning.

Livet, det var de spår vi lämnade efter oss medan vi levde. Det var det viktiga. Och detta skulle Jacob Nielsen tala om för världen, i virusform, och samtidigt göra sig själv påmind så att han inte försvann i hanteringen.

Han slog på strömmen och ett ögonblick senare fyllde hans eget namn hela skärmen. ”Jacob Nielsens öga mot världen”, stod det skrivet medan bokstäverna skiftade färg och nyans för att till sist upplösas och omvandlas till ett öga som stirrade tomt och uttryckslöst på honom. Men så kom det, först en hart när skönjbar skälvning i pupillen, och sedan den medbrottsliga blinkningen.

Jacob Nielsen drog på munnen. Han upphörde aldrig att tjusas över hur han hade lyckats programmera denna blinkning som välkomnade honom varje gång han startade sin datamaskin, Jacob Nielsens vidöppna fönster mot världen.

Han tog på sig sina tredimensionella glasögon och med ens fick bilden rymd och djup. Pupillen framför honom förvandlades gradvis till en oändlig, långsamt roterande spiral. Själv lät han sig sjunka ner i djupet. Detta var drömmars uppfyllelse, att utan risk låta sig glida ut över stupets kant, att sväva fritt, att slippa släpa runt på en otymplig kropp som bara blev slitnare och tyngre för var dag som gick. Han lät sig falla handlöst rakt ner i pupillens djup, utan minsta rädsla, för han visste ju vad som var att vänta. Någonstans nere i fraktalens slingrande avgrund skulle en regnbågsskimrande punkt tändas och snart gnistra som ett glittrande hav i en sprakande solnedgång. Han skulle landa rakt i denna färgexplosion, bara för att i nästa stund stå mitt i ett landskap målat av Max Ernst, inläst med scanner, ett landskap som han själv hade fyllt med gåtfulla och ouppnåeliga kvinnoansikten.

Detta skådespel hade i alla fall inte varit någon större konst att åstadkomma, tänkte han fylld av förväntan medan han föll. Med en scanner och ett lämpligt program för virtuell verklighet, med bara ens egen fantasi som slutlig gräns, kunde man blanda fiktion och den verkliga världen efter eget huvud. I denna nya värld kunde man utsätta sig för allt utan minsta fara. Han hade läst att virtuell verklighet var en ny drog, men de hade inte förstått det viktigaste. Här var man fortfarande sig själv. Här var det man själv som hade skapat bilderna, världen och landskapen.

Men i samma ögonblick som Jacob Nielsen hade tänkt just den tanken blev han medveten om att det var något som var fel. Han fortsatte att falla, men kände egendomliga rysningar i hela kroppen. Därefter tyckte han sig höra sin egen hastiga andhämtning, fastän det borde vara tyst. Det måste vara ljudanläggningen eller hörlurarna som hade gått sönder, så att han nu kunde höra det vanliga livets pulserande.

Men nej, det var inte det heller. Han föll allt snabbare. Och snabbare. Spiralen roterade allt fortare och fortare. Han började bli yr, som om han var utsatt för hypnos. Regnbågen var borta. Med ens fick han för sig att han skulle fortsätta att falla så länge han var i livet, att det inte skulle finnas någon botten. Han kände en hand som grep tag om hjärtat och klämde till. Han blinkade flera gånger för att bli av med yrseln och illamåendet, men när han öppnade ögonen igen såg han bara den roterande spiralen nedifrån i stället för tvärtom. Längst upp skymtade han till sin fasa en otydlig form. Vad var det? Vad i helvete var meningen med detta? En mun, det var vad det var, en tandrad. Nej, ett leende. Och så kände han igen det. Det var sjökaptenen Marcels leende. Jacob Nielsens rädsla försvann, yrseln och illamåendet avtog, andhämtningen blev återigen normal. Han hörde den inte alls längre.

Krisen var över, tänkte han lättad. Detta hade inte varit maskinens virtuella verklighet, utan bara hans inbillning som hade vänt hans blick inåt. Aldrig tidigare hade han varit med om något liknande. Han sa till sig själv att det inte fanns något i detta som skulle kunna få honom att förlora fotfästet. Det var bara konstgjord verklighet, inget annat, bara vanlig fiktion, sådant som fanns i böcker och på film. Bara ett par tredimensionella glasögon och binära tal, noll och ett, elektrisk impuls eller inte, bara det och absolut ingenting annat.

Han skulle just ta av sig glasögonen när han först såg hur Marcels leende tonade bort uppe i tratten så oändligt långt från den punkt där han själv befann sig. Och sedan till förnyad fasa hur spiralen återigen började rotera och hur hålet ovanför honom började krympa som en slutare på en kamera vars lameller la ett lock över öppningen. På en sekund var det över. Han var instängd mellan två avgrundsdjup, uppåt och nedåt, utan minsta färgskimmer.

Med en sista kraftansträngning försökte han slita av sig glasögonen för att bli fri från yrseln. Det var för sent.

När Jacob Nielsen vaknade till liv igen fann han sig liggande på golvet med sina hörlurar på. Han slet av dem med ett ryck och satte sig upp. På skärmen fanns ett par ögon som stirrade vettskrämt på honom. Det var, förstod han till sist, spegelbilden av hans egna, verkliga ögon.

6

Rosa Moreno tittade sig i spegeln. Hennes ögonvitor var rödstrimmiga, mascaran hade flutit ut och huden var uppsvullen. Ja, hon hade gråtit på väg hem, hela vägen hem, och för det skämdes hon inte. För i morgon skulle inte Marcel komma till Café Sport. Han skulle inte ställa sin burk rulltobak på disken, inte dricka sin whisky, inte le mot henne, inte hjälpa henne att sopa och städa när det var dags att stänga, inte fråga henne vad hon tänkte och kände, inte få henne att känna sig som om hon räknades, som om hon i hans leende och sneda ögon var det viktigaste som fanns. Nästa dag skulle han segla och vara försvunnen.

Visst, han hade sagt att han skulle komma tillbaka. Fartyg som hans kom alltid tillbaka, hade han sagt. Men då glömde han att han en annan kväll hade talat om för henne att en kapten var tvungen att följa redarnas beslut om destinationer, och att allt han visste med säkerhet var att de skulle angöra Kinsale i Irland ett par gånger det närmaste året. Då glömde han att han hade sagt att han avskydde linjefart på fasta rutter och hamnar, för så fick man sig inte några överraskningar till livs. Då glömde han att han hade varnat Rosa Moreno för att försöka minnas honom.

”En sjöman ska vara någon man drömmer om”, så hade han sagt. ”Inte ett minne.”

Nej, Rosa Moreno visste hur det skulle bli. Marcel skulle möjligen, om redarna så beslutade, komma tillbaka om flera år, när det var för sent. Hon skulle komma ihåg honom till att börja med, det var klart, men sedan skulle minnesbilderna blekna. Glimten i hans ögon, de skarpt skurna kindbenen, det mjuka tonfallet, hans rödbruna läppar, hans leende, det som han hade sagt att ingen någonsin skulle kunna ta ifrån honom, händernas rörelser när han rullade sin cigarett, allt det skulle tona bort och sluta som en skugga. Det var värt att gråta för, var det inte det? Och själv skulle hon stå kvar på Café Sport och väga lätt som en fjäder, precis som förut, precis som vanligt.

Hon skulle stå där bakom disken alldeles stilla och vänta. Hon skulle vänta och hoppas på att Marcel skulle komma tillbaka. Men han var ju inte herre över fartygets färd över havet och dess mål. Det berodde på världsmarknaden, på priser och ekonomiska svängningar, på utbud och efterfrågan, ja till och med på krig och valutaspekulationer. Och detta skulle Rosa Moreno, en fjäder som ville sitta på en flyttfågel, vara underkastad. Hur skulle hon kunna slåss mot sådant? Vad kunde ens stjärnorna ställa upp med mot krafter som dessa?

På vägen hem hade hon gått längs stranden. Den hårda nordliga vinden, den som fiskarna kallade den Portugisiska nordan, hade blåst himlen ren. Hon hade gått med huvudet bakåtböjt och stirrat upp mot stjärnvalvet. Hon hade försökt sluta tänka först på Marcel, sedan på världen, sedan på sig själv och sedan helt och hållet. Hon hade raglat runt på stranden, med huvudet i himlen, svävat bland alla stjärnbilder, ställt sina frågor om och om igen. När skulle något hända, när skulle hon få veta vad det tjänade till, när skulle hon bli verklig? Men himlen hade förblivit tyst och hennes fötter hade stått kvar på jorden. Det enda som hade hänt var att hon hade blivit yr, så yr att hon till sist hade fallit omkull och fått sand, i stället för magiskt stjärnglitter, i munnen och i ögonen. Det hade varit då hon hade börjat gråta.

Vad tjänade stjärnorna till när de inte svarade? Rosa Moreno stod i sin etta och tittade upp på böckerna om astrologi, om healing, om ädelstenarnas magiska krafter och om annat i samma stil. Sådant hade hon trott skulle hjälpa henne att bli lycklig.

Nu kunde hon inte låta bli att tänka att det viktigaste kanske var sanden i munnen och i ögonen, inte stjärnorna. Böckerna hade förutsagt att hon skulle bli förälskad och att något viktigt skulle hända, det var sant, men de hade inte hjälpt henne mot hennes längtan och inte hade de kunnat förhindra att Marcel seglade sin väg.

Hon satte sig ned med huvudet i händerna. Hon grät inte längre, för det tjänade så litet till. Man grät bara en kort stund och sedan skulle man leva ändå. Men hur skulle man bli av med saknaden? Hur slutade man drömma för att slippa längtan? Det var något som hon gärna skulle ha velat veta, men sådant stod inte i hennes böcker. Det viktiga, det som man behövde veta för att bli någorlunda lycklig medan man levde, var stod det skrivet?

När hon vände upp ansiktet igen fastnade hennes finger i hennes enda örring som föll ned på golvet. Hon såg på den lilla silverelefanten med den blodröda karneolen infattad i snabelkröken. Vad hade Marcel gjort med den andra som hon hade satt fast på hans tröja? Slängt den? Glömt den? Eller bar han den fortfarande på sin stora ylletröja? Och stenen själv, karneolen, vad tyckte han om den?

Plötsligt kände hon en oro för något som hon hade läst en gång för länge sedan när hon hade köpt sina örhängen. Hon reste sig och tog fram en bok om ädelstenarnas dolda krafter ur bokhyllan. Hon slog upp i registret och bläddrade fram kapitlet om karneolen. Och så läste hon:

Nu är karneolen Virgos sten - renhetens, dvs. också blodets renhet, rasrenhet, vilket hos översteprästerna var något mycket förnämt: i Gamla Testamentet varnas man ofta mot att blanda sig med andra folkslag. Ett folk som blandar sig visar härmed alltid sin likgiltighet och trolöshet mot folksjälen, mot deras gud.

Rosa Moreno kände något kallt gripa tag i hennes hjärta. Och den stenen hade hon skänkt till Marcel, som en hågkomst, som ett tecken på sin längtan! För sina ögon såg hon hans gulbruna hud och hans omärkligt sneda ögonlock, hans mörkt röda läppar och hans korpsvarta hår.

Kanske var det redan för sent. Det tog henne inte många sekunder att rafsa ihop några kläder, toalettartiklar, pass och pengar. Hon rusade nerför trappan och sprang nästan hela vägen ned till hamnen.

När hon kom fram möttes hon av en tom kajplats. Ute på rían såg hon en akterlanterna och däcksbelysningen på ett fartyg som avlägsnade sig.

”Marcel!” skrek hon.

Ut i tomma intet.

7

För tredje dagen i följd gick Peter Sympson förbi hamnen på väg till sin butik. Marcels fartyg låg fortfarande kvar. Peter Sympson hade inte sett till Marcel sedan den dagen då de hade ätit middag tillsammans för att fira upptäckten av alexandriten. Peter Sympson ville inte tränga sig på. Han utgick ifrån att Marcel skulle höra av sig innan han la ut, överlämna alexandriten och skriva under ett kontrakt som reglerade deras mellanhavanden inför, under och efter försäljningen.

Försåvitt Marcel inte hade ändrat sig och beslutat behålla pengarna för sig själv. Det kunde man knappast klandra honom för. Men i så fall, sa Peter Sympson till sig själv när han låste upp butiken, var det inte alls säkert att han skulle få se och tala med Marcel igen. I så fall var det inte alls säkert att han någonsin skulle få tillfälle att se honom i ögonen.

När dagen var till ända och det blev stängningsdags hade Peter Sympson bestämt sig. Han skulle söka upp Marcel och bjuda honom på en öl. Det var trots allt det minsta han kunde göra efter att själv ha blivit bjuden på middag några dagar dessförinnan.

Men innan han gick satte han sig med sina två stenar. Den här gången gick allt som det skulle. Först svävade Peter Sympson runt i den gula diamantens inre och kände sig luftig som cirrusmoln över Atlanten i väst. Sedan vred han på sin bergkristall och bländades av skenet i tusen röda nyanser. Det gick faktiskt så bra att han började undra om han verkligen behövde möta Marcel ännu en gång. Han sa till sig själv att det inte var Marcel han behövde titta in i ögonen. Det var snarare någon *som* Marcel, kanske någon med hans lättsinne och rotlöshet, kanske någon som den spanska flickan Rosa Moreno vars historia Marcel hade berättat, hon som var som en nyutpuppad fjäril, vacker, men livrädd för att fångas av en samlare och sättas bakom glas.

När Peter Sympson till slut beslöt sig för att gå ner till hamnen var det med den enda tanken att fråga Marcel hur det skulle bli med alexandriten. Peter Sympson hade för avsikt att föreslå Marcel att han själv skulle ordna hela affären, inklusive att se till så att flickan fick sina pengar, som en skänk från himlen möjligen, men genom hans egen försorg.

Det var bara det att när Peter Sympson kom ner till hamnen så kunde han se på långt håll att Marcels fartyg redan hade seglat. Han fortsatte trots det ända fram till fartygskajen, utan att veta varför. Väl där möttes han av hamnkaptenen som hälsade ifrån Marcel och gav honom ett kuvert. I kuvertet låg skrinet med alexandriten och ett kort där det stod att Marcel skulle höra av sig nästa gång han kom förbi.

8

Mme Le Grand stannade sin Citroën på kajen. Som så många gånger förr hade hon bjudits in på en avskedsdrink ombord på ett fartyg vars besättning hon hade trakterat och underhållit. Hon hade aldrig tagit för givet att kaptenen eller besättningen skulle bjuda tillbaka, men hon måste erkänna att hon betraktade det som passande.

Marcel tog emot vid landgången och bjöd henne armen. Det hade däremot inte hänt så ofta, och särskilt inte att hon hade lust att stödja sig på den erbjudna armen. Men det var svårt att låta bli inför en sådan som denne Marcel. Innerst inne var mme Le Grand glad att han reste och att hans fartyg inte seglade fast på Tréguier.

Bjudningen ägde rum i officersmässen och hela besättningen hade mangrant slutit upp. Styrman Sundgren hade till och med tagit på sig finkläderna. Kunde det möjligen vara så att hon hade gjort intryck på honom? Det var inte heller alldeles sällsynt. På det viset, tänkte mme Le Grand, liknade hon visst kaptenen, Marcel. Men hon lämnade i alla fall inga krossade hjärtan bakom sig. De hjärtan som mot all förmodan hade fått sig en törn lämnade ju självmant Tréguier och henne själv.

Och Marcel? Hon sneglade på honom där han stod vid sidan av bordet för att servera något att dricka. Vad tyckte och tänkte han om henne?

I samma ögonblick vände sig Marcel om och frågade henne vad hon ville ha.

”Champagne”, svarade mme Le Grand, ”om det finns på skutan. För att skåla i det bästa för en fin kapten och en fin besättning! Och jag har en hel del att jämföra med som ni förstår."

Hon såg att Sundgren rodnade lätt, och även att Marcel för ett flyktigt ögonblick fick något frågande i blicken.

"Då dricker vi champagne allihop", sa Marcel. "Men inte för att skåla för oss, utan för er. Både jag och min besättning vill tacka er för ert mottagande. Jag har varit till sjöss i över tjugo år och aldrig hört talas om sjömän som fått så fin behandling av någon landkrabba och privatperson."

Och så skålade han. Därefter tog Edwards, maskinisten och irländaren, sig för att utbringa ett leve för Mama.

Mme Le Grand blev rörd. Marcel slätade över med några lättsamma ord som drog uppmärksamheten till honom. Hon var honom oändligt tacksam för det.

"Kommer ni tillbaka till Tréguier?" frågade hon och visade säkert med blicken att det var Marcel själv hon i första hand hade i tankarna.

"Det hoppas jag verkligen", sa Marcel och log. "Men jag är inte herre över vårt fartygs destinationer. Det är redarnas beslut. Allt jag vet nu är att vi under det närmaste året ska anlöpa Kinsale i Irland för att lossa gröda och gödning. Men jag vet inte ens i vilken hamn vi ska lasta. Det beror på världsmarknadspriserna antar jag."

"Jag förstår", sa mme Le Grand. "Då återstår det bara att hoppas att världsmarknadspriserna är i Tréguiers favör."

En halvtimme senare, vid högvatten, stod mme Le Grand på kajen och såg Marcel på bryggvingen ta ut sitt fartyg med lätt hand. Han blåste tre gånger i mistluren innan fartyget försvann ur sikte i den första böjen av floden Jaudy.

Detta om detta, tänkte mme Le Grand både sorgset och lättat när fartygets akter slutligen försvann bakom träden som kantade floden. Det skulle komma nya fartyg med nya besättningar. Visserligen skulle de kanske inte utbringa leven för henne och en kapten som Marcel skulle de säkert inte ha ombord, men det var ändå fullt tillräckligt för hennes del. Det skulle finnas nog att sysselsätta sig med, nog för att det skulle ha någon mening tills det tog slut.

Mme Le Grand gick långsamt uppför Rue de Renan och gick in på Philippes crêperie vid den lilla marknadsplatsen i skuggan av katedralen. Philippe tog emot henne med värme och öppna armar, precis som hon hade vetat att han skulle göra.

Hon bad Philippe berätta gamla minnen, och det gjorde han mer än gärna. Philippe satte sig vid hennes bord när hon hade ätit upp och berättade för vilken gång i ordningen om sin tid som professionell cyklist. Philippe hade aldrig varit någon stjärna, aldrig vunnit något stort lopp, utan bara varit en i den stora högen av arbetshästar som slet för att lagets stjärna skulle kunna cykla ifrån andra lags stjärnor. Men Philippe fick det att låta som om han hade varit en oundgänglig förutsättning för sitt lags framgång. Det fick han gärna göra för mme Le Grand. Han, liksom Chevalier med sina kranar och motorer, behövde det så väl. Det var väl bara sådana som Marcel som inte behövde få veta att det var viktigt att de alls fanns till.

När mme Le Grand hade betalt notan satt hon och fingrade på sitt lerkrus och la märke till några ord som var inristade strax under kanten.

Celui qui meurt sans amis, meurt sans témoin.

Den som dör utan vänner, dör utan vittne.

Det, tänkte hon, var allt som behövde sägas. Men för första gången sedan Yann hade dött gick det upp för henne att det inte alls var säkert att hon själv skulle få något vittne, någon som skulle försöka komma ihåg att hon hade levt och att hon hade gjort vad hon hade kunnat, om än inte för sig själv, så åtminstone för de flera tusen sjömän som var förevigade i hennes kartotek.

9

Jacob Nielsen var skakad av sin upplevelse vid datorn efter kvällen med Marcel och de före detta sjöbussarna. Han funderade på vad som hade gått galet, på varför han plötsligt hade tappat fotfästet och fallit igenom. Hade något varit annorlunda denna gång i förhållande till andra gånger? Hade han gjort något vid maskinen som han inte hade gjort förr?

På båda dessa frågor svarade han nekande. Hårdvara och mjukvara var lika som förr. Han kunde inte ens räkna alla de gånger då han handlöst hade kastat sig ut i den virtuella verkligheten, då han med berått mod hade gjort vad han hade kunnat för att stänga ute och glömma verkligheten. Aldrig hade han varit i närheten av att förlora sitt sinne för det ena och det andra, för fantasi och verklighet, för det naturliga och det konstgjorda. Tvärtom, han hade kommit till slutsatsen att det aldrig skulle gå att skapa en artificiell värld vars verklighetshalt kunde mäta sig med den riktiga verkligheten. Och ändå hade han plötsligt, utan förvarning, förlorat kontrollen. Varför?

Jacob Nielsen fann bara en enda rimlig förklaring, nämligen att han hade varit distraherad och haft annat i tankarna. Han tyckte sig komma ihåg att han, just när han började falla, hade tänkt på Mama i Tréguier och på hur hon hade lyckats få världen att komma till henne i stället för tvärtom. Han ville så gärna tro att hon var som han själv, att hon liksom han själv försökte lämna spår efter sig, att sjömännen i hennes gästbok var hennes tentakler ut i världen, precis som datorn var hans. De borde slå sina påsar ihop, tänkte han. Hon hade kontakterna, namnen på människorna, och han kunde bidra med ett kraftfullt databasprogram som kunde sortera och organisera. Hon hade informationen, han visste hur man skulle sprida den över världen. De skulle kunna lägga upp en hemsida på Internet och förse den med sökord så att den skulle dyka upp hos otaliga människor som egentligen var ute efter något helt annat.

Jacob Nielsen satte sig omedelbart ned för att skriva ett brev till Mama. Men vad ville han egentligen? Var inte detta bara ett slag i luften, ett halmstrå som skulle brytas så snart han famlade efter det? Mama kanske inte alls var som han själv.

För övrigt visste Jacob Nielsen inte ens vad hon hette. Han kunde ju inte bara skicka ett brev till "Mama, Tréguier".

Det slog honom att han borde söka upp Marcel igen. Marcel skulle kunna förklara för honom var Mama bodde i Tréguier. Marcel visste kanske till och med hennes riktiga namn. Det fanns många möjligheter.

Jacob Nielsen skyndade sig ner till hamnen. Men när han kom fram såg han att fartyget var borta. De gamle upplyste honom om att det hade lagt ut samma morgon. Jacob Nielsen visade inte sin besvikelse. När allt kom omkring hade han redan allt vad han behövde här i livet. Varför skulle han sträva efter mer, han som var så fri man kunde begära, han som hade byggt upp precis det liv han hade drömt om?

10

Det fanns skymningar till sjöss som var smärtsamt vackra. Det var skymningar då havet låg alldeles öde, då en glödgad sol hängde som en röd jättestjärna över horisonten i väst och färgade den närmaste himlen blodröd, då samma himmel svartnade i öst dit den låga solens kraftlösa ljus inte nådde, då havet var en oljeblank dyning, då oceanens mäktiga hjärtslag fick fartyget att mjukt stiga och sjunka. Det var skymningar då man kunde tro att världen hade förlikat sig med sig själv, att skönhet och godhet överallt hade blivit till ett.

Sådana skymningar tillbringade alltid Marcel ensam ute i stäven. Hans besättning kände på sig att han ville vara ensam och störde honom inte. Sundgren såg honom från bryggan och undrade ofta vad han tänkte på.

Men om Sundgren hade frågat, vilket aldrig skulle ha fallit honom in, hade han förmodligen inte fått något svar. Hur kunde man ens veta att Marcel själv visste vad han tänkte på under alla de timmar han stod och betraktade havet föröver? Han stod där kanske för att han var tvungen, för att en vacker skymning till havs fyllde honom till brädden och stängde ute alla tankar på världen och på de människor som befolkade den, dessa miljarder människor som alla hade rätt att få leva med någon mening, den korta stund det varade, men vars liv så ofta spilldes bort på nästan ingenting, innan de rann ut i sanden.

Men en utomstående kunde kanske lika gärna föreställa sig att Marcel stod där i stäven och tänkte just på alla dessa människor som gjorde så gott de kunde, som ibland var lyckliga, ibland inte, men som behövde en hjälpande hand för att underblåsa deras drömmar om ett annat liv innan det blev för sent. För när allt kom omkring var ju det enda väsentliga hur människorna bar sig åt för att bli så lyckliga de nu kunde bli innan de dog och försvann för gott. Ett liv, ett enda, det var allt som bjöds. Så kunde man, i brist på säker kunskap, tänka sig att en sådan som Marcel såg på saken. I alla händelser fanns det knappast några tungt vägande skäl att mena något annat.

Men vem vet? Kanske tänkte Marcel på något helt annat, som på några av alla de människor han hade mött i hamn, på den unga spanjorskan med Ingrid Bergmans leende, på den skicklige juveleraren i Kinsale, på Mama i Tréguier, hon som tycktes leva för att ta hand om förbipasserande sjömän, eller på dataexperten Jacob Nielsen i Marstal som hade vänligheten att bjuda laget runt en hel kväll och som berättade en underfundig historia om Samuel Beckett och dennes förhållande till koskit. Vem vet?

II

11

Det var juldagsmorgon i Vilagarcía, en helt vanlig juldagsmorgon, tyst och stilla med öde gator och förväntansfulla barn bakom stängda fönsterluckor. Det var en helt vanlig juldagsmorgon i en medelstor och ganska ful stad i Galicien som saknade flygplats och sevärdheter, i en sådan stad som tågresenärer aldrig skulle skriva in som slutstation eller ens som tillfälligt uppehåll på sina Europass eller Interrailbiljetter, i en sådan stad alltså där en ung flicka kunde vakna upp ensam i sin säng och glädja sig åt att hon inte skulle stanna för evigt.

Rosa Moreno låg kvar och drog sig i sängen. Hon kände sig lugn. Tre månader hade gått sedan akterlanternan på Marcels fartyg försvann in i nattmörkret som en slocknande stjärna. I tre månader hade hon arbetat hårt för att tjäna pengar. Hon hade tagit varenda vakt som hon kunde få och dessutom arbetat extra på andra kaféer. Hon hade aldrig varit så vänlig och tillmötesgående som nu, ja, hon hade haft fötterna på jorden precis hela tiden och för det hade hon fått dricks. Med det hon hade sparat från förr hade hon tre hundra tusen pesetas på banken. Det var mycket pengar för en sådan som hon, men hon bodde i en billig etta och åt sig mätt på skinka, tapas och bröd på Café Sport. Hon hade ingen bil och köpte nästan inga kläder. *La Voz* läste hon på arbetet och TV behövde hon inte ha hemma; den stod på dagarna i ända på kaféet. Hon unnade sig bara en enda sak, båtresan ut till Sinaöarna i Ría Pontavedras mynning, på sin lediga dag, för att lägga en minnesblomma på Atlanten.

Jo, hon kände sig alldeles lugn nu. Hon skulle arbeta veckan ut och därefter festa, precis som alla andra. Sedan skulle det vara slut. När nyårsafton var över och det stora fyrverkeriet hade slocknat, då skulle hon ge sig av för att aldrig mer komma tillbaka till Vilagarcía. Hon hade till och med ägnat sina lediga timmar åt att friska upp sin engelska från skolan. Med bara spanska skulle hon inte komma långt.

Hon lät fingertopparna glida upp och ner över sin mjukt välvda mage. Därinne, det var hon nästan säker på, grydde ett liv. Vad som än hände, om hon alls fann Marcel eller inte, så hade hon bevarat något av honom som var mycket mer än bara en minnesbild som efter hand skulle blekna för att till slut bli gissningslek och suddig fantasi, precis som hennes bror.

Men resa sin väg tänkte hon göra hur som helst. Visst, Spanien var inte som förr. Marios fru hade berättat att hon slängdes ut hemifrån när hon sjutton år gammal blev med barn. Hennes far hade sagt till henne att hon inte behövde komma tillbaka om hon inte blev gift med karlfan som hade gjort henne på smällen. Och Rosa Moreno hade hört historierna om smutsiga aborter och om läkarna som opererade in nya mödomshinnor på de flickor från borgarklassen som hade råd.

Visst, sådana saker var annorlunda nu. Men inte *så* annorlunda. För vad skulle folk säga om henne, om Rosa Moreno, som hade gått i säng med en sjöman och fått en unge med sneda ögon? De skulle låta henne förstå att hon var en hora, en sådan som ingen kunde lita på, och sedan göra hennes liv till ett elände. Nej, bättre hade inte människorna blivit bara för att Franco hade dött. Så enkelt var det inte.

Till slut steg hon upp och klädde sig i havets blå färg. Gatorna låg fortfarande jultomma när hon kom ut och alla kaféerna var stängda. Först när hon närmade sig hamnen såg hon andra ensamma själar som hon själv, alla på väg åt samma håll.

I den västra hamnbassängen låg ett tjogtal båtar och på kajen stod ett hundratal människor och väntade på att gå ombord. Galiciens fiskeflotta var den största i världen, med tusentals båtar och tiotusentals sjömän ombord. Bara förra året hade fler än hundra fiskare drunknat, varav många i sydväststormarna i januari när hav och himmel hade varit i uppror under flera veckor. En vecka senare, till nyårsfyrverkeriet, skulle tusentals människor trängas på hamnområdet. Nu, när det gällde att minnas de liv som hade spillts till havs, så var bara de närmast sörjande på plats, de som ännu inte hade kunnat glömma.

Rosa Moreno vinkade till Juan som hade erbjudit henne plats ombord på sin lilla kutter. Hon hade tacksamt sagt ja, fastän hon inte ville uppmuntra honom och fastän hon alltid hade hållit honom kort, kortare än vad hon hade önskat och än vad han förtjänade.

Men när hon steg ner i båten kom hon att tänka på hur ledsen Juan skulle bli när hon reste bort, lika ledsen som hon själv hade blivit när Marcel seglade sin väg. Att hon inte hade tänkt på det förr! Hon gav Juan en kyss på kinden, full av det avskedets vemod som vällde upp i henne.

Hon såg hur Juan sken upp vid kyssen och hon ångrade sig genast. Att låta ett hopp födas hos honom som det sista hon gjorde! Vilken grymhet! Han kunde ju inte rå för att han hade blivit förälskad i henne. Hon hade så gärna velat göra honom till lags. Men att bli hustru till en musselodlare i Vilagarcía var det sista hon kunde tänka sig, det absolut sista.

Juan manövrerade så att de låg jämsides lotsbåten med madonnan, tre präster i vita kåpor och några av stadens notabiliteter, styva män i kavaj och slips. En timme tog det att segla ut till Isla Rúa där Ría Arousa öppnade sig mot den obrutna horisonten i syd. Ekot av Atlantens ständiga dyning fick båtarna att sävligt sjunka och stiga när de stannade upp mellan fyren och den lilla klippön.

Motorerna stängdes av. Ett ögonblick blev det alldeles tyst, innan prästen började läsa sina böner med en hög och klar röst. Rosa Moreno tänkte först på sin bror, som hade försvunnit i havet väst om Sinaöarna utan att lämna ett spår efter sig. Sedan kom bilderna på TV:n av fartyg i nöd och på besättningsmän som hade räddats i land med tomma och uttryckslösa blickar, som om de ännu inte hade upptäckt att de hade överlevt, som om de befann sig mitt emellan liv och död. Sist, och tydligast, såg hon Marcel stå på sin bryggvinge och styra sitt fartyg mot tryggheten i en rykande storm. På hans bröst hängde hennes örring.

När prästen tystnade grät Rosa Moreno. Juan tittade på henne utan att säga någonting. Han, som alla andra, hade hört historien om hennes bror och om deras okända mor som hade övergivit dem båda. Han hade säkert velat lägga armen om henne och trösta, men vågade väl inte ens det.

På vägen tillbaka kände sig Rosa Moreno lättad, som om någon hade hjälpt henne att bära hennes tyngsta börda en bit på vägen. Hon var faktiskt tacksam mot dem som trodde på Gud och Paradiset att hon fick vara med när de bad sina böner och sjöng sina psalmer. De gjorde i alla fall vad de kunde för att minnas, även om det bara räckte för stunden.

Nu kunde hon delta i festandet på nyårsafton några dagar senare, precis som alla andra. Hon skulle dansa med vem som helst, prata med okända om allt och inget, skratta ikapp med vilt främmade människor och bli dyngvåt när brandbilarna körde genom huvudgatan. Allt skulle hon göra, inklusive dricka sig yr.

Hon tog Juan i handen. Varför skulle hon inte trots allt göra honom lycklig innan hon reste? Varför skulle inte *hon* kunna få ge honom något att drömma om och något att minnas? I det kunde det väl inte ligga något ont?

12

Det var julafton och det hade regnat i Kinsale hela morgonen, ett tätt och tungt regn som strilade ner från en grå himmel. När Peter Sympson stängde kände han sig missmodig och betryckt, som om hela hans själ var lika grå som vädret. Som vanligt på julafton hade han haft fler kunder än annars. Men han hörde till dem som fick ta emot de kunder som var ute i sista minuten för att köpa en julklapp, de som köpte en ädelsten hos honom *i brist på bättre.*

På hela dagen hade han inte haft en enda kund som ville köpa en vacker sten till sig själv. Inte hos någon hade Peter Sympson sett den flyktiga gnista och den nästan omärkliga utvidgning av pupillen som visade att skönheten hade utövat sin kraft.

Peter Sympson gjorde vad han kunde för att tänka på annat. När allt kom omkring var det julafton, den dag på året då Peter Sympson skulle försöka vara människa som alla andra, ett försök som skulle sluta som alla andra julaftnar, med att han blev rörd till tårar, utan att någon på denna jord fick det bättre för det, utan att denna jord blev ett spår vackrare. Han skulle bli rörd till tårar, men därefter skulle allt vara som förr. Ingen ändring.

När Peter Sympson kom in på Tap Tavern vid niotiden var det redan fullt. Han hälsade på Mary och Brian bakom baren. Mary sprack upp i ett välkomnande leende, som om hon var glad att se honom.

”*How are yii?*” frågade hon med sin omisskännliga Cork-dialekt.

”Bra”, svarade han helt enkelt, så som man alltid svarade på den frågan.

Han gick runt och hälsade på alla. Efter vad han kunde se var det bara stamgäster som var där. Han satte sig ned vid sidan av Tom den gamle, åttiofyra nu, som hade varit stamkund på Tap Tavern sedan han var sexton. Peter Sympson hälsade på honom respektfullt, för han menade att en människa som hade lyckats leva ett helt liv på ren rutin utan att bli olycklig förtjänade beundran.

Framför Tom stod det vanliga, en *pint* Guinness och en Paddy's whiskey, så som det förmodligen hade gjort i stort sett varje kväll i sextioåtta år.

Sextioåtta år! tänkte Peter Sympson. En evighet i en människas liv. Men vad skulle finnas kvar av Toms tusentals pints när han var borta? Vem skulle se till att minnas att det var han som hade suttit varje kväll på platsen bredvid den öppna spisen? Det var nästan olidligt att tänka sig, men det Tom skulle lämna efter sig var inget annat än ett tomrum, ett intryck av att någon, eller bara något, saknades, men vem, eller vad?

”Trevligt att se er här i kväll, mr Sympson!” sa Tom och knackade lätt Peter Sympson på knät med käppen.

”Detsamma!” svarade Peter Sympson och försökte le tillbaka.

”Jag har varit med om sextiotre julaftnar på Tap Tavern”, sa Tom. ”Ingen har varit den andra lik.”

”Förutom er själv kanske”, föreslog Peter Sympson.

”Där tar ni fel”, svarade Tom. ”Ni ska tänka på att jag inte alltid har varit åttiofyra år, även om det är svårt att föreställa sig något annat när man tillhör inventarierna som jag. En gång i tiden, fastän det är länge sedan, var jag ung, yngre än ni. Då kom jag hit till Tap Tavern med mina fästmör. Det var alltid det första. Om de inte trivdes här eller blev omtyckta så tog jag mig en ny. Det var min regel. Och så bad jag dem ställa sig upp och sjunga på lördagskvällen. Min fru var den som sjöng bäst av alla mina fästmör. Det var därför jag gifte mig med henne ska jag tala om. När hon stämde upp var det ingen som sa ett ljud härinne, mr Sympson. Ingen. Man kunde ha hört en knappnål falla, om det inte hade varit för att hon sjöng förstås. Sedan hon dog har ingen sjungit lika vackert på Tap Tavern. Men det var fyrtio år sedan nu, och jag är kanske den ende som fortfarande kan höra och minnas hur hon sjöng. Mary bakom baren var bara barnet på den tiden. Min fru brukade passa henne och jag har burit Mary på armen kan ni tro. Vi fick aldrig några egna, ser ni, så min fru tog hand om de ungar hon kunde få tag i. Mary har jag känt sedan hon lärde sig gå. Min fru hade lika gott hjärta som Mary, mr Sympson, i det var det ingen skillnad, men några barn fick hon inte ändå. När hon till slut blev gravid dog både hon och barnet i barnsäng. Är det rättvist? Sedan dess, det erkänner jag gärna, har jag haft det litet svårt med den allsmäktige. Min fru och jag gjorde aldrig en fluga för när. Varför kunde inte vi få litet mer tid tillsammans här på jorden? Kan ni svara mig på det, herr Sympson?"

"Det är julafton", sa Peter Sympson.

"Just därför", sa Tom, "är väl frågan berättigad."

Peter Sympson vände blicken mot Tom och förmodligen såg denne att något var galet, för han bad genast om ursäkt.

"Jag är ledsen", sa han och knackade återigen lätt med käppen på Peter Sympsons knä. "Det sägs ju att man blir som ett barn igen när man blir gammal. Men så enkelt är det inte."

"Det förstår jag", sa Peter Sympson.

"Ser ni", förklarade Tom, "jag har inte så mycket annat att ta mig för om dagarna än att försjunka i minnen, ljusa eller mörka. Varje morgon när jag vaknar bestämmer jag mig för ett årtal och två veckor av mitt liv under samma år. Sedan går hela dagen med att jag försöker komma ihåg allt som hände under de två veckorna. Det var så att säga i går som min fru dog. Jag hoppas ni ursäktar."

"Ja", sa Peter Sympson, "jag vet hur det är."

Tom tittade undrande på honom, men Peter Sympson undvek att möta hans blick, fastän det var i afton han skulle vara människa som de andra.

I samma stund slog Michael, trubaduren, an ett ackord på gitarren. Nu skulle det sjungas och nu var det bara glädjen över att vara tillsammans som räknades.

Peter Sympson såg den överallt. Alla ansikten strålade. Det var idel leenden och skratt. Glas höjdes till hälsning och välgång åt alla håll. Folk knuffades och trängdes, som om de ville märka inpå kroppen hur nära de stod varandra, i alla möjliga bemärkelser. Mary gick runt och sa ett vänligt ord till var och en, bjöd på ett glas, julen och Jesus Kristus till ära, flyttade på en taburett så att någon av de äldre skulle få plats att sitta eller bara sträcka på sina stela ben.

En enda människa satt som en öde ö i detta virrvarr av glädje och välvilja. Det var Joe, som väl var så nära en byfåne någon numera hade rätt att vara, till och med i Irland. Joe kom in på Tap Tavern var och varannan kväll, satte sig vid baren och beställde alltid detsamma, *a double bubble*, som betydde två små glas läskedryck. De två glasen drack han med blicken fastnaglad på bardisken och med ett oavbrutet, lågmält och obegripligt muttrande. När Joe gick sin väg hade han inte lyft blicken en enda gång, vare sig när han beställde, betalade eller yttrade sitt enda begripliga ord som var *goodbye*. Ingen på Tap Tavern hade alltså mött Joes blick under ett helt år. Ingen hade heller någonsin sett Joe utan sin stickade mössa som smet åt runt hjässan så att hans huvud blev runt som ett äpple.

Det var också den ribbstickade mössan som Peter Sympson

först fick syn på denna julafton. Joe satt på en pall mitt emot Michael och stirrade stint ner i golvet. När Peter Sympson väl hade upptäckt Joes trista skepnad kunde han knappt ta ögonen från honom. Här var en människa som tycktes leva utan att någonsin möta någon annans blick, utan att någonsin växla ett ord med någon annan, en människa som inte ens skulle lämna ett tomrum efter sig när han försvann, inte ens saknad. Kanske, tvärtom, så som det var inrättat här i världen, en smula lättnad.

I ögonvrån såg Peter Sympson hur Connell vid Joes sida la ner sin pipa, rätade på ryggen och såg sig runt åt alla håll. Connell hade den egenheten att det alltid tycktes som om han sökte efter någon eller något när han tittade sig omkring. Men utan att finna vad han sökte. Precis raka motsatsen till hans ständigt välmenande leende. Han log det rakt ut i luften, utan att rikta det till någon särskild. Det var som om han log *för säkerhets skull.*

Men när Connell samtidigt log, såg sig omkring, rätade på ryggen och la ner pipan var det i alla fall en mening med det. Han gjorde sig nämligen klar att sjunga, på precis samma sätt som varenda lördag, året runt. Och varje lördag stämde han upp samma tragiska sång, en lång berättelse om en irländsk familjs elände och lidande i seklets början. Innan sången var till ända hade hustrun och alla barn dött, medan sångaren själv frös och svalt. När Connell med sin falska stämma kom till refrängen klämde hela Tap Tavern i med liv och lust. Connell själv strålade av lycka den korta stund hans tröstlösa visa varade.

När han var färdig applåderades det frenetiskt varpå larmet växte till sin tidigare styrka.

Peter Sympson iakttog spänt Joe, för han kände på sig att ögonblicket var inne. Strax därefter hörde han mycket riktigt Michaels röst.

”Joe”, sa Michael tyst, ”ska inte du också sjunga en sång?”

För första gången den kvällen, ja för första gången sedan föregående julafton, vände Joe upp blicken. Michael sa högt och tydligt att Joe skulle sjunga. Pratet och skratten dog ut. Till och med de oåterkalleligen överförfriskade höll tyst. Peter Sympson kände hur det sprängde i honom av ömhet, för Joe, för Michael, för dessa människor som lät Joe räknas och finnas till, om än bara den stund hans sång varade.

När Joe till slut vände upp blicken och sjöng sin oskyldiga visa om två människors oskuldsfulla kärlek med en klar och luftig röst, en sådan röst som tycktes stå på toppen av Irlands klippbranter i väst och tala till den obrutna horisonten, då började Peter Sympson gråta. Om det kom tårar visste han inte. Det kvittade ju också lika, för när Joe hade sjungit, fått applåder, blivit serverad två *double bubble* av Mary på husets räkning och sedan återgått till att stirra ner i golvet, då kände Peter Sympson att han själv var en människa som de andra och att det i grund och botten var likgiltigt om han bara skulle lämna ett tomrum och några glittrande hårda ädelstenar efter sig, en känsla av att någon saknades, men vem?

13

Det var en av årets sista dagar före jul. Himlen var orolig med mäktiga cumulusmoln som svepte in från Atlanten, förebådande ytterligare ett djupt lågtryck. Molnen dök upp som stengrå bergsformationer bakom höjdryggarna i väst och rullade ut sitt eftermiddagsmörker över Tréguier.

Julen och framför allt julhandeln till ära hade Tréguiers borgmästare beslutat att denna vinteronsdag skulle livas upp med musik, precis som på sommaren.

På vintern saknade mme Le Grand sommarens onsdagsfestligheter. Det var trots allt den enda dag i veckan då hon umgicks och träffade folk. Inte för att hon inte ville, men det var som om innevånarna i Tréguier sakta men säkert hade dragit sig undan hennes sällskap efter Yanns död. Kanske var de helt enkelt rädda för att komma alltför tätt inpå en livssorg så stor som hennes. Försåvitt det nu inte var mycket enklare än så: som redarhustru hade hon varit någon att räkna med; en redaränka kunde man däremot bortse ifrån, om nöden så krävde. Man sa också allmänt att hon aldrig hade kommit över förlusten av sin make, men det gavs som förklaring snarare än som en förmildrande omständighet.

Efter hand hade mme Le Grand därför ransonerat sitt uteliv och umgänge till just onsdagarna. På morgonen gick hon runt på marknaden. Hon bytte ett ord här och ett annat där, talade om vädret, frågade om hälsan, förhörde sig om barn och barnbarn, undrade hur det skulle gå för den nyöppnade restaurangen vid torget, utväxlade åsikter om borgmästarens förslag om att förbjuda biltrafik på torget under sommaren, diskuterade årets skörd av turister, huruvida det var fler eller färre än året före och om inte tyskarna hade tagit över från engelsmännen, deltog i indignationen över att SNCF hade beslutat att TGV:n inte skulle göra uppehåll i Guingamp. Med andra ord gjorde hon som alla de andra, *parlait pour ne rien dire*, pratade för att ingenting säga.

När hon kom hem efter att ha ätit lunch på ett litet crêperie kände hon sig trött och modlös. I sina ljusa stunder försökte hon intala sig att det åtminstone var bättre att folk pratade än att de var tysta, att tomma ord var bättre än ingenting alls. Men samtidigt var hon rädd att det bara var utdöende ekon efter någon som för mycket länge sedan hade stått på en klippavsats och skrikit ut sin fruktan för att vara den enda människan på jorden.

Senare på eftermiddagen, precis som varje ondagseftermiddag, gick hon upp till det före detta franciskanklostret där man hade inlogerat stadens förståndshandikappade som de numera kallades, utan att de *så* kallade hade fått det ett spår bättre. I Tréguier hade man visserligen haft lovvärda ambitioner att göra mer för sina idioter än att bara byta namn på dem. Man hade gett dem egna lägenheter och låtit dem gå fritt på staden utan ledsagare. Allt skulle säkert ha gått bra om de hade varit vanliga byfånar, konstiga typer som kunde häcklas av barn och ignoreras av vuxna, det vill säga om Tréguiers idioter hade varit av den sort som man kunde gå förbi utan att bevärdiga med en blick, kort sagt om de hade varit sådana varelser som man kunde bortse ifrån.

Det var bara det att somliga av Tréguiers efterblivna led av ett trängande behov av ömhet. I bästa fall tog det sig uttryck i att de överföll någon av stadens hedervärda kvinnor med ömhetsbetygelser. Det dröjde därför inte länge innan man återigen spärrade in idioterna på ett behandlingshem i form av detta före detta kloster, och bara lät dem gå ut med personal. Men personalbristen gjordc snart byfånarna till alltmer sällsynta inslag i gatubilden. Så som tingens ordning nu är dröjde det därför heller inte länge innan staden Tréguiers idioter var ett minne blott, och knappt ens det.

Mme Le Grand var en av de få som vägrade låta dem falla i glömska. Varje onsdag gick hon upp till klostret med några av godsakerna som hon hade köpt på torget samma förmiddag. Hon delade ut vad hon hade med sig och lät de stackars satarna få utlopp för veckans oförlösta ömhetsbehov. De klängde på henne som om de var levande lianer, smekte och pussade henne där de kom åt, höll henne hårt, nästan krampaktigt, i händerna och kramade henne så att hon hade svårt att få luft.

Mme Le Grand lät dem hållas tills de tröttnade. När hon gick därifrån kände hon sig renad, som om hon hade gjort sig förtjänt av att få leva utan förebråelser ytterligare en stund, som om hon i alla fall hade gjort vad hon hade kunnat.

I skymningens halvdunkel gick hon sedan ut en sista gång för att höra på musiken i katedralens skugga och spotlights.

Mme Le Grand stod lutad mot en av de jättelika platanerna på torget framför katedralen, i skymundan. Det var en sådan kväll då mörkret tycktes falla tidigare än det skulle, en sådan kväll då musiken tycktes vemodigare och uråldrigare än vanligt, som om de stora molnen ovanför ville suga den till sig och gömma undan den för alltid. Varför var den bretonska musiken så sorgsen? Det var som om den framfördes på yttersta kanten av Bretagnes västra klippbranter i hopp om att någon bortom horisonten skulle höra dess klagan. Mme Le Grand trodde att det låg i den bretonska själen, så som den hade blivit, och i vissheten om att tillhöra en två tusen år gammal kultur som var på väg in i glömskan och tomheten. Bara sedan kriget hade de som talade bretonska som modersmål decimerats från ett hundra tusen till några tiotusental. En hel kultur, ett helt språk och ett helt folk som låg i spillror och som kände på sig att de snart var utdöda, och hon själv som en av spillrorna. Vad kunde vara sorgligare än det?

Mme Le Grand stod kvar länge efter att de sista tonerna från Barzaz vemodiga musik slutgiltigt hade förlorat sig i den stjärnlösa natthimlen där man i ljuset från den upplysta katedralspiran, byggd till Guds ära med medel från hasardspel, anade de lågtflygande och söndertrasade höstmolnen.

14

Jacob Nielsen hade bestämt sig för att göra ett sista försök att öppna de brutna förbindelserna med sina båda söner. Han hade ringt dem för första gången på länge och av den ene utverkat ett löfte om att de skulle fira jul tillsammans, av den andre en utfästelse om att de skulle fira nyårsafton. Några veckor senare skulle Jacob Nielsen också göra sin plikt och rösta för Europa.

Det var med viss förväntan han gick ombord på den lilla färjan i Marstal. Han hade inte träffat sina söner på flera år och frågan om Europa låg honom varmt om hjärtat. Det var en fråga om att riva ner gränser, om att slippa bära pass, om att äntligen få en värld där man kunde färdas fritt, där alla, säger alla, var en del i något gemensamt. Europa var bara en början, Europa och Internet, till en gränslös värld som *hängde ihop*, en värld i vilken människorna var länkade till varandra i ett gigantiskt nätverk och ingen, säger ingen, var en slutstation utan vidare förbindelser, ett svart hål som bara drog till sig information och materia utan att någonsin släppa ut den igen.

Vad tyckte hans söner om Europa? Jacob Nielsen hade skam att säga inte en aning. Men det var i alla fall inte bara hans fel. Ingen av hans söner hade begripit hur han kunde slå sig ner i en håla som Marstal, med en dator, om än kraftfull, som enda sällskap. De var storstadsmänniskor i själ och hjärta, fastän de för övrigt var mycket olika. Jens var en slipsprydd man mitt i karriären, anställd på en av Köpenhamns mest respekterade revisionsfirmor. Mads var en politisk aktivist på vänsterkanten, som tog vad arbete han kunde få medan han läste sociologi på universitetet. Jens var gift. Mads hade flickvänner och vägrade gifta sig av princip. Det enda de hade gemensamt var väl att ingen av dem ville ha barn.

För Jens var barnlösheten en fråga om framtidsutsikter. Ett barn skulle stå i vägen för hans karriär. För Mads handlade det om ideologi; enligt honom var det omoraliskt att sätta barn till världen i en värld som inte ville veta av dem, i en värld som vilken dag som helst kunde gå under på grund av befolkningsexplosionen, krig och miljöförstöring.

Men innerst inne anade Jacob Nielsen att detta bara var svepskäl. I grund och botten var de rädda för att få barn som skulle växa upp och bli lika familjeförstörda som de själva. Ja, Jacob Nielsen hade börjat förstå på senare år att han och hans fru inte hade levt upp till de krav som ett barn kunde ställa på sina föräldrar.

Själv hade han haft fullt upp med att bygga upp den firma som skulle vara hans väg till friheten. Halva året hade han befunnit sig på tjänsteresor. Den andra halvan hade han arbetat sextio timmar i veckan för att hinna med.

För sig själv hade han fredat sitt samvete med föreställningen om att hans familj i varje fall inte led ekonomisk nöd. Han hade trott att hans fru tog sig an sådana frågor som kärlek och omsorg om deras barn. För sent hade han insett att hon hade varit mer intresserad av sitt utseende och av make-up, av det senaste modet, av att frekventera Köpenhamns innefolk och till och med av att umgås med sina älskare.

Jacob Nielsen förstod därför, om än motvilligt, om hans söner inte var särskilt intresserade av att träffa honom. Dessutom hade han inte direkt ansträngt sig för att hålla kontakten efter att ha dragit sig tillbaka till Marstal. Den första tiden i full frihet hade han haft ett mycket stort behov av att vara för sig själv, just för att få vara sig själv för första gången i sitt liv, utan inblandning från någon.

Men nu, efter Marcels berättelse om Mama i Tréguier och sitt eget handlösa fall i sin dators konstgjorda verklighet, hade det börjat gå upp för honom att det kanske inte räckte att bara lägga ut en mängd spår av sig själv på världens alla hårddiskar; man måste få svar också. Jacob Nielsen hade börjat tänka att det var av yttersta vikt att han fick bekräftat att någon hade uppmärksammat att Jacob Nielsen alls fanns.

Han hade följaktligen kommit att tänka på sina söner, om de liknade honom, om de någon gång tänkte på honom, om det någon gång slog dem att de *trots allt* hade en far. När allt kom omkring måste det väl ändå vara i sina söner som han hade efterlämnat de tydligaste spåren, på gott och på ont.

Jacob Nielsen anlände till Hovedbanegården klockan tre dagen före julafton. Han tog in på Hotell Plaza vid sidan av. Han kände en viss tillfredsställelse över att inte behöva fundera över vad saker och ting kostade, som till exempel ett hotellrum på ett av Köpenhamns bättre hotell. Bara för att han var en konkurrent som skulle köpas bort från marknaden hade försäljningen av firman inbringat honom otroliga trettio miljoner. För samma summa hade han fått förbud mot att ägna sig åt kommersiell dataverksamhet i fem år. Men han, mindre än någon annan, hade behov av ett sådant förbud. Hela hans liv hade ju varit inriktat på att skrapa ihop en förmögenhet för att kunna dra sig tillbaka och få vara sig själv. Köpa sig fri, det hade varit hans högsta mål, och det hade han uppnått med råge, strax före femtioårsstrecket, helt enligt planerna.

Han hade fått bra betalt, det var sant, och han var ekonomiskt oberoende i högsta grad, men det var väl också sant att han hade fått betala ett pris. Skilsmässan för det första, fastän det var en försumbar summa på debetkontot. Glappkontakten med sina söner, för det andra. Hur skulle den värderas?

Hur mycket skulle dras ifrån de trettio miljonerna på sönernas konto? Det var svårare att räkna ut. Förhoppningsvis var det aldrig för sent att komma på fötter igen när man hade med människor att göra, åtminstone inte om man visade prov på god vilja. Och god vilja, det var just precis vad Jacob Nielsen hade tänkt visa den här julen.

Han gick ut på stan i ett strilande danskt vinterregn, ett sådant som tränger in i märg och ben. På en sidogata till Strøget gick han in i den affär där han för länge sedan hade beställt sina julklappar till sönerna: två portabla datorer, med inbyggt modem, medföljande mobiltelefoner, internetkort och ett års abonnemang på en server, allt vad som behövdes för att hans söner skulle kunna hålla förbindelsen öppen, var de än befann sig i världen. God vilja i all ära, tänkte Jacob Nielsen, men det skadade inte att ha rätt redskap för att gardera sig mot tekniska missöden. I all synnerhet när man hade med den mänskliga faktorn att göra.

Nästa dag, på själva julafton, gjorde han inte stort annat än väntade på tidpunkten då han skulle ge sig av till Jens, hans äldste son. Han låg på sin säng och tittade upp i taket när Jens ringde. Jens frågade om han inte kunde komma förbi vid fyratiden i stället.

”I stället?” frågade Jacob Nielsen.

”Jag är ledsen, pappa. Men min fru och jag har bestämt oss för att dela upp julafton mellan våra respektive föräldrar.”

”Men jag trodde att vi hade bestämt för länge sedan att jag skulle fira jul med er.”

”Det hade vi också. Men vi har ändrat oss. Vi hade tänkt träffa min frus föräldrar i morgon, men jag har så mycket att göra på firman att jag måste jobba i morgon. Du, om någon, vet ju hur det kan vara.”

Ja, det visste han.

”Men kunde vi inte fira jul allihop tillsammans? Jag är ju inte precis asocial, som du väl vet.”

”Jag är ledsen, pappa. Men jag har känsliga affärer ihop med mina svärföräldrar. Och du vet hur viktigt det är att ägna odelad uppmärksamhet åt sina kunder, eller hur?”

Ja, det visste han också. Han kände hur hans glada förväntan krympte ihop till ett svart hål i bröstet.

”Jag förstår”, sa han.

”Tack, pappa. Jag visste att jag kunde lita på dig.”

Redan klockan sex var han tillbaka på sitt hotellrum. Innan han gick hade han flera gånger tänkt ringa upp och säga att han inte kom. Men han var rädd att det skulle ha framstått som ett utslag av trotsig besvikelse, vilket det ju kanske också skulle ha varit. Dessutom hade han sin julklapp att leverera.

Men borde han inte ha förutsett även detta? Hans son hade redan den hårdvara han behövde. Dessutom var det MacIntosh, inte PC, som gällde i Jens värld. Inte på grund av kraften eller användarvänligheten, förklarade hans son, utan på grund av designen. I Jens värld, det förstod väl pappa som hade arbetat i branschen, var imagen livsviktig. Utan rätt image kom man inte långt! Det var en fråga om trovärdighet. Men om han kunde få byta julklappen mot pengar, så vore det inte så dumt, just nu när han stod i färd med att byta bil.

Visst, pappa hade förstått. Det var trots allt julafton.

”Du har väl modem och mobiltelefon i alla fall?”

”Det är klart.”

Jacob Nielsen lämnade över ett kuvert.

”Här får du min E-mailadress. På den kan du alltid nå mig, dygnet runt om det skulle behövas. Jag har kopplat min dator till en personsökare, så att jag alltid får besked direkt när det ramlar in ett brev i min dator.”

”Det var finurligt, pappa. Men du har ju heller aldrig lidit brist på kreativitet.”

Jacob Nielsen log.

”Har inte du en E-mailadress?” frågade han.

”Jovisst har jag det. Men tyvärr kan jag inte lämna ut den. Vår firma hanterar så många förtroliga uppgifter att vi har som princip att inte lämna ut våra personliga adresser till annat än internt bruk.”

”Inte ens till den närmaste familjen?”

”Inte ens det. Du vet hur det är. Du är säkert själv en flitig användare av nätet. Genom dig skulle en skicklig hacker kunna komma åt våra adresser och upplysningar.”

Jacob Nielsen nickade. Det var bara det att han visste att hans son ljög honom rakt upp i ansiktet. Men det var ju julafton.

”Då tycker jag att du skulle skaffa dig en personlig E-mailadress”, sa han. ”Du kunde till exempel ha min julklapp som din egen dator som inte var kopplad till firmans nätverk.”

”Det skulle jag förstås kunna.”

Och det hade i stort sett varit allt, det vill säga att det inte hade varit någonting alls. Väl tillbaka på sitt hotellrum satt Jacob Nielsen länge och stirrade ut genom fönstret. Han hade aldrig tyckt om julaftnar, och kunde därför knappast, åtminstone inte med trovärdigheten i behåll, komma med förebråelser. Ändå kunde han inte låta bli att känna bitterhet. Hans son hade slagit igen dörren framför näsan på honom, det var vad han hade gjort. Hans egen son hade gjort det klart för honom att han inte behövde honom, vare sig för att vara människa eller ens för att låtsas vara det. Hans son hade behandlat honom som en engångsförpackning eller en tidig version av ett dataprogram som det inte längre lönade sig att uppgradera. Men vem var han, sin sons far, att döma?

Senare denna julaftonskväll kopplade Jacob Nielsen in sig på Internet. Hela natten gled han runt mellan olika avkrokar av världen för att finna andra ensamma själar som han själv, datorfreaks som hellre satt klistrade vid skärmen än var inbäddade i familjens varma sköte. Han fann dem utan svårighet. På en nyhetsgrupp hittade han till och med en konferens om julens olidligheter. ”Om Noah kom förbi med sin ark för att samla upp ensamma själar till julfirande”, hade någon skrivit, ”så skulle jag be honom skyffla upp hela sitt jävla zoo i arselet.” Jacob Nielsen skrev själv ett långt inlägg i debatten. Något svar fick han dock inte.

15

Rosa Moreno vaknade med ett ryck och höll för öronen. Ekot av en våldsam knall följdes snart av flera. Det dröjde ända tills den femte explosionen innan hon kom ihåg att det var nyårsaftons morgon. Som vanligt när något skulle firas i Galicien började man med att fyra av smällare mot den tysta himlen. Under sommaren gick det knappt en dag utan att man hörde knallar från varenda by och deras hamnfester, nära eller i fjärran. Rosa Moreno avskydde smällarna. Det var som om de försökte spränga himlen i luften, som om de sköt prick på stjärnorna, som om människorna inte stod ut med tanken på att det låg ett obegripligt universum utanför deras räckvidd och klåfingrighet.

När hon var säker på att explosionerna hade tystnat tog hon bort händerna från öronen.

Senare samma dags kväll var Rosa Moreno en av tusentals människor som hade samlats runt hamnen. De stod i klasar runt bassängerna, familjevis eller i tätt sammankittade tonårsgäng. Rosa Moreno undvek dem. Hon tyckte inte om spanjorernas mani att alltid umgås i klungor och klickar, som om de inte stod ut ens med ett ögonblicks ensamhet. Ibland hade hon undrat om hon inte hade annat blod i sina ådror, exempelvis om inte hennes far kunde ha varit en sjöman från något främmande och exotiskt land.

Eller kanske var hon portugis. De var inte alls samma flockdjur som spanjorerna. Dessutom var de allvarligare. Det hade hon hört från portugiser själva. De reste till Spanien för att festa, just för att spanjorerna var bra på att göra saker tillsammans. Men om de ville vara för sig själva, så stannade de kvar i Portugal.

Rosa Moreno gick ut och satte sig på den östra piren, så långt bort ifrån folksamlingen på hamnens sydkajer som hon kunde komma. Där ute var hon alldeles ensam. Att hon skulle få se fyrverkeriet från fel håll spelade knappast någon roll på himlen. Det enda hon skulle gå miste om var vattenfallet som var uppsatt på en ställning framför yachtklubben. Allt annat skulle hon få se lika tydligt som alla andra, men utan att behöva höra deras utrop och skratt.

Klockan tolv vecklade de tre första fallskärmsraketerna ut sig och spred hundratals sjunkande ljuspunkter i intensivt blått. Strax följdes de första av flera i rött, grönt och gult. Till att börja med lyfte de i grupper vars karaktär och färgsättning passade ihop. Efter hand blev dock himlen mer kaotisk, ett sprakande sammelsurium av färggnistor som lyfte och föll, föddes och dog ut, flammade upp och falnade, tändes tvärt för att sedan långsamt och obönhörligt slockna, som livet.

Rosa Moreno lutade huvudet bakåt medan hon stödde sig på armarna. Hon blickade rakt ut i rymden där stjärnornas glimt och fyrverkeriets glitter var en del i samma oändliga universum, precis som hon själv, som var en fjäder, en dammtuss, ett sandkorn, en daggdroppe, en ofattbar obetydlighet, vars enda storhet väl var att hon kunde se allt detta och finna det vackert.

När hela natthimlen till sist tycktes stå i brand, när allt var ett gnistrande, sprakande virrvarr av ljusblink och färger, då överfölls Rosa Moreno av bottenlös yrsel. Hon tänkte att hon var på väg in i ett annat liv, där stjärnorna styrde och ställde till det bästa, ett annat liv där hon skulle återförenas med sin bror, Cecilio, med sin mor, ja till och med med sin far; ett annat liv där hon skulle räknas, där hon skulle väga tungt när hennes mor lyfte upp henne och där hon aldrig skulle behöva fråga sig om hon alls fanns till eller undra om hon hade ett leende som Ingrid Bergman.

Långsamt, oändligt långsamt, men med en tillförsikt och glädje som hon inte hade känt på mycket länge, började hon låta sig glida ut över kajkanten.

I samma stund gav folkmassan upp ett hänfört vrål inför det vattenfall som avslutade Vilagarcías nyårsfest och det största fyrverkeriet i Vilagarcías mannaminne. Rosa Moreno ryckte till och upptäckte vad det var hon hade varit på väg att göra. Hon greps av fruktan. Var inte livet i henne starkare än så? tänkte hon. Hade hon bara inbillat sig att hon var med barn? Långsamt kröp hon bort från kajkanten. Först flera meter därifrån reste hon sig och började springa. Inom henne, som om det var ett hånfullt skratt, ekade länge det hänförda vrålet från folkmassan på kajen.

16

Luften var hög och klar, som om den inte fanns. Peter Sympsons ensamma och högresta gestalt avtecknade sig knivskarpt mot den knallblå himlen där han gick i ensamt majestät högst uppe på bergsplatån söder om Kinsale. I fjärran, på hans vänstra sida, gnistrade Atlanten. Norrut bredde Irlands klargröna och böljande hedar ut sig, som ett fruset hav, så långt ögat kunde nå.

Närmare inpå livet hade Peter Sympson kohagar och åter kohagar omgivna av stengärdsgårdar. Peter Sympson tittade ner, men inte på grund av stenarna eller makadamen, utan bara för att undvika att trampa på de otaliga komockorna som låg överallt på vägen. Om det inte hade varit för dem, så hade Peter Sympson för en gångs skull kunnat låta blicken irra fritt i den glasklara luften.

Peter Sympson var på väg till Ballinspittle, precis som varje år, för att bese den berömda madonnan som någon en gång hade sett röra sig. Inte för att Peter Sympson trodde på Gud eller på att madonnan verkligen hade dansat, försåvitt det inte var inför ögonen på en upprymd och full irländare på väg hem från puben.

Tvärtom, Peter Sympson var medveten om att hans deltagande i denna årliga religiösa högtid kunde uppfattas som skenhelighet om folk runt omkring honom hade vetat att han inte kunde tro på ett liv efter detta, hur gärna han än skulle ha velat. Men Peter Sympson visste också med sig, fastän han kanske inte var den förste att erkänna det, att han saknade de troendes trygghet. De som var övertygade om att jordelivet hade en fortsättning i paradiset slapp ju, åtminstone i princip, att drömma om annat här på jorden, till exempel om en kvinna som skulle upptäcka och låta sig förföras av ett färgskimmer i en bergkristall.

Det var till och med därför som Peter Sympson deltog i manifestationer som denna, i hopp om att miraklet trots allt skulle inträffa, inte att han skulle få se madonnan i Ballinspittle ta sig en svängom, utan undret att detta fantasifoster som gick under namnet Gud skulle räcka ut en hand och tala om för honom, svart på vitt, att människan åtminstone hade en seghet som jadeiten eller en hårdhet överstigande kvartsen så att hon inte vittrade till damm under sin livstid.

Peter Sympson var dock inte den ende som hade sina tvivel. Intresset för madonnan hade avtagit markant efter de första åren då tiotusentals hade mött upp och fyllt hotellen i Kinsale till bristningsgränsen. På den tiden hade man kunnat köpa avbilder av madonnan i varenda turistbutik, och den lokala hamburgerbaren hade till och med komponerat en madonnaburgare. Tyvärr, för turistnäringens skull, hade madonnan för det mesta uppfört sig som den stenstod hon var, och i takt därmed hade omsättningen i Ballinspittles två pubar minskat dramatiskt, liksom försäljningen av madonnaburgaren som till slut hade försvunnit ur sortimentet.

Några fotvandrande pilgrimer som han själv kunde Peter Sympson dock se på de små vägarna uppe på höjderna. Trots att de var få gav synen av de andra honom en känsla av samhörighet, som om fler än han själv var på väg mot samma mål och strävade åt samma håll, vilket de ju noga räknat också gjorde.

Peter Sympson gick långsamt. Precis som varje år använde han tiden till att tänka igenom sitt liv, i ett försök att förstå hur det hade kunnat bli som det hade blivit.

Fakta var enkla. Fadern hade varit aktiv i IRA, trots att han var gift med en protestant, och hade skjutits till döds av UFF när Peter Sympson var femton år gammal. Modern hade blivit tokig på kuppen. Peter Sympson själv hade vänt allt och alla ryggen, och inte långt därefter börjat som lärling i en juveleraraffär i Dublin. Mycket snart hade han fått ett passionerat intresse för ädla stenar, några av de hårdaste och mest beständiga materialen på Moder Jord. Senare hade han lärt sig att kristallgittret inte var så obönhörligt reglerat som man hade trott, och till och med att kristallatomerna befann sig i något slags rörelse. Ja, enligt kvantmekaniken fanns det i kristallernas mikroskopiska djup en osäkerhetsrelation, en ovetbarhet. Som *människa* var det dock ingenting som man behövde ta alltför högtidligt; kristaller var och förblev det de var till tid och evighet. Deras hårdhet och glans gjorde dem till något man kunde *lita på.*

Det var de hårda fakta i Peter Sympsons liv. Att han hade förlorat all tilltro till Gud, såväl den katolska som den protestantiska, var i hans ögon fullt normalt. Att han hyste den största misstro till människor i allmänhet, och omvänt att han ställde lika höga krav på dem som på fulländade ädelstenar, var likaledes enligt hans sätt att se naturligt, ja till och med försvarbart, för att inte säga mänskligt. Men det som han inte kunde förstå, det var varför han inte hade blivit sinnessjuk som sin mor. Eller varför han inte hade gått in i IRA för att hämnas mordet på sin far. Eller varför han hade flytt för att aldrig mer sätta sin fot i Nordirland. Eller hur det kunde komma sig att han trots allt hade lyckats leva ett någorlunda liv så långt med någon mening.

Inte heller detta år fick han svar på sina frågor innan han nådde fram till den långa utförsbacken ned mot Ballinspittle; den punkt vid vilken han alltid slutade tänka på sig själv. Ju längre ner i dalen han kom, desto fler människor strömmade till från småvägarna. Framför och bakom honom uppskattade han antalet till ett hundratal. Längst ner var vägen spärrad och bevakad av poliser. Madonnan var insprängd i en nisch ett tiotal meter upp. Nedanför var en grusplan inhägnad med ett staket. På staketet stod att läsa med halvmeterhöga bokstäver:

THE IMMACULATE CONCEPTION.

Dagen till ära hade man byggt upp en tillfällig scen på vilken prästen skulle hålla sin predikan. De jättelika högtalarna satt däremot uppe året runt. Det gällde ju att vara beredd om madonnan plötsligt skulle sätta sig i rörelse.

Peter Sympson klättrade upp en bit på sluttningen på motsatta sidan av den asfalterade vägen. Precis som varje år började han det mödosamma arbetet med att räkna det exakta antalet åhörare. Han kom fram till 347, tjugo färre än föregående år. Detta såg han som ett tecken i tiden. Den obefläckade avlelsen drog inte längre folk. Vad som behövdes var spektakel, liv och rörelse, som en dansande madonna huggen i sten.

Prästen gjorde vad han kunde för att ingjuta hopp i de fåtaliga själarna, men Peter Sympson var inte imponerad. Prästen talade inte om verkligheten, inte om hårdhet, beständighet och motståndskraft. Hans predikan var i själva verket inget annat än tankeexperiment och önsketänkande. A. Låt oss anta att det finns en Gud. B. Låt oss likaledes anta att denne Gud har ett paradis till sitt förfogande. C. Låt oss vidare anta att alla människor kan komma dit om de uppför sig ordentligt – eller ångrar sig ordentligt när de inte gör det. D. Fanns det sålunda någon anledning att låta bli att tro?

Men vad var det att komma med inför en galen mor och en mördad far? Vad var det att komma med inför tre tusen döda i norr, tre tusen som hade levt till ingen nytta i Guds namn?

Peter Sympson hade velat skrika ut sin besvikelse och ilska, men eftersom han var en belevad man som minst av allt ville göra sig synlig höll han tyst. Hans enda protest var att ta fram sin gula diamant, stor som en valnöt, och låta den gnistra i den vassa och karga januarisolen. Någon vände sig om och snart flera. Till slut tittade halva församlingen stumt åt Peter

Sympsons håll och undrade vad som stod på, om det var ett nytt underverk som höll på att bli verklighet.

Tills vidare, tänkte Peter Sympson, är den mest obefläckade avlelsen diamantens. Han tänkte på den brasilianske ädelstenshandlaren Sauers ord: ”Med sin mycket korta tillvaro mellan himmel och jord finner människan i skönheten hos en sällsynt diamant, smaragd eller akvamarin de egenskaper som hon själv har förnekats. Den inre elden är inte människans verk. Dess uppgift är att kasta glans över det eviga.” Gud var god och allsmäktig, sades det, men hade någon frågat sig om han var vacker? Kunde Gud exempelvis mäta sig i skönhet med någon av Peter Sympsons båda enastående stenar?

17

Hela morgonen vällde bussarna in i Tréguier och släppte av advokater i vad som för ett otränat öga kunde tyckas vara en aldrig sinande ström. Just detta år räknade man med drygt fyra hundra advokaters närvaro, fyra hundra advokater av katolsk bekännelse från Europas alla hörn som kom för att betyga sitt skyddshelgon, den Helige Yves, sin vördnad. I advokaternas släptåg följde ett tusental vanliga pilgrimer och säkerligen dubbelt så många turister.

Så hade det varit, om man bortser ifrån nutidens transportmedel och det moderna tivolit med radiobilar, dunkande rockmusik och skjutbanor, sedan 1347 då Yves de Kermatin, trettio år efter sin död, utnämndes till helgon av påven Clemens VI, en utnämning som ansågs vara rekordsnabb på den tiden. Så hade det varit och så skulle det förbli. Åtminstone om turistföreningens senaste storsatsning bar frukt. För sant men sorgligt var att intresset för den Helige Yves hade börjat svalna; hans helgongloria var helt enkelt i dalande.

Detta var, trodde mme Le Grand, ett tecken i tiden. För varför hade Yves gjorts till helgon? Därför att han av oegennytta ställde sig upp till de svagas försvar. Vid sina föräldrars död ärvde Yves de Kermatin en större egendom som han förvandlade till ett härbärge där han själv tog hand om olyckliga och utstötta, om dem om vilka kyrkan sade sig värna. Som domare gjorde han sig till de fattigas advokat. Utan att ta betalt tog han sig an de utblottade klienter som ingen annan ville veta av.

Vem skulle göra det idag? tänkte mme Le Grand. Vem skulle spendera sin förmögenhet på att ta hand om dem som inte kunde betala för sig? Vem skulle ställa sig upp till andras försvar utan att begära kompensation? Vem, i tider som dessa, tog sig an de obetydliga, de som skulle glömmas bort som om de aldrig hade funnits?

I stort sett ingen. Det var därför, och enbart därför, som mme Le Grand fortfarande deltog i den procession som hyllade den Helige Yves minne. Yves de Kermatin var inte bara en son av Tréguier, den störste av alla, han var i hennes ögon ett riktigt helgon, ett sådant vars enda underverk helt enkelt var att ha ett gott hjärta.

En gång i sin ungdom, när hon fortfarande hyste förtröstan på Gud, hade mme Le Grand gått främst i processionen, stolt att bära den vita fanan med det blå korset, och förebåda relikskåpet som kom strax bakom henne, följt av biskopar och advokater i parti och minut. Numera gick hon längst bak, klädd i grått, och gjorde sig så osynlig som möjligt. Vid ceremonien i kapellet stod hon i ett hörn längst bak där ingen kunde se henne när hon grät.

Mme Le Grand hade annars inte lätt till tårar. Det var som om hennes tårkörtlar hade sinat något år efter Yanns död. Men hon grät för den Helige Yves. Hon tyckte att ingenting kunde vara sorgligare än denna hyllning till vad som enligt allt att döma var en förlorad sak.

När ceremonierna var över gick mme Le Grand som vanligt hem och bytte om till ledig klädsel. Men i stället för att delta i den stora banketten och höra på borgmästarens och andras skenheliga tal till den Helige Yves gick hon ner till tivolit.

Det var på tivolit i Tréguier som hon hade träffat Yann. Hon var arton och han var nitton och han hade gått de trettio kilometrarna från Paimpol till Tréguier för att vara med på festen. Att gå trettio kilometer var inget konstigt på den tiden. Alltid fanns det någon släkting eller bekant som kunde ge en tak över huvudet så att man slapp gå hela vägen tillbaka samma kväll. Själv hade hon otaliga gånger gått med sina vänner till Paimpol för att dansa. Ofta fick de lift förstås, för de var granna flickor. Sedan kom cyklarna, och då var det genast lättare. När bilen kom var det alltid fram och tillbaka samma dag. Allt skulle plötsligt gå så fort. Besöken hos släkt och vänner blev kortare. Sov över gjorde man sällan. Bilen och televisionen hade nästan tagit död på allt riktigt umgänge.

Men när det hände hade mme Le Grand redan blivit mme Le Grand och slutat gå eller cykla till Paimpol för att dansa.

Det hade kommit så plötsligt, mindes hon. Första gången hon stötte ihop med Yann var bokstavligt talat, för de frontalkrockade i radiobilarna. Ja, om man skulle vara riktigt exakt, så blev hon påkörd i sidan. Hon, som inte alltid var så vaken, utan mer av en drömmare, till och med i en radiobil, hade så när kastats ur sin bil. Yann var den som hade tagit emot henne och knuffat tillbaka henne på plats med ett pärlande skratt. Hon kom fortfarande ihåg hur hon kände det när deras blickar möttes: som om hon mötte en oändlig trygghet, det vill säga som om hon, med Yann, kunde ge sig hän helt och hållet, utan minsta förbehåll eller försiktighet.

Resten av den omgången hade de kört runt i sina bilar och sneglat på varandra. Som om det skulle ha varit för barnsligt undvek de att krocka med varandra igen.

När de hade stigit ur radiobilarna kom Yann fram till henne och frågade om han fick bjuda henne på en tur i pariserhjulet. Det var där, alldeles naturligt och självklart, som de kysste varandra både första, andra och tredje gången, utan att ha sagt i stort sett ett ord till varandra.

Nästa dag lånade de två cyklar och cyklade hela den långa vägen ut till Sillon Talbert, den flera kilometer långa landtungan av rullsten som stack ut som en halvmåne rakt ut i havet. De gick ända ut till spetsen, väntade tills det blev lågvatten och tog sig sedan över till den lilla ön längst ut. De väntade igen tills tidvattnet hade avskurit dem från fastlandet. Och sedan älskade de med varandra, som om de inte hade gjort annat, fastän de var nybörjare båda två.

Så hade det fortsatt i många år. Deras förhållande hade varit ett äventyr, som i en saga. Yann hade fått henne att känna att hon var den viktigaste människan på denna jord.

Yann hade visioner i livet. Som så många andra i Paimpol hade han börjat som fiskare. När de träffades hade han redan fiskat i fyra år och sparat nästan allt han tjänade. Redan vid tjugo köpte han sin första båt. Men det var inte en fiskebåt, utan en lastskuta. Hon hade inte trott sina ögon när han stolt visade henne runt ombord.

Som kapten anställde Yann en gammal fiskeskeppare från Paimpol, som kunde Bretagnes tidvatten och strömmar som sin egen ficka. Redan det var ett lyckokast, för den gamle fiskaren sparade tiotusentals francs i bränsle åt Yanns nystartade rederi. Det var också Yann som kom på att man inte behövde segla på stora och dyra hamnar om man vågade ta in fartygen i floderna vid högvatten och låta dem torka ut medan man lastade och lossade. Tack vare lastbilarna kunde man lika gärna angöra Tréguier som St Malo eller Brest.

Sedan gick det slag i slag. Fem år senare hade Yann tre fartyg och en sandsugare. Man började tala om honom med respekt i de små bretonska hamnstäderna som alltid hade fått stå i skuggan av Brest, St Malo, Concarneau och Nantes. Yann var en "igångsättare" först, senare en "entreprenör". Han tjänade själv pengar och drog in än fler till de småsovande kuststäderna. Utan honom hade det inte funnits någon kran i Tréguier, och ingen kranskötare att ta hand om den.

Men trots alla sina aktiviteter hade Yann alltid tid till henne. Det stora huset på Rue de Renan köpte han för att fira deras tioårsjubileum. Han inrättade sitt kontor på bottenvåningen och högst upp inredde de övernattningsrum till rederiets besättning. Det var hela tiden liv och rörelse. Baren på bottenvåningen var samlingspunkten. Det var där Yann gjorde upp sina affärer, ofta med ett handslag som enda kontrakt. Själv hjälpte hon till med värdinneskapet och bokhålleriet. Hon höll reda på de anställda, såg till så att de fick sina löner och att de tog ut den semester som de var berättigade till. Det var också hon som skulle ta hand om alla papper och formaliteter när någon mönstrade av och lämnade rederiet. Men ingen hade någonsin slutat så länge Yann levde.

Deras enda sorg och olycka var att de inte fick några barn. De sa till varandra att det inte var nödvändigt att ha barn med en lycka som deras. Men samtidigt visste de med sig att ett barn skulle vara höjdpunkten i deras liv, bekräftelsen på deras kärlek. I början sa Yann ofta att det han gjorde och det han byggde upp, det var för deras barns skull. Själva behövde de ju inte mer än vad de hade. Och för egen del betydde det ingenting att tjäna pengar eller att räknas som en betydande person i folks ögon. De kände honom ändå inte som den han verkligen var. Han sa alltid nej till alla ärebetygelser och inbjudningar.

”Det som räknas är det som lever vidare”, brukade han säga. ”Inte vad folk råkar tycka och tänka.”

Men allteftersom åren försvann började det gå upp för dem att de kanske inte skulle få några barn. Detta svetsade dem samman än mer och fick deras kärlek att brinna allt hetsigare. Till och med mme Le Grand började undra om bränslet skulle räcka livet ut. Plötsligt, utan att veta hur det gick till, insmög sig en känsla av att varje dag var den sista.

Och en dag var det oåterkalleligen den sista. Yann orkade inte brinna längre och tog livet av sig. Han hade gått ut på Sillon Talbert, där de hade älskat första gången, och sedan fortsatt rakt ut i havet tills den virvlande tidvattenströmmen tog tag i honom och förde honom ut till havs.

Det hade tagit mme Le Grand flera år att komma över sin

förtvivlan. Rederiet hade hon sålt. Hon hade öppnat sitt hem för sjömän som kom till Tréguier och hade påbörjat sitt ihärdiga arbete att se till att de inte glömdes bort, de lika litet som Yann. En människa, hade mme Le Grand kommit att tänka efter Yanns död, fick aldrig bli en daggdroppe som dunstade bort i den första morgonsolen.

Mme Le Grand hade gjort vad hon hade kunnat för att omsätta deras kärlek i godhet, som Yann skulle ha velat. Däremot hade hon inte tagit sig en ny livskamrat, trots att det var flera, eller kanske många, som skulle ha varit intresserade. När allt kom omkring var hon ett mycket gott parti för frånskilda män mellan fyrtio och femtio. Hon var vacker, med stänk av livssorg och falnad eld, barnlös och välbärgad.

Ännu mindre hade hon tänkt på att försöka sätta barn till världen, att välja en lämplig man som kunde ge henne ett barn som hon kunde uppfostra som om det var hennes och Yanns. Hennes brinnande önskan att få barn hade slocknat slutgiltigt i samma ögonblick som hon fick veta att Yann var död.

Hennes enda eftergift var denna, att en gång om året gå på tivolit i Tréguier, för att låtsas som om ingenting hade hänt, som om hennes liv började om från början.

Mme Le Grand hade sin bestämda rutt och sina bestämda tider. Först gick hon runt och tittade på alla stånden. Hon kastade boll och sköt med gevär, alltid vid sidan av, för så hade det också varit när hon var ung. Hon hade aldrig fått en fullträff och vunnit en nalle eller en kanin. Hon åt merguez och pommes frites fastän de simmade i härsken olja. Hon tjuvrökte bakom en glasskiosk. Hon kastade ögon på karlarna, bara för att upptäcka att de inte var något för henne, precis som förr.

Sedan åkte hon en tur i de virvlande gondolerna och skrek ikapp med de andra. Prick klockan sex satte hon sig i en radiobil och körde fram och tillbaka med halvslutna ögon. Efter en stund kände hon hur en annan bil körde in i ena sidan. Överrumplad lät hon sig så när falla ut över dörren, men fångades upp av ett par armar som satte tillbaka henne i bilen. Hon öppnade ögonen och mötte Roberts leende blick. Den resterande tiden körde de runt varandra, utan att krocka, och sneglade förstulet på varandra.

När hon kom ut genom vändkorset stod Robert och väntade på henne. Han frågade henne om han inte fick bjuda på en tur i pariserhjulet. I pariserhjulet, efter exakt två varv, kysstes de både en och två och tre gånger.

Nästa morgon stod Robert utanför hennes hus med två cyklar. Tillsammans cyklade de hela vägen ut till Sillon Talbert, gick de två kilometrarna ut till spetsen, väntade på lågvattnet och tog sig torrskodda ut till den lilla ön i uddens förlängning. Sedan, vid högvatten, avskurna från fastlandet, älskade de med varandra. På vägen hem grät mme Le Grand, men inte av glädje som förr, utan av sorg och en bottenlös saknad, precis som varje år de senaste femton åren.

Hon grät, men var samtidigt djupt tacksam mot Robert för att han varje år ville göra henne till lags. Han å sin sida påstod att det inte alls var en uppoffring. Hon visste att Robert skulle ha önskat sig mer, eller till och med mycket mer, men också att det var en tanke som han knappt hade vågat tänka själv. Den taktfullheten uppskattade hon mycket.

I allt annat var de så olika två människor kunde vara. Robert var på flykt. Han flydde det moderna samhället och de horder av människor som enligt honom inte visste att leva. Särskilt flydde han undan kvinnorna som gjorde honom försvarslös.

”Ingen”, hade han förklarat för mme Le Grand med ett ganska uppgivet leende, ”har så lätt för att bli förälskad som jag. Det är en kronisk åkomma. Det räcker med att jag ser en söt flicka passera förbi. Med en gång blir jag svag i knäna. Kvinnorna älskar förstås att bli uppvaktade, och så illa ser jag trots allt inte ut, men samtidigt känner de av min svaghet. Jag kan inte räkna alla de gånger jag har blivit sviken och övergiven. Min enda tröst är att jag så snabbt blir förälskad igen. Som ni säkert förstår, madame, kan man inte leva hur länge som helst på det viset. Till slut blir man tokig."

"Samhället är genomruttet", hade han sagt vid ett annat tillfälle. "Världen är en varböld som måste spricka innan något nytt och friskt kan födas. För att komma bort ifrån självkheten och ytligheten har jag flyttat allt längre västerut. I fem år bodde jag i St Malo, tills det togs över av turisterna. Nu bor jag här i denna avkrok som är Tréguier, en oupptäckt och oförstörd idyll. Vi får se hur länge det varar. Innan jag dör har jag säkert flyttat till det vindpinade Ouessant, så långt västerut man kan komma i det här landet."

"Robert, vi har alla våra problem att leva med. Det är inte säkert att era är värre än andras."

"Jag är ledsen. Det ska inte upprepas."

Det gjorde det heller inte. Mme Le Grand och Robert träffades en gång om året på Tréguiers tivoli, det var allt. Råkade de mötas för övrigt, nickade de bara till varandra och kallpratade om väder och vind.

Men denna gång insåg mme Le Grand till sin förtvivlan att hon hellre hade velat att det varit Marcel som krockade med henne i radiobilen.

18

På juldagsmorgonen, rödögd och smärtsamt trött, ringde Jacob Nielsen till sin andre son. Det var av rösten att döma en yngre flicka som svarade. Först sa hon att Mads inte var anträffbar.

”Det är hans far”, sa Jacob Nielsen.

”Det hjälper inte.”

”Men var kan jag träffa honom?”

”Tyvärr kan jag inte säga något.”

”Säga något om vad?” frågade Jacob Nielsen.

”Det kan jag inte heller tala om.”

”Vad menar ni?”

”Ni hörde väl vad jag sa? Hur kan jag vara säker på att ni är hans far?”

Jacob Nielsen fortsatte att försöka övertyga flickan om att han verkligen var Mads far och att det var av yttersta vikt att han fick träffa sin son.

”I all synnerhet om han har problem”, la Jacob Nielsen till.

”Problem?” sa flickan. ”Han har inga problem.”

”Varför kan jag inte få prata med honom i så fall?”

”Det har jag ju sagt.”

Till slut måste flickan ha blivit bevekad. Kanske var det något i hans röst, tröttheten och resterna av besvikelsen från dagen före.

”Under uret på Hovedbanegården om en timme”, sa hon. ”Ha ett skriftligt meddelande klart.”

Hon la på.

Vad var det frågan om? tänkte Jacob Nielsen oroligt. Han

misstänkte att det hade något med sonens politiska aktiviteter att göra. Men i så fall tydde detta på att de var mer extrema och kanske hemskare än vad han själv någonsin hade föreställt sig.

Precis en timme senare stod han under det stora uret strax innanför huvudingången till stationen. Han behövde inte vänta länge. Han tilltalades av en flicka vars ansikte till stora delar var dolt av en schal.

"Är ni Mads far?" frågade hon.

"Ja, det är jag. Det har väl inte hänt honom något?"

"Nej. Ge mig meddelandet så ska jag lämna över det."

Han räckte henne ett kuvert.

"Jag måste få fråga..." började han, men längre hann han inte innan flickan småspringande hade försvunnit i vimlet.

Tre timmar senare ringde Mads.

"Vad är det här frågan om?" utbrast Jacob Nielsen. "Du är skyldig mig en förklaring!"

"Är jag det? Ja, kanske det. Jag har inte gjort något brottsligt, om det är det du tror. Jag råkar bara bo i ett ockuperat hus. Polisen vill gärna veta vilka vi är. Därav försiktigheten."

"Är det inte ett brott att ockupera hus?"

"Bara mot somligas rätt att sko sig på andras bekostnad."

"Men om du behöver någonstans att bo, så kan jag hjälpa dig. Du vet att jag inte saknar medel."

"Jag vill inte ha någon hjälp från dig."

"Okej", sa Jacob Nielsen försonligt.

När allt kom omkring kände han ett slags stolthet över att Mads tycktes ha självständighet som sin ledstjärna.

"Hur blir det med nyårsafton?"

"Det går inte, pappa, inte som det ser ut just nu. Polisen kan storma huset när som helst."

"Men vi hade ju en överenskommelse."

”Jag vet. Om du vill skulle vi kunna gå ut och äta middag efter folkomröstningen. Vad säger du om det?”

”Fint.”

”Vi kan träffas på Bananrepubliken klockan sex.”

”Bananrepubliken?”

”Ja, det är en restaurang på Nørrebrogade.”

”Då säger vi det. Du kommer väl? Säkert?”

”Jadå, ingen risk. Jag lovar.”

Jacob Nielsen brydde sig inte om att åka tillbaka till Marstal. Han bodde kvar på sitt fina hotell och ägnade det mesta av sin tid åt Internet. Han hade inget särskilt mål utan surfade rätt planlöst runt på World Wide Web. Han medverkade i konferenser och nyhetsgrupper av de mest skiftande slag. Han bläddrade i bibliografier, läste tidningar och forskningsresultat, tog hem gratisprogram och såg vad de var värda.

På nyårsafton gjorde han ett halvhjärtat försök att delta i festligheterna, men hans sinnesstämning var inte till fest och dessutom avskydde han fyrverkerier. Köpenhamn måste vara en av de värsta städerna i världen på nyårsafton. I två timmar runt midnatt låg en tjock krutrök över staden. Explosionerna följde på varandra som spärreld. Varför, tänkte Jacob Nielsen, medan han gick tillbaka till hotellet, hade man valt krigets ljus och ljud för att symbolisera hoppfullhet? Kunde någon förklara för honom varför ett fyrverkeri inte kunde fyras av i all stillhet så att man kunde få vara i fred?

En vecka senare läste Jacob Nielsen i tidningen att polisen hade gått till angrepp mot ett ockuperat hus på Nørrebro. Några av ockupanterna hade blivit skadade, flera var anhållna. Jacob Nielsen ringde genast till Mads och nu var det han själv som svarade.

”Ingen fara”, sa Mads genast. ”Jag klarade mig fint, och de andra släpps i morgon. Som vanligt.”

”Men vad tjänar det till?” frågade Jacob Nielsen. ”Nu har det ockuperats hus i snart tjugo år. Det var likadant när jag var ung. Fast då hette det något annat. Och ingenting har förändrats. Snart blir ni äldre, skaffar barn och sedan är det slut med barrikaderna. Nya kommer till, men inte fler än förra gången, och resultatet blir detsamma.”

”Varje gång flyttas en gatsten, pappa. Om jag fick barn, till exempel, kan jag ju inte gärna säga till dem att de inte får ockupera hus, eller hur?”

”Men du vill ju inte ha barn.”

”Jag sa *om* jag fick barn. Dessutom är jag inte ensam.”

”Vad menar du?”

”Det får du se när vi träffas.”

Klockan sex prick anlände Jacob Nielsen till den restaurang och bar som gick under namnet Bananrepubliken. Det var fullt av folk. Jacob Nielsen konstaterade snabbt att han föll utom ramen. Utan att tänka sig för hade han tagit på sig slips och kavaj. Det var det inte många andra som hade. Ingen, närmare bestämt. Han fick sig också några konstiga blickar till livs, ja i somliga av dem tyckte han sig till och med märka en viss fientlighet. Han fick syn på Mads kritblonda kalufs vid baren. Den hade Mads i alla fall ärvt efter honom. Det slog honom att Jens trots allt bråddes mer på modern och Mads på honom själv. Fåfängan, innelivet, det var sådant som hon hade stått för. Oberoendet och det blonda håret, det var han själv, inte tu tal om det.

Han trängde sig fram till baren och gav Mads en kram.

”Det här är min far”, sa Mads till dem som stod närmast. ”Han bor i Marstal. Jag har tagit med honom hit för att han ska få se hur vi firar EU.”

Det kom spridda hälsningar och lika spridda leenden. Det var ingen hjärtlighet i dem, men fientligheten hade i alla fall försvunnit. Jacob Nielsen kände att han nu snarare betraktades som en parentes, eller som kusinen från landet. Eller, varför inte, som en uppstoppad skräcködla utlånad från ett museum.

Mads tog med honom en trappa upp till restaurangen. Där var det inte lika mycket folk och man kunde åtminstone sitta och prata i lugn och ro.

Jacob Nielsen frågade Mads vad de skulle fira.

"Det beror på resultatet. Om det blir nej, så blir det fest. Om det blir ja, så blir det också fest, fastän gravöl."

"Du har alltså röstat nej."

"Jag har inte röstat alls. Jag röstar inte, av princip. Men jag är emot EU, det är klart."

"Varför är det klart? Din bror Jens röstar säkert ja."

"Ursäkta att jag säger det, men min bror Jens är ett svin. Han är bara intresserad av sig själv och av pengar."

"Och jag då?"

"Du hoppade åtminstone av. Och efter vad jag har förstått var du alltid hederlig."

"Men jag var väl också ett kapitalistiskt svin i de trettio år jag höll på?"

"Kan vi inte prata om något annat nu när vi ändå har träffats?"

Men trots att Jacob Nielsen gjorde vad han kunde var det som förgjort. Han ville att Mads och han skulle komma närmare varandra, men för varje ämne de tog upp avlägsnade de sig från varandra i stället. När de diskuterade EU slutade det till och med med att Jacob Nielsen kallade sin son för en inskränkt nationalist. Varför trodde Mads att Le Pen, Thatcher, nynazisterna, kommunisterna och alla andra extremister var emot EU? En sådan som Mads, med de åsikter han hyste, borde väl begripa att nationalstaten var värre än allt annat.

Det var den som hade gett oss alla krig och gjort människor till varandras främlingar och fiender.

"Du är en naiv idealist, pappa", svarade Mads.

"Varför då?"

"Förstår du inte att du och jag kommer att få ännu mindre att säga till om i Europa?"

"Och du inbillar dig att du har något att säga till om här därför att Danmark är ett litet hemtrevligt land där du kan se statsministern cykla till jobbet. Men hur tror du det känns att vara skotte i Storbritannien eller bretagnare i Frankrike? Hur tror du det är att vara tjeck i skuggan av Ryssland?"

Och så vidare i en aldrig sinande ström av oförstånd och missförstånd. De två kunde inte ens komma överens om att man måste respektera varandras åsikter i en demokrati som Danmark, och i all synnerhet så som de kom till uttryck i en folkomröstning, enligt Jacob Nielsen det mest rättvisa mätinstrument som fanns att tillgå. I Mads ögon var hela demokratiprocessen urgröpt som en schweizerost av propaganda och pengar.

När de hade ätit färdigt tog Jacob Nielsen fram sin present.

"Det här är min julklapp", sa han, "litet försenad. Med den kan vi fortsätta våra diskussioner. Det viktigaste är ändå att hålla dialogen igång."

Mads öppnade paketet. Jacob Nielsen förklarade alla finesserna, det inbyggda Ethernetkortet och modemet, mobiltelefonen och ett års abonnemang på en Internetuppkoppling.

"Internet måste väl ändå vara något för dig", sa han. "Ingenting är mer anarkistiskt uppbyggt än det. Trettio miljoner datorer redan, utan minsta centralstyrning. Är det inte fantastiskt?"

Mads tittade på honom med en frånvarande blick.

"Det är framsteg i ett nötskal", sa Mads. "I fortsättningen

behöver vi inte träffas alls. Bara vi har varsitt modem och varsin skärm."

En av Mads vänner kom upp.

"De första prognoserna har kommit. Det blir ja. Festen har redan startat."

"Vilken fest?" frågade Jacob Nielsen.

"Följ med så får du se!" sa Mads.

När de kom ut var gatan ett kaos. Skyltfönster hade krossats och det låg glassplitter överallt. Flera soptunnor hade rullats ut och satts i brand. En barrikad hade börjat byggas på Fælledvej, vid Sankt Hans Torv. Ett hundratal unga i rånarluvor arbetade metodiskt på att lägga upp förråd av gatsten. Flera hade tillhyggen. Alla hade de senaste modellerna av joggingskor för att kunna löpa snabbt. Det var också framsteg, tänkte Jacob Nielsen, att revolutionärerna numera hade råd att förse sig med högteknologiska och fotriktiga joggingskor av bästa märke.

Mads tog upp en rånarluva ur fickan och drog den över huvudet.

"Vad gör du?"

Jacob Nielsen skrek för att han var skärrad och för att höras i larmet.

"Det är vårt gravöl, pappa. Om du vill, kan du säkert få låna en luva och vara med."

"Är du inte klok! Jag förbjuder dig att delta i sådana här idiotier!"

"Du! Skulle du kunna förbjuda mig något! Du som aldrig tänkt på annat än att göra dig ekonomiskt oberoende! Det är litet sent påtänkt att vilja bli far nu."

"Mads!"

"Det tjänar ingenting till att vädja till mina familjekänslor. De finns inte."

"Jag vädjar till din anständighet. Våld är förtryck, har du inte begripit det, vem som än använder sig av det!"

”Har du hört talas om legitimt självförsvar, pappa, har du det?”

Jacob Nielsen tog tag i Mads arm och försökte dra honom med sig tillbaka in i restaurangen. Mads slet sig fri och avlägsnade sig några steg. Han lyfte den portabla datorn över huvudet med bägge händerna. Med full kraft slängde han den i gatan så att den krossades i tusen bitar.

Det hade han tänkt göra från första början, var Jacob Nielsen första bestörta tanke. Varför skulle han annars ha tagit med sig datorn ut?

Jacob Nielsen stod kvar medan Mads sprang ner till de andra i änden av gatan. Inte långt därefter hördes de första sirenerna och Jacob Nielsen såg kravallutrustade poliser samlas utanför barrikaden. Han hörde order ges i högtalare om att folkmassan skulle skingras. Men i stället började slagorden, glåporden och stenkastningen.

Jacob Nielsen förstod ingenting, absolut ingenting. Hur kunde detta ske i ett Danmark som alltid skröt med sitt *smil* och sitt *hygge*, i lilla älskvärda Danmark som hatade tyskar för deras storvulenhet, som såg ner på svenskarna för att de inte kunde dricka en bajer utan att skrika och spy och som knappt tog emot Bosnienflyktingar av rädsla för att *de* skulle inverka menligt på det danska *hygget*? Hur kunde detta ske i ett litet land som var sig självt nog?

Plötsligt hörde Jacob Nielsen skottlossning. De sköt! Polisen sköt skarpt på några unga virrhjärnor och ungdomsrevoltörer som inte hade fått en ordentlig uppfostran av sina självtillräckliga och karriärupptagna föräldrar.

Något måste ha slagit slint i Jacob Nielsen för han började springa. Han sprang rakt ner i hopen, trängde sig förbi ungdomarna, klättrade över barrikaden och gick själv, i skjorta, slips, kavaj och italienska helläderskor, till angrepp på de skjutgalna poliserna. Han hann inte långt innan han fick ett slag på sidan av huvudet och förlorade medvetandet.

19

Det fanns gryningar, till sjöss, som var silkeslena. Det var gryningar då havets enda rörelse var oceanens långsamma dyningspuls, då fartygets fartvind var den enda vinden inom hundratals sjömils omkrets, då en erfaren sjöman kunde känna sig säker på att dagen som följde skulle bli lugn och molnfri med en värmande sol från en klar himmel. Det var gryningar då nattens trygga kokong först blev en sfär av månstenens mjölkaktiga skimmer, sedan en öppen blågrå vidd av hav och åter hav, då det flortunna morgondiset och nattfukten som hade fällt ut och täckt hela fartyget brändes bort på några korta minuter av solen som steg över horisonten.

Det var på morgonen efter just en sådan gryning som Marcel och Sundgren siktade Fastnet Rock sju sjömil sydväst om Cape Clear på väg till Kinsale i Irland. Mäktiga skumkaskader klättrade uppför det granitgrå fyrtornet som fick ta emot den väldiga dyningens hela kraft.

”Styr tio grader väst!” sa Marcel.

Sundgren såg frågande på honom.

”Jag vill bara vinka till fyrvaktaren”, sa Marcel. ”Det måste vara rätt ensamt att sitta på en sådan där klippa dag ut och dag in.”

Det var typiskt Marcel, tänkte Sundgren och la om rodret. För att kunna vinka till en ensam fyrvaktare var Marcel beredd att lägga om kursen och ta en omväg på tio sjömil. För att njuta av en storslagen utsikt kunde han ta in fartyget i en galicisk ría där de inte hade något att göra. Sundgren vågade knappt tänka på vad Marcels omvägar hade kostat rederiet i bränsle. Detta var andra gången bara på den här resan. På väg ut från Ferrol hade Marcel beordrat en kurs som förde tätt på Dödens Kust, bara för utsiktens skull. Sedan hade Marcel själv styrt fartyget in genom det smala och hårresande vackra inloppet till Cedeira, tagit två rundor inne i lagunen som hade kunnat göra vilken karibisk ö som helst rangen stridig, och seglat ut igen när han hade sett sig mätt. I en styckegodsare! Som om de var några jävla nöjesseglare!

Marcel var oförbätterlig, tänkte Sundgren, det var vad han var, ett stort barn med en sällsynt förmåga att dra rederiet vid näsan, till sin egen och sin besättnings förtjusning, Sundgren själv undantagen, som alltid oroade sig för följderna om Marcels tilltag kom ut i ljuset. Och nu skulle han vinka till en fyrvaktare! Bara han inte gick alltför nära. Den här dyningen var inte att leka med.

”Oroa dig inte!” sa Marcel, som om han hade läst Sundgrens tankar.

”Jag oroar mig inte”, sa Sundgren.

Marcel kallade upp fyrvaktaren på VHF-radion och utväxlade några ord. Sundgren kunde höra att fyrvaktaren blev glad för samtalet och uppmärksamheten. I en hel vecka hade det blåst så mycket att helikoptern inte hade kunnat gå ut.

”Att det finns folk som står ut med ett sådant jobb”, sa Sundgren när Marcel hade lagt på. ”Sitta där mol allena på en jävla klippa utan att ha någon att tala med. Jag skulle bli tokig.”

Marcel skrattade.

”Jag skulle för min del trivas som fisken i vattnet mol allena på det du kallar en jävla klippa utan att ha någon att tala med.”

”Du? Du som inte kan stanna kvar på fartyget i två sekunder efter att vi lagt till och förtöjt!”

”Det är inte samma sak. Vi löper ju ut igen. Jag är intresserad av människorna, i det har du helt rätt. Jag vill veta hur de bär sig åt i livet. Men det betyder inte att jag vill ha dem inpå livet från morgon till kväll."

Sundgren nickade. Han tänkte på sin fru och sina omöjliga tonåringar i land. Han trodde att han förstod precis vad Marcel menade.

"Nej, Sundgren, den dag då jag tröttnar på att vara kapten på den här skutan och flänga runt i världen som den osalige ande i flaskan jag tycks vara, då ska jag lägga in en biljett på ett jobb som fyrvaktare. Om det finns några kvar. Jag har till och med hört sägas att Fastnet Rock ska automatiseras. Har du tänkt på det, Sundgren, att det nästan inte finns några *ensamma* jobb kvar nuförtiden."

"Nej, det har jag inte. Men för min skull får de gärna avskaffa dem en gång för alla. Det är inte sunt att vara ensam."

"Då glömmer du mig."

"Inte alls. Det går ju bra med dig och oss här på skutan."

"Ni är sjömän."

"Vad är skillnaden?"

"Om vi ska trivas och stå ut med varandra måste vi lämna varandra i fred. Inte hänga varandra om halsen som i land."

Sundgren nickade återigen i tron att han förstod. Samtidigt kunde han inte låta bli att känna sig en smula stolt över att vara en av de utvalda som Marcel tålde att ha inpå livet. Måtte de automatisera alla jävla fyrtorn illa snabbt! tänkte Sundgren, full av välvilligt egenintresse.

III

20

Villagarcías hamn låg tyst och öde klockan tre om morgonen. De enda ljud som hördes var det svaga och dova surret från fartygens dieselmotorer. Tre alggröna kranar reste sig högt över Rosa Morenos huvud. Hon smög sig fram som en skugga längs lagerlokalens ena vägg, utom räckhåll för de starka lyktorna som tillsammans med ljuset från fartygens däcksbelysning kastade ett iskallt sken på kajen.

Rosa hade aldrig varit nere i hamnen vid den här tiden förut. Hon var rädd, men varje gång hon tvekade tänkte hon på det liv hon hade levt och på det liv hon skulle få leva om hon stannade kvar i Villagarcía. Hon sa till sig själv att livet borde vara ett äventyr, som i horoskopen eller som det säkert var det för Marcel.

I flera veckor hade hon läst fraktlistorna och fartygsnotiserna i *La Voz de Galicia* och till slut hittat ett fartyg som skulle gå till Cork, inte långt från Kinsale, den enda hamn som Marcel hade sagt att han säkert skulle anlöpa under det närmaste året.

Först hade hon tänkt gå ombord och fråga kaptenen om hon kunde få arbeta sig till Cork i mässen. Hon ville lära sig så snart som möjligt hur det var ombord på ett fartyg. Men hon hade fått beskedet att det var omöjligt att bli anställd ombord utan erfarenhet och sjömansbok.

Hennes nästa tanke var att betala för sin överfart, men den idén hade hon gett upp när hon hade fått höra vad det skulle kosta. Hon hade fått ihop ett sparkapital, men vem visste hur länge det skulle behöva räcka? Vem visste ens om det skulle räcka tills hon mötte Marcel?

Till slut beslöt hon sig alltså för att smyga ombord på ett fartyg som fripassagerare. Det var väl ett äventyr så gott som något. Men hon hade allt att vinna, och mycket litet att förlora.

Hon stod länge och tittade på det svarta fartygsskrovet som tornade upp sig framför henne. Inte en människa syntes till. Till sist vågade hon sig ut i det karga och nakna ljuset. Hon gick upp för landgången med andan i halsen, men ingen ropade an henne och ingen hund började skälla. Allting var tyst.

Två och ett halvt dygn senare spatserade hon ner för landgången i Cork i fullt dagsljus, ett par timmar efter att fartyget hade lagt till. Några sjömän stirrade storögt på henne när hon gick förbi med rak rygg. Inte för ett ögonblick kunde de föreställa sig att de hade haft en så vacker ung flicka ombord som fripassagerare. De trodde förmodligen bara att hon hade haft ett ärende till någon ombord.

Rosa Moreno var stolt. För första gången i hela sitt liv hade hon vågat göra något riktigt. Dessutom var hon säker på att detta var något som Marcel skulle tycka om. Var inte han en sådan som tog sitt pick och pack och gav sig iväg när andan föll på?

Rosa Moreno steg på en buss in till Cork, väntade en timme på en stökig och nersliten busstation och tog sedan en annan buss som gick till Kinsale. Bussen var full med stojande skolungdomar och pratsamma vuxna på väg hem från arbetet. Chauffören tycktes känna dem alla. Bussen var som en stor familj.

Det var då det gick upp för henne att hon inte längre var en av dem som kom och gick precis som vanligt. Genom att ge sig av hade hon faktiskt gjort sig litet annorlunda än de andra. Hon var inte längre enbart en av miljoner.

I Kinsale gick hon runt med lätta steg och letade efter ett billigt hotell. Om det inte kostade för mycket, hade hon bestämt sig för att försöka få ett rum med utsikt över floden så att hon kunde hålla utkik efter fartygen som la till i hamnen. Medan hon väntade och tittade ut genom fönstret skulle hon läsa engelska.

Rosa Moreno fick tag på ett rum i ett guest-house som hette Harbour Bar. Liggande i sängen kunde hon se Bandon River och Kinsales hamn. När hon hade satt sig till rätta och dukat upp med bröd, smör, ost och ett glas enkelt rödvin kände hon sig verkligare än någonsin förut. Även det var Marcels förtjänst, tänkte hon. Utan honom skulle ingenting av allt detta ha blivit möjligt. Utan honom skulle hon aldrig ha vågat ta steget ut i det verkliga livet.

21

Efter att ha tillbringat ytterligare en natt i sina arkiv bestämde sig mme Le Grand. På något av alla hennes tusentals kort borde det väl ändå ha funnits ett bud på vad meningen var. Men det ena svaret tycktes henne lika bra eller dåligt som det andra. Kanske hade Edwards, Marcels maskinmästare, lika rätt som alla andra. Livet, då det var som bäst, var som ett jättelikt tivoli. Man betalade en slant, ställde sig i kö, fick en rolig stund och kunde komma tillbaka för att få mer. Eller som O'Brian, man drack ett par pints i goda vänners lag, sjöng en sång, firade jul med familjen, hjälpte ungarna till arbete och familj, samt fick, som bonus, uppleva att Irland vann femnationsturneringen i rugby. Varför sträva efter mer?

På femton år hade mme Le Grand inte varit utanför sitt landskap, Le Trégor. Under femton år var det i stället hon som hade öppnat sina armar för världen genom att ta emot alla sjömän som kom förbi Tréguier. Hur många hade hon i sitt arkiv? Dryga femtonhundra. Vad var det att komma med egentligen när det fanns miljarder andra som alla kunde göra anspråk på att bli arkiverade och hågkomna. Miljarder människor som skulle dömas och eventuellt utdömas av Gud inför inträdet till Paradiset.

Men hade Gud det egentligen enklare än hon själv? På domedagen skulle han ha att döma flera miljarder själar som kom uppstigande på en och samma gång. Vilken trängsel! Vilket kacklande! Och några var dessutom gränsfall som i rättvisans namn borde kräva sorgfällig behandling. Och dokumentationen, vem stod för den? Gud måste ha ett minne som en häst för att klara uppgiften.

Visst, Gud hade evigheten till sitt förfogande, fastän man undrade om själarna hade det. Var skulle de vänta? Mme Le Grand försökte föreställa sig jättelika asylcentra i himlen där själarna fick kölappar bara för att sedan vänta i miljontals år på besked om de fick uppehållstillstånd i Paradiset eller ej. Men det var kanske otillbörligt att tänka på Gud i jordiska termer. Gud satt inte som mme Le Grand och gjorde anteckningar på kort. Gud satt inte ens och knappade in uppgifter på en datamaskin.

Men *hur* skulle man i så fall tänka Gud inför uppgiften att sovra mellan miljarder själar som var och en hade levt ett helt liv, varav många så gott de hade kunnat. Skulle man tänka sig att Gud hade ett lackmuspapper som ständigt doppades i varje människas liv? Eller att det fanns en öppen ledning mellan människan i livet och en registrator i himlen, i likhet med de sändare som kopplades in på fångar i frigång för att man skulle veta exakt var de befann sig? Varje gång människan syndade utan att ångra sig gjordes automatiskt en anteckning i registret. Sedan var det ju bara att slå upp när den dagen kom. Men vad skulle Gud göra med alla dem som aldrig hade haft en jordisk chans att få veta vad som krävdes för att passera Skärselden med ett slags liv efter detta i behåll? Vad skulle Gud göra med en sådan som mme Le Grand själv? Och med Yann? Var i himlen befann han sig? Hur skulle de hitta varandra?

Mme Le Grand var säker på sin sak, hur man än tänkte Gud i frågor som dessa så blev det absurt. För att över huvud taget kunna tänka Gud fick man göra honom ofattbar och ouppnåelig, ja till och med omänsklig och overklig. Och så var det i själva verket. De som trodde på Gud trodde ju, ja katolikerna åtminstone, *mot allt förnuft*. De trodde på något som de inte kunde föreställa sig hur det var, inte ens i sina vildaste fantasier.

Själv hade hon i alla fall vetat vad hon höll på med när hon hade upprättat och ajourfört sitt arkiv. Hon såg till att sjömännen inte glömdes bort, hon gjorde här och nu så att de lämnade spår efter sig och fick ett slags liv efter detta. Än sedan? Vem skulle bry sig om hennes arkiv när hon var död?

Efter mötet med Marcel hade det börjat gå upp för henne att det som räknades var sjömännens utbringade leve, Marcels skål och hans leende. Hon hade insett att även hon själv hade rätt att bli hågkommen.

Av Marcel, om hon fick välja. Men hon skulle inte sitta här i Tréguier som en annan flicka i varje hamn och vänta på att han möjligen kom tillbaka. *Hon* var inte en flicka som alla andra i varje hamn.

Samma dag satte hon sig vid ratten i sin svarta Citroën och körde på småvägar till Roscoff. Där lämnade hon bilen och gick ombord på färjan till Cork. I Cork tog hon en skramlig buss till Kinsale. När hon steg av frågade hon chauffören om han kunde rekommendera ett hotell med utsikt över hamnen. Han pekade ut Ashtons ett stenkast därifrån.

"Kinsales bästa hotell", sa han. "För fina gäster som ni."

"Jag hade tänkt mig något mer anspråkslöst och fridfullt", sa mme Le Grand.

Chauffören pekade på ett slags halvö som stack ut i Bandon River.

"Då skulle jag rekommendera Tims ställe", sa han. "Harbour Bar. Han har ett tiotal rum till uthyrning och vid den här tiden på året finns det alltid plats. Dessutom är hans bar en av de trivsammaste i stan, om man vill ha lugn och ro vill säga."

Mme Le Grand drog ut handtaget i sin resväska och rullade den efter sig, först in i Kinsales mitt, sedan runt hamnen och till slut ut på den lilla halvön där det låg ett tiotal hus, varav tre pubar och en restaurang.

Hon gick in på Harbour Bar och drack en kopp kaffe vid baren innan hon bestämde sig. Stället passade henne. Från baren och den lilla foajén såg hon ut över både hamnen och inloppet till Kinsale.

Hon förhörde sig om det fanns något rum med utsikt. Hon hade tur sa mannen bakom bardisken, för han hade bara tre rum som vette ut mot hamnen, och två av dem var upptagna.

Mme Le Grand skrev in sig. Väl inne i rummet packade hon upp sin väska och flyttade sängen så att den stod framför fönstret. Hon satte sig ner och tittade ut över vattnet. Solen var på väg ner över bergen i väst. Kinsale speglade sig i det kvällsblå vattnet.

Mme Le Grand kände åtminstone tillfälligt en stor frid. Hon var nästan säker på att hon hade fattat ett riktigt beslut.

22

Varje sen eftermiddag gick Jacob Nielsen ned till stranden söder om Marstal. Vissa dagar tillbringade han ett par timmar med att utforska horisonten genom sin Zeisskikares fulländade prismaobjektiv.

Jacob Nielsen tittade efter Marcels fartyg. Han hoppades att det svarta skrovet skulle dyka upp ännu en gång vid horisonten, trots att han egentligen visste att det var utsiktslöst.

Sedan han kommit tillbaka från Köpenhamn hade han inte mått bra. Inte för att han hade fått en batong i huvudet och hade vaknat upp i en sjukhussäng med lätt hjärnskakning. Tvärtom skattade han sig lycklig över att ha sluppit så lindrigt undan. För första gången sedan kriget hade polisen skjutit med skarpa skott och man betecknade det som ett *under* att ingen hade blivit allvarligt skadad eller dött, som om försynen eller Gud hade haft ett finger med i spelet.

Inte heller mådde han dåligt på grund av den slutgiltiga brytningen med sina söner. Han kände till och med en skamsen lättnad över att navelsträngen till slut hade klippts av. För första gången i sitt liv kände han sig fri på riktigt, utan minsta förbehåll.

Allt borde alltså ha varit frid och fröjd. Men med friheten hade rastlösheten och livsyrseln återigen tagit struptag på honom, bara värre än tidigare. Att tänka på Mama och på hennes register var i stort sett det enda som skänkte Jacob Nielsen någon lindring. Det gav honom i alla fall något att tänka på och något att ta itu med.

Jacob Nielsen hade med sin datakraft bett en resebyrå ta

reda på hur man tog sig till Tréguier. Det var svårare än han hade trott. Först tåg eller flyg till Paris, sedan tåg till Guingamp och därifrån buss till Tréguier. Men tågen stannade sällan i Guingamp, och det gick bara en enda buss till Tréguier på eftermiddagen. Inte ens med flyg från Köpenhamn till Paris gick det att klara resan på en dag. Från Marstal till Tréguier handlade det om en resa på minst två dygn.

Detta förvånade Jacob Nielsen. Han hade aldrig kunnat föreställa sig att det skulle kunna ta *så* lång tid att resa från en plats till en annan i hans gränslösa Europa, att det fanns platser i detta Europa som låg så långt ifrån varandra som Tréguier och Marstal.

Nu var det förstås inte avståndet eller tiden som avhöll honom från att resa till Tréguier. Han var ju fri. Men hur skulle Mama reagera om han dök upp som en gubbe i lådan och bad att få prata med henne? Han var ingen sjöman. Skulle hon alls vilja ta emot honom?

Jacob Nielsen föreställde sig att det bästa sättet att få kontakt med Mama var genom Marcel. Men det var förgäves som Jacob Nielsen letade efter ett fartygs- eller rederiregister på nätet som kunde tala om för honom var Marcels fartyg befann sig eller vart det var på väg. Och dagarna gick utan att Marcels fartyg dök upp över horisonten.

Jacob Nielsen gick återigen ner till de gamle på bänken och frågade om de hade hört något. De talade om för honom det han redan visste, att Marcels fartyg inte seglade på Marstal i reguljär fart.

"Men om jag minns rätt", sa en av dem, "fast mitt minne är som ett såll numera, så sa han något om att de seglade på Kinsale i Irland."

Jacob Nielsen skyndade sig hem och tog ny datakontakt med sin resebyrå. Det dröjde inte länge förrän han hade beställt färdbiljetter och reserverat hotell. Kinsale låg lika långt bort i Europa som Tréguier, men till Kinsale kunde man ta sig på en dag utan att anstränga sig, till och med från Marstal. Först flyg från Köpenhamn till Cork över London. Från Cork skulle det gå bussar en gång i timmen till Kinsale ute vid havet.

Två dagar senare, efter att ha packat för en resa på obestämd tid, tog Jacob Nielsen den första morgonfärjan till Rudkøping. Samma kväll satt han vid baren i en liten pub vid namn Harbour Bar och tittade ut över Kinsales hamn och floden som hette Bandon River. Han skattade sig lycklig över att ha fått rum på detta lilla guest-house med utsikt över vattnet. Från hans plats vid baren kunde inget fartyg segla in eller ut utan att undgå honom.

Dessutom kände han sig bättre till mods än på många år. Tack vare en kapten som råkade berätta en historia om en kvinna i Tréguier hade Jacob Nielsen fått något annat att se fram emot än att bara bli fri från det han kom ifrån.

23

Det var söndag. Peter Sympson satt på puben The Bull's i Summer Cove, drack långsamt en Guinness och tittade ut genom fönstret på inloppet till Kinsale Harbour och på Atlanten som denna dag skimrade i safirblått. Han hade dåligt samvete, detta protestantiska gissel som han måste ha fått i sig med modersmjölken. Varför var det inte hans mor som hade varit katolik i stället för fadern, nu när de ändå skulle förälska sig i varandra och göra sig omöjliga i hela Ulster?

Sedan han lämnade Nordirland hade han alltid vikt söndagen åt prospektering. Inte för att han inbillade sig att han här i County Cork, där berggrunden bestod av skiffer, skulle kunna göra några intressanta fynd. Men han menade att en juvelerare skulle ha egen erfarenhet av prospekteringens vedermödor för att veta vad det var han höll på med. Juveleraren skulle, det var åtminstone Peter Sympsons bestämda åsikt, veta precis hur svårt och arbetsamt det faktiskt var att finna en någorlunda vacker och sällsynt sten.

Peter Sympson hade aldrig vikt en tum. Söndag efter söndag i snart tjugo år hade han metodiskt sökt igenom County Corks öppna berggrund. Denna östra sida av inloppet till Kinsale kunde han som sin egen ficka efter att ha undersökt hela området några år tidigare.

Just nu borde han i själva verket ha befunnit sig på andra sidan Bandon River där han höll på att följa upp ett par kvartsådror i vilka han hade stött på bergkristaller av olika storlek och renhet. De största var orena och genomkorsade av brott, men flera av de mindre var fulländade och några av dem hade till och med ett gulblekt citrinliknande skär.

Varför satt han då här i Summer Cove, på fel sida av floden, och tittade ut över vattnet? Varför hade han gjort avkall? Peter Sympson visste med sig att det sannolikt var absurt, men han satt där i The Bull's och väntade. Efter mötet med sjökaptenen Marcel hade Peter Sympson börjat tänka att den som skulle upptäcka skimret i hans enastående sten skulle komma från havet. Den senaste tiden hade han gått ner till hamnen varje dag och tittat på de främmande fartyg, stora lika väl som små, som låg vid kaj. Där var franska fiskebåtar i stål, ett slags havets tanks i all sin ändamålsenlighet, segelbåtar från Europas alla hörn och fraktfartyg från halva världen.

Peter Sympson hade stått på kajen i timmar, tittat på fartygen och iakttagit deras besättningar. Han hade till och med växlat ord med somliga, men ingen hade reagerat när han hade talat om att han var juvelerare och specialist på ädla stenar. Ingen hade helt enkelt varit särskilt intresserad av honom. Ingen, förutom Marcel, och han hade inte synts till igen.

På vägen hem, i skymningen, gick Peter Sympson in på Harbour Bar för att byta några ord med Tim, ägaren, och dricka en Guinness. Vid den här tiden på året och dagen brukade Peter Sympson få vara ensam med Tim. Därför blev Peter Sympson förvånad över att få se tre gäster sitta vid baren. Dessutom tycktes ingen av dem komma från trakten.

Tims lilla bar hade bara fem barstolar. Peter Sympson satte sig mellan en stilfull dam på ena sidan och en välklädd man och en ung mörk flicka på den andra. Alla tre drog sig åt sidan för att lämna plats, fastän det inte behövdes. Det var bara en sådan gest man gjorde för att visa att man inte ville tränga sig på. Peter Sympson var tacksam för det. Han hade inte kommit för att umgås. Han hade bara kommit för ett glas och för att byta några vänliga och intetsägande ord med Tim, så som han gjorde varje söndag.

24

Tim iakttog förstulet sina fyra kunder, varav tre hyrde rum i hans eget guest-house! Sedan han övertog rörelsen efter sin mor hade han aldrig haft mer än ett rum uthyrt vid den här tiden på året. Nu hade han inte bara tre gäster, utan tre utlänningar dessutom, en fransyska, en spanjorska och en dansk.

Mest undrade han över spanjorskan. Hon var ung, omkring de tjugo gissade han, och vacker, fastän hon inte tycktes vara medveten om det. Om det nu inte var med avsikt som hon klädde sig så enkelt. Den alldagliga klädseln framhävde i alla händelser hennes ansikte. Tim, som den ungkarl han var, hade svårt att låta bli att stirra.

Vad gjorde hon här? I de tio dagar hon hade hyrt rum hos honom hade hon mest suttit framför en kopp te och tittat ut över hamnen och Bandon River. Hon åt alltid kopiöst till frukosten, men Tim visste inte om det var för att hon var hungrig eller för att hon tyckte om den engelska frukosten. De två hade bara utväxlat några ord om väder och vind. Ibland verkade det som om hon tvingade sig till att prata med honom, ungefär som om hon tränade sin skolengelska med honom, och inget mer. Hon väntade, tänkte Tim, hela hennes vackra varelse utstrålade väntan. Väntan på vad?

Diskret lät han blicken glida över till mme Le Grand, den ytterst franska damen som hade anlänt i förrgår. Hon gick inte av för hackor hon heller, fastän hon säkert var dubbelt så gammal som Rosa. Men till skillnad från den spanska flickans enkelhet berodde mme Le Grands dragningskraft i hög grad på hennes klädsel och make-up. Därför var mme Le

Grand föränderlig. Nästan varje gång Tim såg henne komma ner för trappan var det något som var annorlunda, ibland knappt skönjbart, ibland högst påtagligt, nästan provocerande. Det fanns tillfällen då hon verkade ekivok, så som Tim, utan att egentligen ha en aning om saken, inbillade sig att en lyxhora skulle se ut. Andra gånger liknade hon en överklasskvinna i karriären, inkapslad i stram dräkt och draperad i en silkesscarf som säkert var av bästa märke, så vitt Tim med sin begränsade erfarenhet kunde bedöma. En gång hade mme Le Grand till och med fått Tim att tänka på en nunna.

Vem var hon? Och vad gjorde hon där? Det slog honom att även mme Le Grand var en sådan som väntade. Madame kunde också hon sitta långa stunder och se ut över vattnet, utan att röra ett finger medan teet kallnade.

Så snart Tim hade tänkt den tanken gick det upp för honom att detsamma gällde dansken, Jacob Nielsen, som redan hade bott hos Tim i tre veckor. Men till skillnad från kvinnorna var Jacob Nielsen talträngd. Han hade redan berättat sitt livs historia för Tim, och möjligen litet därutöver, samt talat om varför han befann sig i Kinsale.

Jacob Nielsen väntade på ett fartyg med en kapten som kände en dam som Jacob Nielsen ville komma i kontakt med. Tim hade fått frågan om han möjligen hade mött en sjökapten vid namn Marcel, en sorglös och lättpratad typ med asiatiska drag. Det skulle inte ha varit otänkbart, hade Jacob Nielsen sagt, för denne Marcel tillbringade sin tid i land med att springa runt på olika barer och träffa folk. Kände för övrigt Tim till några lastfartyg som kom regelbundet till Kinsale med konstgödsel? Jacob Nielsen hade beskrivit Marcels fartyg i detalj.

Tyvärr var inte Tim särskilt intresserad av sjöfarten. Han la sällan märke till de fartyg som seglade förbi under hans fönster på väg in till eller ut från Kinsale. Det tyckte Jacob Nielsen var konstigt. Var inte Irland omringat av hav? Var inte Irland en sjönation som Danmark?

Nej, sa Tim, irländarna hade aldrig varit intresserade av havet, annat än möjligen för att emigrera. Men emigrerade, det gjorde de till ett annat *land*. Fisket i Irland hade aldrig varit mycket att skryta med. Irländarna övertog de gamla trålare som fransmän och spanjorer inte längre ville segla i. Tim hade hört en kund säga att tiotusentals irländare hade kunnat överleva den stora hungersnöden om de hade kunnat förmå sig att äta musslor, ostron och andra skaldjur. Men nej, deras föda skulle komma ur Irlands mylla, från dess steniga och vattensjuka jord, inte från havet.

"Irland är inte lätt att förstå sig på", hade Jacob Nielsen sagt. "Abort och skilsmässa är förbjudna, men samtidigt finns det väl nästan inte en enda familj som inte har någon anhörig utomlands. Hur går det ihop? Hur kan man å ena sidan göra allt för att föda barn, och i nästa andetag gå med på att de skingras för alla vindar?"

"Det är arbetslösheten", sa Tim. "Irland kan inte föda alla sina barn."

"Det är klart att det inte kan ordnas arbete åt alla när ni föder barn i parti och minut. Har ni aldrig tänkt på det?"

"En del har säkert, men inte jag."

Det var så sant som det var sagt. Tim tänkte inte i onödan. Han var fullt nöjd med att ha sin bar och sitt guest-house, fullt nöjd med livets gilla gång, fullt nöjd med att få tiden att gå med småprat om ditt och datt, helt och fullt nöjd. Om han hade fått önska sig något, så skulle det ha varit en fru som kunde ge honom en son som kunde ta över när han själv blev för gammal. Ibland, i sina sällsynta mörka stunder, tänkte han på att han en dag skulle bli tvungen att sälja hotellet till en vilt främmande människa som lika gärna kunde få för sig att förvandla baren till en flott restaurang med neonljusrör och andra moderniteter och sopa bort varje spår efter Tim själv. Det gjorde honom ledsen därför att han visste att hans fåtaliga gäster kom till honom just för att de trivdes med att det var som det var.

Som Peter Sympson, juveleraren, en av hans trognaste kunder. Vareviga söndag, i snart femton år, efter att ha letat efter sina mineral och stenar, hade han kommit in och druckit ett par *pints*. Varför kom Peter Sympson just till honom när det fanns över trettio pubar att välja emellan i Kinsale? Möjligen, åtminstone delvis, för att Peter Sympson var något av en enstöring. Han verkade tycka illa om att ha för många människor omkring sig.

Men kanske var det bara något Tim inbillade sig. Ibland tänkte Tim att Peter Sympson bar på en hemlighet. Tim hade förstått att han var uppvuxen i Nordirland och att han hade förlorat någon av sina närmaste, som så många andra i norr. Men Peter Sympson tycktes inte sörja över det. Över huvud taget var det svårt att föreställa sig att Peter Sympson sörjde, även om han inte heller var en glad prick.

Väntade Peter Sympson också på något månntro, precis som de tre andra? Var han fullt nöjd med att vara juvelerare i Kinsale? Inte heller på den frågan vågade Tim svara. Peter Sympson framstod på en och samma gång som alldeles normal och mycket ovanlig.

Ta bara hans affär! En gång hade Tim varit där inne, på Peter Sympsons inbjudan. Affären var kal som ett protestantiskt kapell. Inte ett smycke låg framme. Inte en enda ädelsten i fönstren. Ett bord och två stolar, förutom verkstaden, det var allt. Så kunde väl inte en juveleraraffär se ut, om den skulle bära sig?

Tim serverade Peter Sympson en Guinness och frågade, precis som varje söndag, om Peter Sympson hade haft framgång i sitt letande.

”Nej”, sa Peter Sympson, ”i dag har jag inte funnit något alls av värde. Det skulle möjligen vara din Guinness.”

Tim log. Han visste att han skänkte Guinnessen bättre än

de flesta. Han hoppades att de andra hade hört vad Peter Sympson sa. Men det var som om de inte la märke till att han fanns. Fast om de inte förstod vilken tillfredsställelse och vilket välbefinnande som låg i en välskänkt Guinness, så var det deras problem. Men det är klart, Tim hade gärna velat visa dem vad han kunde. Särskilt spanjorskan.

25

För första gången på många år stod Marcel kvar på bryggan efter tilläggningen i stället för att rusa i land. Sundgren stirrade på honom. Aldrig någonsin under deras femton gemensamma år på samma däck, och inte ens i de mest kritiska lägen, hade han sett Marcel se ut som nu.

Marcel hade gjort en felbedömning. Han hade slagit back ett ögonblick för sent så att stäven brakade in i kajen. Som vanligt när det gällde Marcel förstod Sundgren ingenting. Men att Marcel hade brustit i sjömanskap oroade Sundgren långt mer än Marcels tokiga nycker och infall.

Först trodde Sundgren på fullt allvar att Marcel hade fått en hjärnblödning. Sådant hände trots allt. Men så följde Sundgren Marcels blick. På kajen, några meter ifrån varandra, stod fyra människor, två karlar, en kvinna och en ung flicka och tittade upp mot Marcel och Sundgren på bryggvingen. En av dem föreföll Sundgren bekant.

"Det är ju Mama!" utbrast han.

Marcel vände sig långsamt mot honom.

"Är du säker?"

"Javisst", sa Sundgren, "henne glömmer man inte i första taget."

"Då drömmer jag alltså inte."

"Vad menar du?"

"Ser du den vackra, unga flickan? Hon heter Rosa Moreno och arbetar på en bar i Vilagarcía. Det var hon som skänkte mig sitt örhänge. Det var henne som jag berättade om när vi var hos Mama. Mannen i mitten, han med det blonda håret, han heter Jacob Nielsen och bor i Marstal. Jag var ute och drack öl med honom den där gången vi låg i Marstal och väntade på att få lasta i Kiel. Och den siste, han med det silvergrå håret, han heter Peter Sympson och har en juveleraraffär här i stan. Kommer du inte ihåg honom? Han var ombord sist vi var här."

"Ja, jävlar i det", sa Sundgren. "Nu när du säger det så. Men hur kan det komma sig att alla fyra står där på kajen? Man skulle kunna tro att de väntade på oss. Ja, eller på dig åtminstone."

Sundgren såg ut som ett frågetecken. Marcel brast ut i ett slags skratt som Sundgren inte heller kände igen.

"Livet är fullt av överraskningar, eller hur, Sundgren? Men det här tar nog priset. Varför står de där fyra på kajen och väntar på mig? Kan du förklara det?"

Det kunde inte Sundgren.

"Det kan ju knappast vara krossade hjärtan hos dem allihop", sa Sundgren i alla fall för att vara behjälplig. "För i så fall skulle jag inte vilja vara i dina skor."

"Det skulle du inte vilja i vilket fall som helst. Men för en gångs skull är jag inte absolut övertygad om att jag själv vill vara i mina egna."

Sundgren var nästan säker på att han denna gång hade visat prov på klarsynthet. Marcel visste efter allt att döma inte vad han skulle ta sig till med människorna på kajen.

Men efter en stund lämnade Marcel bryggan, gick ned på kajen och ställde sig framför de fyra. De följde i sin tur hans blick och kom att lägga märke till varandra och det egendomliga i att just de, som för några dagar sedan hade varit de enda gästerna på Harbour Bar, nu stod där de stod framför Marcel.

Det var Peter Sympson som bröt isen.

"Välkommen tillbaka till Kinsale, kapten", sa han. "Jag har sålt er sten."

I Peter Sympsons ögon såg Marcel ut som om han inte visste vad Peter Sympson pratade om.

"Javisst ja, det var så sant", sa Marcel efter en stund. "Och vad fick ni för den?"

"Femtio tusen pund!"

Marcel flyttade blicken till Rosa Moreno.

"Ja", förklarade Peter Sympson, "det var mer än jag hade räknat med."

Rosa Moreno å sin sida kunde inte ta ögonen från örhänget som fortfarande hängde på Marcels tröja. Hon såg hur Marcel lyfte handen till sitt bröst och fingrade på den röda karneolen. Hon försökte fånga hans blick, men den gled undan eller tycktes otydlig, som om han inte såg henne klart.

"Femtiotusen pund är väl mycket pengar?" sa Marcel.

"Det är mer än vad man skulle få för de flesta diamanter i samma storlek", sa Peter Sympson.

Mme Le Grand iakttog spänt Marcel och följde uppmärksamt med i hans samtal med mannen som hon hade sett på Harbour Bar och som tydligen redan var bekant med Marcel. Mme Le Grand väntade på sin tur och på Marcels leende. Vad måtte han inte tro och tänka när han såg henne här? Men leendet lät vänta på sig. Det syntes att Marcel var överväldigad.

"Ni har kanske annat att göra än att stå här och prata?" sa hon till Marcel med klar och tydlig röst.

Mme Le Grand försökte möta Marcels blick, men det var som om han såg igenom henne, eller inte såg henne alls.

"Jag har ett förslag", sa han till sist. "Jag lossar fartyget först, det tar en dag, och sedan träffar jag er alla i lugn och ro. Vad säger ni?"

De fyra tittade förvånat på varandra. Först nu gick det på allvar upp för dem att Marcel pratade med dem *tillsammans*, som om de hörde ihop.

Den här gången var det Jacob Nielsen som tog till orda.

”Om jag har förstått saken rätt, så är det så att vi alla fyra här väntade på kapten Marcel.”

Ingen sa emot.

”Kapten”, fortsatte Jacob Nielsen, ”av olika skäl och motiv har vi alla tydligen velat träffa er. Tre av oss råkar dessutom bo på samma hotell. Om ni vill, skulle vi kunna träffas där i morgon kväll klockan sex. Harbour Bar heter stället. Det ligger på andra sidan floden.”

Jacob Nielsen pekade på Tims hotell.

”Vad säger ni?” frågade Marcel. ”Ska vi anta Jacob Nielsens förslag?”

Ingen sa emot den här gången heller.

”Då säger vi det”, sa Marcel. ”Klockan sex i morgon kväll på Harbour Bar.”

26

De fyra stod kvar på kajen och såg Marcel gå ombord på sitt fartyg.

”Vi befinner oss visst i en litet konstig situation”, sa Jacob Nielsen.

Han vände sig mot Peter Sympson.

”Vad säger ni? Hur ska vi hantera det här?”

”Det vågar jag knappast uttala mig om”, sa Peter Sympson försiktigt.

”Och ni?” frågade Jacob Nielsen och tittade på mme Le Grand. ”Vad tycker ni?”

”Jag håller med monsieur. Det är svårt att veta vad det är för typ av situation vi befinner oss i. Men jag skulle vilja tilllägga att en viss takt är önskvärd. Det var ganska tydligt att kapten Marcel inte hade förväntat sig att möta oss allihop här på en och samma gång. Vi kan knappast ställa krav på kaptenens uppmärksamhet i samlad trupp.”

”Och ni fröken! Vad tycker ni att vi bör ta oss till?”

”Det vet jag inte”, sa Rosa Moreno snabbt. ”Vänta tills i morgon.”

”Då är det överenskommet”, avslutade Jacob Nielsen. ”Vi väntar tills i morgon och låter Marcel reda ut vad som behöver redas ut. Vem vet om han ens har tid eller lust att träffa någon av oss?”

Så fick det bli. Men på vägen därifrån föll det sig ändå så att mme Le Grand gick vid sidan av Jacob Nielsen, medan Peter

Sympson sökte Rosa Morenos närhet.

När de andra två hade kommit utom hörhåll frågade Peter Sympson Rosa Moreno om hon var intresserad av vackra stenar. Han förklarade att han inte hade kunnat undgå att lägga märke till hur hon tittade på örhänget med karneolen som hängde på Marcels bröst.

”Det var mitt. Jag gav honom det.”

Och sedan började hon gråta.

Peter Sympson visste inte vad han skulle ta sig till. Han hade bara frågat i all vänlighet, i hopp om att de skulle finna ett gemensamt samtalsämne. Vidden av hans obetänksamhet gick upp för honom. Flickan var ingen annan än Rosa Moreno, hon som av allt att döma hade blivit femtio tusen pund rikare utan att veta om det, hon som säkert hade förälskat sig i Marcel och därför gett honom sin örring.

”Jag är ledsen om jag råkade säga något dumt”, sa han. ”Det är mitt fel.”

”Ni behöver inte be om ursäkt.”

Rosa Moreno tittade på den propre mannen med det silvergrå håret som såg så bekymrat på henne och talade med henne som om de inte alls var främlingar. Hon hade inte haft någon att tala med på så länge.

”Jag gav mitt örhänge till kapten Marcel som ett minne. Det är en karneol, eller vad det heter på engelska. Förstår ni?”

”Ja”, sa Peter Sympson. ”Jag är juvelerare.”

”Vet ni vad jag läste i en bok? Att karneolen gör så att man inte blir förälskad i en annan ras. Judarna hade den för att de inte skulle bli kära i araber. Den stenen gav jag till kaptenen.”

”I så fall”, sa Peter Sympson skarpt, ”behöver ni inte gråta.”

”Vad menar ni?”

”Jag har umgåtts med ädelstenar hela mitt liv. I trettio år har jag haft i min hand alla de olika ädla och halvädla stenar som folk tillskriver de mest fantastiska egenskaper. Jag borde alltså vara den lyckligaste människan i världen, eller hur? Exempelvis borde jag aldrig vara förkyld eller hosta om man betänker den samling rågranater som jag har liggande i mina fodral. Men jag blir förkyld precis lika ofta som alla andra. Och jag är inte lyckligare än någon annan människa, trots alla mina bergkristaller, ametister och tigerögon. Snarare ligger jag väl strax under genomsnittet. Ni behöver alltså inte vara rädd för stenars inverkan på era egna eller på kapten Marcels känslor."

"Jag vill gärna tro er."

"Men ni är inte helt övertygad?"

"Det finns de som tror på kristaller, gör det inte? Vad skulle kapten Marcel tänka om han fick veta vad karneolen är för sten? Skulle han inte undra om jag visste vad jag gjorde när jag gav honom den?"

"Ni tror väl inte att Marcel hade haft ert örhänge på sig om han hade trott att ni gav honom det därför att han råkar vara av en annan ras? Jag har bara haft förmånen att tillbringa en enda kväll i hans sällskap, men sådan tror jag inte att han är."

"Jag hoppas ni har rätt."

"Om ni vill, skulle jag gärna visa er några av mina egna stenar. Ingenting kan skingra ens tankar som vackra stenar. Det har ni mitt ord på."

Rosa Moreno nickade. Hon tyckte om att höra på hans lugnande och vänliga röst. Hon visste inte heller vad hon annars skulle ta sig till. Inte ens i sina vildaste fantasier hade hon kunnat föreställa sig att hon skulle träffa Marcel igen under omständigheter som dessa, att de inte skulle få vara ensamma tillsammans som i Vilagarcía.

Samtidigt, längre fram, gick mme Le Grand och Jacob Nielsen tysta bredvid varandra.

”Tänk ändå”, sa Jacob Nielsen till sist, ”att vi alla tydligen kände kapten Marcel, var och en på sitt håll, och råkade vänta på honom samtidigt på kajen. Visste ni att hans fartyg skulle komma till Kinsale just i dag?”

”Nej.”

”Inte jag heller. Jag åkte hit på vinst och förlust. Jag fick en känsla av att det är likadant med de andra två. Det är väl ändå vad man skulle kalla ett lustigt sammanträffande.”

”Är ni säker på att det är ordet *lustigt* som passar? Vi har inte gjort det lätt för kaptenen. Tänk er in i hans situation!”

”Ja, det kan inte vara alldeles lätt. Jag har i alla fall sällan träffat någon som varit så tillmötesgående och vänlig som han. Men vad gör vi nu?”

”Ingenting.”

”Borde vi inte lära känna varandra litet bättre tills i morgon?”

”Nej, det tycker jag inte.”

”Men presentera oss kunde vi väl? Av ren artighet om inte annat.”

Mme Le Grand sa varken ja eller nej.

”Mitt namn är Jacob Nielsen. Före detta dataexpert. Jag bor i Marstal, Danmark.”

”Mme Le Grand!” sa mme Le Grand. ”Jag är bosatt i Tréguier, Bretagne.”

Jacob Nielsen stannade upp mitt i steget. Mme Le Grand hade inte märkt något utan gick vidare. Jacob Nielsen skyndade ikapp.

”Jag måste få tala med er”, sa han.

”Om vad?”

”Det är ni som kallas Mama, eller hur?”

Mme Le Grand tittade i sin tur häpet på Jacob Nielsen.

”Jag har hört om ert privata sjömanshem”, fortsatte han. ”Marcel har berättat. Ja, inte bara han. I Marstal bor en pensionerad sjöman som har träffat er. Han sa att han aldrig hade blivit så fint behandlad som av Mama i Tréguier. Hemma har han pratat så ofta om er att hans fru har blivit svartsjuk. En sådan som Mama glömmer man inte i första taget, sa han. Ni har gjort stort intryck på sjömannen. Och på mig, om ni tillåter att jag säger det. Jag är dataexpert, specialist på datakommunikation."

Jacob Nielsens ordflöde hejdades av mme Le Grands blick.

"Jag ber om ursäkt", sa han. "Det var inte särskilt taktfullt av mig."

"Om ni nödvändigtvis vill prata", sa mme Le Grand, "så kan vi prata om datorer. Men jag varnar er. Jag avskyr nästan allt som har med datorer att göra."

"Det är ni inte ensam om", svarade Jacob Nielsen, full av välvilja och förståelse.

27

Peter Sympson låste upp dörren till sin butik och bjöd Rosa Moreno att stiga in. Hon tog ett par steg framåt och stannade upp. Affären såg ut att vara helt tom, förutom ett enkelt bord med två stolar. Bakom bordet, genom en dörr på glänt, skymtade Rosa Moreno ett långsmalt rum belamrat med olika maskiner och apparater.

Peter Sympson visste vad Rosa Moreno tänkte. Alla som kom in i hans affär första gången blev lika förvånade. Inte en enda sten så långt ögat kunde nå. Men Peter Sympson hade en filosofi. Skönhet skulle inte ställas ut till allmän beskådan. Den skulle uppenbaras med en kärleksfull hand. Vackra stenar skulle matas fram i doser, en och en, och tala för sig själva.

Sålunda vägrade Peter Sympson att sälja smycken med redan innefattade stenar. Kunden fick finna sig i att först välja stenen och därefter ett smycke som framhävde stenen.

För det andra vägrade Peter Sympson tala om vad det var för sten innan kunden hade bestämt sig. Hos honom skulle upplevelsen av stenens skönhet vara ren. Folk som köpte ädla stenar som investering eller för att slå dunster i ögonen på andra hade ingenting hos honom att göra.

För det tredje visade Peter Sympson sina ädelstenar enbart för en person i taget. Om ett brudpar kom in för att köpa vigselringar, så fick de välja sten var för sig. Framför allt undanbad han sig gemensamma diskussioner om vad som var vackrast. Det var nämligen hans erfarenhet att det så gott som alltid var den ena parten som fick bestämma på den andres bekostnad. Vad estetiken angick var få par jämställda.

För det fjärde och sista var Peter Sympsons öppettider beroende av ljusförhållandena. Vissa regniga och dunkla vinterdagar öppnade han inte alls, medan det fanns klara sommarkvällar då han inte stängde förrän klockan nio.

Det säger sig självt att Peter Sympsons principer inte fick affärerna att blomstra som de kanske skulle ha kunnat göra. Sommarens turistström rann exempelvis hans dörr förbi. Han hade dock efter hand fått ett trogen kundkrets, varav några kom till honom därför att det framstod som exklusivt och annorlunda. Att köpa ädla stenar hos Peter Sympson hade för somliga blivit inne, i takt med att ryktet om den omutlige juveleraren spred sig.

Peter Sympson försökte förklara för Rosa Moreno. Han var inte säker på att hon förstod allt vad han sa, men han hoppades att hon begrep det viktigaste, som var att skönhet inte fick bli en vara och produkt som alla andra, vare sig den var naturlig eller människoskapad.

Peter Sympson bad henne att sätta sig ned. Själv gick han ut och kokade te. Teet dracks i tystnad och till sin förvåning märkte Peter Sympson att han kunde se Rosa Moreno rakt in i hennes mörka ögon utan att känna sig besvärad och utan att fastna i sin egen spegelbild på hennes näthinnor. Det gjorde honom vemodig för han visste samtidigt att det inte fanns något att hoppas på. Rosa Moreno var efter allt att döma upp över öronen förälskad i Marcel. Varför skulle hon annars befinna sig i Kinsale? Varför skulle hon annars ha stått på kajen?

”Är det några särskilda stenar ni skulle vilja se?” frågade han. ”Är det några ädelstenar som ni tycker särskilt om, som är era favoriter?”

”Jag har aldrig haft råd att ha favoriter. Mina få smycken har jag köpt på torget.”

Peter Sympson öppnade ett av de osynliga skåpen som var

infällda i väggen. Han tog fram ett par fodral som han la på en utdragsskiva på sin sida av bordet. Skivan satt så lågt att Rosa inte kunde se den från motsatta sidan; i Peter Sympsons värld skulle inte ens ett fodral få störa hennes koncentration.

Ur en låda tog han fram en trefotsställning utskuren ur ett stycke bergkristall. Ställningen var så diskret i sin genomskinlighet att man snart glömde att den fanns. Sedan tog han på sig en tunn handske av sämskskinn, öppnade ett av fodralen och placerade en åttakantigt slipad topas på toppen av trefoten.

Rosa Moreno tittade länge på stenen utan att säga något. Stenen var rosaaktig med en dragning åt lax och hud; det var en spröd och skir färgnyans vars like hon aldrig tidigare hade sett. Den fasettslipade stenen tycktes genomdragen av små och korta sprickor, vilka när hon såg närmare efter inte alls var brottytor, utan möjligen ljusreflexer. För varje gång hon ändrade sin huvudställning flyttades de streck som hon hade trott var sprickor. Det var som om hon kunde få dem att dansa runt på ytan bara genom att vrida en aning på huvudet.

Peter Sympson iakttog henne med stigande spänning. Det var länge sedan han hade haft någon i stolen som hade betraktat hans stenar så uppmärksamt.

"Den är vacker", sa hon efter en stund. "Jag har nog aldrig sett en så vacker sten förut."

Peter Sympson tog fram flera topaser, alla lika spröda i sin skenbara sprickighet, fast i olika nyanser, en ljusblå, som en himmel över havet, en guldorange, som polerad koppar, en grön, som en vårutsprungen bokskog.

För varje ny sten som kom fram såg han hur Rosa Morenos pupiller vidgades. Då och då kunde han höra hur hennes andhämtning ändrade rytm. Han tänkte på att det kanske hade varit ett misstag från Marcels sida att sälja sin alexandrit till hennes förmån. Hon kanske hellre skulle ha velat äga stenen, om hon hade fått välja.

Till slut var det Rosa Moreno som sa ifrån att hon behövde en paus.

"Innan ni reser härifrån", sa Peter Sympson efter en stund, "så ska ni få välja en sten som ni vill bära. Den sten som ni tycker allra bäst om."

"Det kan jag nog inte."

"Varför inte?"

"Jag kanske tycker bäst om en sten som kostar väldigt mycket pengar."

"Som ni har sett har mina stenar inga prislappar. Ni kan därför lika gärna råka välja en billig som en dyr sten. Jag ber er alltså att ta emot den sten som ni tycker är vackrast som en gåva. Jag tycker om ert sätt att betrakta stenarna."

Peter Sympson vågade emellertid ännu inte ta fram sina två enastående stenar. I stället visade han andra, några kalcedoncabochoner och en samling facettslipade granater i olika färger, för att hon skulle få något att välja emellan.

"Man ska inte låta sig bländas av det fulländade", sa han. "För det första är naturen sparsmakad med fulländning. Den står människan för numera. Hon kan framställa syntetiska diamanter, rubiner, safirer och spineller, stenar som är helt felfria och just därför högst onaturliga. Och i den besynnerliga värld som är människans så arbetar man just nu på att försöka framställa syntetiska ädelstenar som innehåller orenheter, det vill säga att man gör vad man kan för att producera fel och brister. Vet ni varför? Därför att de felfria syntetiska stenarna ständigt förlorar i värde. Alltså försöker man på konstgjord väg efterlikna de ofulländade stenar som de facto finns i naturen. Som om man inte kunde nöja sig med att kunna åstadkomma det fulländade! Å andra sidan är det inte alls säkert att skönheten har med fulländning att göra. Tänk på en solnedgång! Kan inte den vara vacker på tusen olika sätt, med tusen olika molnformer och färgmixturer? Skönheten kan lika gärna vara brokig och kaotisk som enkel, stram och harmonisk.”

”Men då blir väl skönheten bara en fråga om tyckande”, vågade sig Rosa Moreno på att säga.

”Det kan verka så. Är det inte det alla säger? Smaken är subjektiv. Smaken är relativ. Var och en tycker som de vill. Men så är det inte! Filosofer och andra tänkare har i snart två tusen år försökt förklara vari det sköna består. De har misslyckats. Skönhet kan skapas av människor, men de kan inte förklara den. Det ligger mer gåtfullhet i en ädelstens skönhet än i alla de mystiska krafter som tillskrivs dem.”

”Mr Sympson”, sa Rosa Moreno, ”kan ni inte visa mig de stenar som ni själv tycker är allra vackrast? Då kanske det vore lättare att förstå vad ni menar.”

Peter Sympson trodde knappt sina öron. Rosa Moreno, denna unga flicka som han kunde se in i ögonen, hade ställt den fråga som han helst av allt ville höra, den fråga som han så gott som aldrig fick höra i sin affär. Av Peter Sympson ville folk få veta vilken sten de *själva* skulle tycka var vacker. De trodde att juveleraren på några ögonblick kunde tränga in i deras själ och välja ut den ädelsten som passade *dem* bäst. Ingen, utom denna unga spanjorska, hade någonsin frågat efter hans, efter juvelerarens, själ.

För sina kunder var Peter Sympson bara ett redskap, en skönhetens gårdfarihandlare. En människa som han blev inte sedd, och han glömdes bort så snart han hade levererat sin vackra vara. Så när som av denna Rosa Moreno, om vilken det enda han visste var att hon var förälskad i kapten Marcel, och att hon tack vare honom var god för femtio tusen pund.

Peter Sympson darrade på fingrarna när han började den omständliga proceduren med att ta fram sitt läderetui ur sin dolda innerficka. Rosa Moreno såg storögd på.

"Här är min första sten!" sa han och la upp den gula diamanten på trefoten.

Stenen hette Florentinaren och var på dryga 137 karat. 1657 var den i familjen Medicis ägo i Florens. Senare hamnade den i Habsburgarnas krona, men var efter första världskriget spårlöst försvunnen. Ända tills Peter Sympson efter många års sökande hade spårat upp den.

"Den är för vacker och för kall för mig", sa Rosa Moreno till slut. "Det är inte en sten för mig."

Peter Sympson nickade. Det hade han heller inte trott. Han tog fram nästa, den oansenliga, den som inte såg ut att vara någonting alls vid en första anblick, vare sig vacker eller värdefull.

Rosa Moreno gav Peter Sympson en undrande blick. Det var en sådan kristall som hon hade sett i många skyltfönster och till och med hos torghandlarna i Santiago de Compostella. Men om Peter Sympson tyckte att detta var en av hans vackraste stenar, så måste det väl ändå vara något särskilt med den. Peter Sympson verkade alldeles för allvarlig för att vilja lura henne eller skoja med henne.

Hon frågade om hon fick hålla i stenen. Peter Sympson nickade tyst. Rosa Moreno tog försiktigt stenen och vred den långsamt runt så att hon kunde se den från alla möjliga vinklar.

Utan förvarning bländades hon när solljuset från fönstret träffade en av fasetterna i en alldeles bestämd vinkel. Stenen flammade upp i ett blodrött hav. Försiktigt fortsatte hon att vrida stenen runt med stadig hand. I nästa ögonblick såg hon en regnbåge i tusentals olika röda nyanser. Och till sist, en explosion, en röd jättestjärna långt inne i stenen.

Till slut blev det henne övermäktigt så att hon höll för ögonen med handen. Hon hade aldrig i hela sitt liv sett något så vackert.

Peter Sympson å sin sida vågade knappt andas.

”Om ni verkligen menade vad ni sa”, sa Rosa Moreno, ”så är det den stenen jag skulle vilja ha. Det är den jag tycker är vackrast.”

28

Mme Le Grand och Jacob Nielsen träffades i baren. Tim kunde se att något hade hänt mellan dem, men frågade naturligtvis inte vad. För en bar som hans var det av yttersta vikt att kunderna fick ha sina tankar och känslor för sig själva, om det var det de önskade.

"Monsieur Tim", sa mme Le Grand, "jag och monsieur Nielsen har tänkt att gå på restaurang tillsammans. Ni kanske kunde rekommendera ett bra ställe. Kinsale är så fullt av restauranger att det inte är någon lätt sak att välja. Det får gärna vara lugnt och fridfullt, som här. Monsieur Nielsen och jag ska prata allvar om datorer."

"Priset spelar ingen roll", la Jacob Nielsen till.

Tim nickade, som om han förstod precis vad de menade, och rekommenderade Peters och Barbaras restaurang. Barbara var trivseln själv. Peter, hennes man, kunde verka butter och tvär, men skenet bedrog. Att han aldrig skrattade berodde i själva verket på att han inte ville visa sina dåliga tänder. Och de dåliga tänderna, sa Tim, berodde i sin tur på att Peter var livrädd för tandläkaren. Sådana människor fanns, tillade Tim, som hellre lät bli att skratta än gick till tandläkaren.

Mme Le Grand och Jacob Nielsen lämnade Tim att fundera över varför två människor som de skulle gå ut och äta middag och diskutera datorer. Hade de affärer ihop? tänkte Tim när han såg Jacob Nielsens attachéväska. Det stämde heller inte, för när de två sågs första gången hade det inte funnits minsta tecken på igenkännande. Tim slutade snart undra.

Han visste hur litet det var han fick veta om sina kunder. Och vad skulle han för övrigt ha använt sin kunskap till?

Mme Le Grand och Jacob Nielsen gick tysta längs vattnet på väg till restaurangen. Mme Le Grand tittade på väldiga moln som speglade sig i Bandon River. Hon jämförde med Tréguier, så inneslutet och undangömt vid sin flod. Tréguier hade inte mer än en lös förbindelse med havet och hörde inlandet till. Just förbi Tréguier rann inte ens Jaudy ut mot havet, utan längs med kusten flera kilometer i norr. Man var tvungen att gå en bra bit för att kunna se hur floden böjde av och pekade ut mot horisonten och det hav i vilket Yann låg begraven.

Jacob Nielsen betraktade inte naturen och gjorde inga jämförelser mellan Marstal och Kinsale. I stället tänkte han bekymrat på om vad han skulle prata med mme Le Grand. Om datorer, ja, men hur? Skulle han försöka övertyga henne om datateknikens förträfflighet, han som ändå hade lidit flera nederlag på sistone? Eller skulle han bara få lyssna till en lång litania om datorernas fördärvlighet?

Så snart de hade trätt in i restaurangen togs de emot av en kvinna som bara kunde vara Barbara. Peter, med den buttra uppsynen, stod bakom den korta bardisken till höger och pratade med en yngre amerikansk turist i röd dunjacka, jeans, joggingskor och en Nikonkamera slängd över axeln.

"Vet du vad!" råmade denne. "Om ni flyttade hela det här placet till New York, så skulle ni tjäna en förmögenhet *in no time*. Det här är så autentiskt och äkta."

Barbara visade in dem i matsalen med sex bord, en öppen koleldad spis, en huskatt, rödvitrutiga dukar och maskätna möbler som var skeva och vinda.

Jacob Nielsen drog ut stolen åt mme Le Grand och satte sig mitt emot.

"Jag bjuder", sa han.

"Om ni tillåter?" la han genast till.

Mme Le Grand såg att han var besvärad.

”Jag förmodar att det inte är av en slump som ni har med er en attachéväska”, sa hon därför vänligt.

”Nej”, sa han. ”I den ligger min portabla dator och en trådlös telefon. Det bärbara kontoret med andra ord.”

”Ni arbetar alltså?”

”Inte riktigt. Jag drog mig tillbaka för ett år sedan. Sålde min firma och lever numera på mitt kapital. Jag är en *rentier*, heter det inte så på franska?”

”Jo, fast riktiga *rentiers* finns väl knappt längre. Numera *lever* inte folk på sina räntor. De lever för att tjäna ännu mera pengar.”

”Det är så sant som det är sagt. Allt mäts i siffror. Lycka och kärlek, precis som aktier och idéer.”

”Och precis som era datorer väl, monsieur Nielsen?”

Mme Le Grand log avväpnande.

”Är inte datorer också nollor och ettor?” frågade hon.

”På sätt och vis. Som matematik. Men det är väl ingen som vill avskaffa matematiken bara för det. En dator är ingenting annat än ett verktyg, precis som matematiken.”

”Men gör det människorna mindre olyckliga?”

”Jag kan bara tala för mig själv.”

”Och?”

”Datorerna har gjort mig fri. Det är alltid något.”

”Men lyckan då?”

”Hur mäter man den? Och i förhållande till vad? Jag vet ju inte hur mitt liv skulle ha sett ut om jag inte hade sysslat med datorer. Men trots allt skulle jag nog våga påstå att datorerna har gjort mig lyckligare. De har åtminstone gett mitt liv ett innehåll. Är inte det lycka? Jag skulle inte kunna tänka mig att vara utan dator.”

”Som en narkoman?”

”Vet ni vad, Madame. Ni är för skarp för mig. Jag är inte särskilt filosofiskt lagd. Jag är mer av en hantverkare. Om ni inte misstycker, kanske jag kunde få visa er efter middagen vad jag kan."

"Låt gå för det!" sa mme Le Grand.

Middagen åts till största delen under en tystnad utan att det för den skull blev besvärande. Jacob Nielsen hade svårast att hålla mun. Han hade velat fråga ut mme Le Grand om hennes sjömän och gästbok, vad hon ville och var ute efter, men vågade inte av rädsla för att hon skulle betrakta honom som indiskret och taktlös. Han bad henne berätta om hur hon hade träffat Marcel, vilket hon redogjorde för med synbar glädje. Själv berättade Jacob Nielsen om sin kväll med Marcel och sjömännen på krogen i Marstal, men utan att säga ett ord om varför han själv hade velat söka upp Marcel igen. Däremot sa han att han sällan hade träffat någon som verkade så sorglös som Marcel.

"Han kan göra vem som helst på gott humör", sa Jacob Nielsen.

"En bekantskap som ni aldrig kunde ha gjort genom en dator", var mme Le Grand tvungen att tillägga.

"Det är sant. Än så länge. Men snart kommer man att kunna se den som man har kontakt med på skärmen."

Mme Le Grand sa inte vad hon tänkte denna gång. Varför skulle man lära känna människor via data när man inte ens brydde sig om grannen? När det fanns tusentals namnlösa människor i ens närhet? Så länge sådana som Marcel kunde dyka upp i en avkrok som Tréguier?

Efter kaffet öppnade Jacob Nielsen sin väska och tog fram sin portabla dator och sin mobiltelefon. Han slog upp skärmen och bad mme Le Grand att sätta sig bredvid honom.

"Har ni hört talas om Internet?" frågade han.

"Det är svårt att undgå."

"Men vet ni vad det är? Hur det fungerar?"

"Jag vet att det är en förfärlig massa datamaskiner som är ihopkopplade med varandra. Det är allt."

”Snart trettio miljoner. Och bakom varje dator finns faktiskt minst en människa. Det blir trettio miljoner människor som är förbundna med varandra i ett gränslöst spindelnät. Är inte det en storslagen tanke?”

”Jag vet inte. Jag har telefon och jag kan ringa upp vem som helst när som helst. Fråga dem vilka de är och hur de ser på livet. Är det inte samma sak? Jag skulle till och med kunna ringa nummerbyrån i London och be om numret till alla som heter John Smith. Dem skulle jag sedan kunna ringa upp och fråga vad de drömmer om här på jorden. Är inte det samma sak? Är det inte till och med personligare än på Internet?”

”Om ni ursäktar, så skulle jag hålla emot den här gången och svara nej på frågan. Ni måste väl ändå hålla med om att ett telefonnummer inte säger särskilt mycket om människan bakom. På Internet finns det kraftfulla sökprogram som gör att ni kan hitta en själsfrände utan att behöva ringa hundratals samtal till ingen nytta.”

”Det kan hända. Men jag söker inte en själsfrände. Alla människor, var och en för sig, är lika viktiga och betydelsefulla. Alla har samma rätt att bli uppmärksammade.”

”Låt oss göra ett försök, så förstår ni bättre vad jag menar. Säg ett namn eller ett ord som ni skulle vilja veta mer om.”

”Den Helige Yves”, sa mme Le Grand.

”Vem är det? Inte för att det egentligen spelar någon roll.”

”Ett helgon från Tréguier.”

”Levande eller död?”

”Halvdöd.”

Jacob Nielsen tittade upp från skärmen.

”Ja”, fortsatte mme Le Grand, ”det är sorgligt, men sant. Saint Yves borde leva, men är snart bortglömd.”

”Om ni följer med i hur jag gör, ska ni få se hur enkelt det faktiskt är. Jag börjar med att klicka på Netscape som är ett hjälpprogram för att ströva runt på Internet. Där ser ni, nu är vi på Netscapes hemsida, på en jättedator i USA. På några få sekunder flyttade vi oss till andra sidan av Atlanten."

"I överförd bemärkelse förstås."

"Inte enbart. Ni och jag sitter kvar på en trevlig restaurang i Kinsale. Men våra själar är inte längre bara här skulle jag vilja säga. Det som vi ser på skärmen befinner sig de facto i USA. Och eftersom vi har uppmärksamheten riktad mot skärmen, kan man säga att även vi i någon mening befinner oss på andra sidan."

Jacob Nielsen satte fingret på skärmen.

"Här ser ni en lista med så kallade sökverktyg. De kan hjälpa oss att hitta information på nätet. Vi kan börja med det verktyg som heter Alta Vista så får vi se."

Jacob Nielsen klickade igen och fick fram en ny sida. I ett vitt fält skrev han "Saint Yves" och beordrade sedan verktyget att börja leta.

"Nu får vi se!" sa han.

Några sekunder senare kom svaret. Två hundra träffar med Yves Saint-Laurents vårkollektion! Jacob Nielsen klickade på en av adresserna och fram tonade en mörkhyad skönhet iklädd en djupt urringad långklänning.

Mme Le Grand kunde inte låta bli att skratta, inte minst åt Jacob Nielsens snopna uppsyn.

"Det måste vara ett tecken i tiden", sa hon. "Yves Saint-Laurent i stället för Saint Yves. Flärd och fåfänga i stället för omtanke och barmhärtighet."

"Det är mitt fel", sa Jacob Nielsen. "Min sökning var för bred."

Han pekade på skärmen.

"Som ni ser finns det tjugo tusen hemsidor som innehåller antingen ordet 'saint' eller ordet 'Yves'."

Jacob Nielsen gav ett nytt sökkommando. En lista med nya referenser dök upp på skärmen. Efter att ha klickat ytterligare några gånger gav han mme Le Grand en triumferande blick.

”Den som söker han finner”, sa han med ett leende och klickade återigen.

Fram kom en sida med information om Bretagnes städer. Under Tréguier stod Saint Yves nämnd med namn. Jacob Nielsen klickade igen och fick fram två sidor med stora mäns citat till fördel för bretonsk självständighet. Ett av dem, framhävt i fetstil, kom från Saint Yves:

Tant que je vivrai, je défendrai la justice, la liberté de l'Église et celle de mon pays.

”Så länge jag lever kommer jag att försvara rättvisan, kyrkans och mitt lands frihet.”

”Det var i alla fall något”, sa Jacob Nielsen.

”Men inte så mycket. Två hundra Yves Saint-Laurent och två Saint Yves. Men jag inser att det inte är Internets fel. Det är världen.”

”Vill ni försöka med något annat?” frågade Jacob Nielsen.

”Yann Le Grand, skeppsredare”, svarade mme Le Grand.

Jacob Nielsen knappade in en ny sökning. Ett ögonblick senare kom svaret:

No matching terms.

Mme Le Grand tittade på Jacob Nielsen med oändlig sorg i blicken.

”Jag är ledsen”, sa Jacob Nielsen.

”Det behöver ni inte vara. Jag är det själv så att det räcker till oss båda. Men nu förstår jag er litet bättre. Varför skulle man ringa hundratals samtal i blindo när man kan få veta på några sekunder genom er maskin att det inte finns någon att ringa till?”

29

På slaget sex öppnades dörren till Harbour Bar och Marcel steg in. Fem par ögon vändes mot honom, de fyra som kände honom redan och Tim som gladdes åt ytterligare en kund.

Marcel gick fram till baren, beställde en dubbel whisky och tog en klunk innan han vände sig mot de fyra.

”Är ni medvetna om att det var tack vare er som fartyget brakade in i trät med stäven”, började han. ”Jag blev så överraskad av att se er på kajen i går att jag glömde bromsa när vi skulle lägga till. Det är ingen förebråelse förstås. Ni kunde ju knappast veta hur förvånad jag skulle bli. Eller kunde ni det?”

Ingen svarade. Tims ögon var stora som tefat.

”Jag vill också be om ursäkt för mitt uppträdande i går”, fortsatte Marcel. ”Jag var så häpen att jag inte riktigt visste om jag befann mig i verkligheten eller om jag drömde. Det är liksom inte var dag som fyra människor från fyra olika hörn i Europa råkar stå och vänta på en sådan som mig på en kaj utan minsta varsel. Nu har jag i alla fall ett förslag, och det är att ni följer med mig ombord. Allihop. Jag bjuder på en veckas kryssning. Vi seglar till Baltimore i sydvästra hörnet av Irland, ankrar och lär känna varandra litet bättre. Både jag och min besättning har gjort oss förtjänta av semester. Ni, mme Le Grand, som har haft vänligheten att bjuda hem oss till er kan säkert intyga att vi varken är några tråkmånsar eller oborstade sjöbusar. Det här skulle bli mitt sätt att bjuda tillbaka för den vänlighet ni visat mig i land. Vad sägs?”

De fyra försökte undvika att snegla på varandra. Jacob

Nielsen väntade på att få höra vad mme Le Grand skulle säga. Peter Sympson ville å sin sida inte svara innan han hade fått höra vad Rosa Moreno tänkte göra. Rosa Moreno själv tyckte sig vara för ung för att vara den som svarade först. Därför blev det mme Le Grand som till slut, med tvekan, tog till orda.

”Jag följer gärna med”, sa hon och hörde själv hur glad hon lät.

”Jag också”, sa Jacob Nielsen så snart mme Le Grand hade lämnat besked.

Sedan blev det återigen tyst. Rosa Moreno gav Peter Sympson en hastig blick.

”Och ni, mr Sympson?” frågade Marcel. ”Ni känner förstås redan till County Cork. Men det kunde kanske vara spännande att uppleva det från havet, för omväxlings skull.”

”Jag har min butik att tänka på”, svarade Peter Sympson.

”Det har ni förstås. Men om jag minns rätt så är ni inte de regelbundna öppettidernas man.”

”Visserligen inte.”

”Och ni, Rosa?” frågade Marcel. ”Ni var ju beredd att följa med ombord på en sjömans fartyg.”

”Ja”, sa Rosa Moreno. ”Det är jag fortfarande.”

”Där ser ni, mr Sympson. Det är tre mot en, även om ni inte rest lika långt som de andra för att träffa mig.”

”Då böjer jag mig för majoriteten.”

”Så är det avgjort. Kom ombord i morgon före klockan två. Vi seglar vid högvatten klockan tre.”

Marcel tömde sitt glas i ett svep, nickade och gick sin väg.

”Vem hade kunnat tro det?” utbrast Jacob Nielsen.

”Jag”, sa mme Le Grand.

Därefter gick den ene efter den andre till sitt. Kvar stod en förundrad Tim. Vad betydde detta? Hur kunde fyra fullvuxna människor komma på tanken att gå ombord på ett lastfartyg i en vecka? Utan att känna varandra särskilt väl efter allt att döma! Dessutom skulle Tim bli av med alla sina gäster på ett bräde. Ett kort ögonblick övervägde han att söka upp sjökaptenen och föreslå honom att de alla fem tog in på Tims hotell i stället. Tim skulle se till så att de fick vara ostörda och skulle skänka dem en ännu bättre Guinness än vanligt, en sådan som kunde bli ett minne för livet.

Men så snart Tim hade tänkt den tanken svek modet honom. Sådana äventyrligheter ville han inte ge sig in på. Att fortsätta vara fullt nöjd med nästan ingenting var också det en konst. Som Tim utan tvivel behärskade till fulländning, förmodligen på ingen annans bekostnad än möjligen hans egen.

30

Sundgren undrade oroligt vad som var i görningen. Först hade de lossat på två dagar i stället för en. Marcel hade meddelat rederiet att de hade problem med generatorerna. I själva verket hade Marcel problem med de människor som hade stått på kajen och tagit emot honom och fartyget. Det var åtminstone Sundgrens egen teori.

Och nu hade Marcel bett honom, Sundgren, kalla alle man till bryggan. Sundgren var rädd att Marcel skulle meddela att han tänkte mönstra av. Det hade hänt förr. Sundgren hade varit med om det vid tre tillfällen. Som en blixt från klar himmel hade Marcel plötsligt förklarat att han tänkte stanna kvar i land. Varje gång hade Sundgren påpekat att rederiet skulle svartlista honom om han bröt sitt kontrakt. Marcel hade bara ryckt på axlarna. Men varje gång hade Sundgren fått rätt. Marcel hade fått karantän, bara för att tas till nåder igen därför att Sundgren hade bett och bönat för att få svartlistningen upphävd.

Hittills hade det gått vägen. Efter några veckors lösdriveri hade Marcel dykt upp på kajen med sin sjösäck och kanvaspåse och gått ombord som om ingenting hade hänt. Han hade tyckts vara glad och lycklig över att vara tillbaka, ja till och med över att återigen segla med Sundgren under sitt befäl, lika glad och lycklig som han hade varit när han hade lämnat fartyget några veckor dessförinnan.

Marcel, tänkte Sundgren med sitt vertikala veck i pannan, gjorde alltid just det han hade mest lust att göra. Vad var det den här gången? Varför hade han kallat upp hela besättningen på bryggan, med ett tonfall som om det var en order? Han som aldrig annars utdelade order, utan förlitade sig på att var och en fick veta vad de behövde för att själva kunna fatta förnuftiga beslut. De andra tycktes också känna på sig att något särskilt låg i luften för de såg frågande på Marcel och Sundgren.

”Ni undrar säkert varför jag har kallat hit er”, började Marcel. ”Ni är här för att vara mina vittnen.”

Marcel tittade på Sundgren.

”Ni ska allihop bevittna en order som jag tänker ge styrman Sundgren om ett kort ögonblick. Så behöver det inte råda någon tvekan om att det var jag som bar hela ansvaret.”

”För vad?” slapp det ur Sundgren.

”Läs upp vad som står på det här faxet som jag beordrar dig att skicka till vårt kära rederi!”

Marcel lämnade över ett papper och Sundgren läste:

”Maskinskada. Vi går till Baltimore, sydvästra Irland, och ankrar för att reparera. Vi räknar med att klara av reparationerna för egen kraft. Beräknad reparationstid, tio dagar.”

Sundgren lyfte blicken från papperet.

”Men det är ju lögn”, sa han.

Marcel vände sig mot maskinisten, Edwards.

”Vad säger du, Edwards? Har vi inte någon enda liten maskinskada att reparera? Ingen antydan till spricka i cylinderfodret till exempel. ”

”Sir”, sa Edwards med sitt bredaste flin, ”en av cylindrarna lät för jävligt på väg hit. Den behöver i varje fall rensas. Kanske till och med få nytt foder. Det tar cirka en vecka.”

”För övrigt”, sa Marcel och vände sig till O’Brian, ”om jag minns rätt från tidigare besök så finns det flera trevliga pubar i Baltimore.”

”Om ni tillåter”, sa O’Brian, ”så skulle jag säga att Baltimores pubar är alldeles förbannat trevliga. Om ni ursäktar svärorden. För att inte tala om den på Shirkin Island.”

Sundgren tittade än på Edwards och O'Brian, än på Marcel. Var det uppgjort spel? Av allt att döma, nej. Edwards och O'Brian hade helt enkelt fattat galoppen kvickare än Sundgren själv. Som den naturligaste sak i världen hade de ställt upp på Marcels infall, medan Sundgren själv, som ändå hade seglat med Marcel i femton år, hade ifrågasatt hans motiv.

"Jag ska genast skicka faxet", sa Sundgren.

"Även om det är lögn?" frågade Marcel.

Sundgren skämdes. Tio minuter senare kom han tillbaka.

"Rederiet har bekräftat. De ber oss skynda på, samt hålla dem underrättade om alla förseningar och kostnader. De önskade oss till och med lycka till."

"Karlar", sa Marcel, "vi lägger ut i morgon vid högvatten, seglar raka vägen till Baltimore och tar en veckas välförtjänt semester."

"Var det allt?" frågade Sundgren.

"Nästan", svarade Marcel. "Fyra passagerare kommer ombord i morgon. Två damer och två herrar. De behöver förströelse och friska vindar."

Sundgren stannade kvar när alla hade gått.

"Jag känner mig som en svikare", sa Sundgren.

"Det är du inte. Du är bara plikttrogen och orolig för att skepparn återigen skulle lämna dig ensam på bryggan. Båda attityderna är lika lovvärda."

"Är du säker på det?"

"Har jag någonsin bett att få en annan styrman?"

31

Två timmar senare kom passagerarna. Mama först, med sin resväska på hjul. Efter henne gick Rosa Moreno, med ryggsäck. Sedan var det Jacob Nielsens tur, utrustad som den affärsman han hade varit: attachéväska, resväska i formpressad aluminium och en kostympåse över den arm som bar attachéväskan. Sist kom Peter Sympson, med minst bagage av dem alla eftersom han inte reste lika långt som de andra, bara en gammaldags ryggsäck i svinläder med inbyggd fiskarstol. På ena sidan av ryggsäcken, i ett specialgjort beslag, hängde en uppsättning mejslar och en stenhammare, för utan dem kände sig Peter Sympson naken och sårbar.

Marcel tog emot vid landgången och visade dem vägen till deras hytter. Med god vilja från besättningen, främst på grund av Mama, hade Marcel lyckats frigöra en egen hytt till var och en. Han bad sina gäster göra sig hemmastadda. De fick gärna komma upp på bryggan och vara med om manövrarna och utseglingen, men han varnade dem för att ströva omkring på fartygets styrbordssida. Trossarna och wincharna var inte att leka med för landkrabbor som de.

Alla fyra var på plats uppe på bryggan när fartyget backade ut från piren. De höll sig i bakgrunden, men hade placerat sig så att de kunde se hur Marcel med några få justeringar av styrspaken fick fartyget dit han ville. De tänkte alla på den första gång då de var för sig hade sett Marcel stå på sin bryggvinge. Då och då sneglade de på varandra och undrade i sina stilla sinnen vad de andra tänkte på. De kände ju hart när varandra, fastän Rosa Moreno och Peter Sympson å ena sidan och mme Le Grand och Jacob Nielsen å den andra hade hunnit komma varandra en smula inpå livet. Och nu skulle de tillbringa en vecka tillsammans ombord på ett lastfartyg!

Marcel lämnade över rodret till Sundgren i samma stund som det öppna havet dök upp framför stäven. Den här gången hade det dröjt längre än vanligt. Sundgren trodde för sin del att Marcel ville skjuta upp sitt första möte ombord med de fyra.

"Du tar henne till Baltimore, Sundgren!"

"Javisst."

"Vi borde hinna fram innan det blir mörkt."

"Det borde vi. Strömmen vänder snart."

"Så mycket bättre. Så slipper du fundera över strömsjöarna utanför Old Head of Kinsale. Och mina gäster behöver inte riskera att bli sjösjuka."

"Jag håller ut ett par sjömil för säkerhets skull."

"Gör det, Sundgren!"

Sundgren la märke till Marcels leende och insåg att Marcel hade genomskådat honom, som vanligt. Hans förslag att hålla ut ett par sjömil berodde ju inte på omtanke om gästerna, utan på att han bekymrade sig för fartyget. Strömsjöarna utanför Old Head of Kinsale hade trots allt dåligt rykte, sedan fick Marcel säga vad han ville eller le hur mycket som helst.

"I kväll lagar jag något gott och bjuder samtliga ombord på middag", sa Marcel till Sundgren. "Vill du vara så vänlig att meddela besättningen."

Marcel vände sig om.

"Ni följer med mig ner i mässen", sa han till sina gäster med en röst som fick något kaptensaktigt över sig. "Jag bjuder på ett glas champagne. Sundgren här, min styrman, närmaste man och gode vän, ser till att fartyget kommer tryggt i hamn. Det är nittio sjömil till Baltimore. Med våra femton knop och medström kommer det att ta fem till sex timmar. Vi kommer att ha ankrat på smult vatten i god tid före skaffningen, middagen alltså."

"Det är inget tvång att följa med mig", la han till. "Om någon av er hellre vill stå här på bryggan tillsammans med styrman Sundgren och titta på havet, så är det fritt fram. Ingen av er behöver naturligtvis dansa efter min pipa bara för att ni är gäster på mitt fartyg."

Men alla följde efter Marcel, även Mama, till Sundgrens behärskade besvikelse.

Strax därefter dök de fem upp i mässen. Marcel tog fram en flaska champagne. Han öppnade ett skåp, delade ut fem glas, hällde upp och höjde sitt eget.

"Välkomna ombord!"

Han såg var och en i ögonen innan han ställde ner sitt glas.

"Som ni kanske anar har jag en fråga som jag skulle vilja ha något slags svar på innan vi går vidare", fortsatte han. "Hur i all världen kunde det komma sig att ni fyra, som jag har lärt känna i fyra olika avkrokar av Europa, stod på kajen när vi la till häromdagen? Känner ni varandra? Kände ni varandra innan jag lärde känna er? Vad jag vet lider jag inte av förföljelsemani, men jag måste erkänna att jag tänkte på en sammansvärjning när jag först såg er tillsammans. Vad skulle jag annars tro?"

Ingen tycktes veta vem som skulle svara först. Till slut blev det mme Le Grand som gjorde sig till språkrör för dem alla.

"Jag kan svara på några av frågorna", sa hon. "Vi kände inte varandra innan vi råkade träffas här i Kinsale. Vi känner strängt taget ännu inte varandra. Inte särskilt väl i alla fall."

"Tre av oss råkade ta in på samma hotell", förklarade Jacob Nielsen. "Om ni frågar mig, så tror jag det är tillfälligheternas spel som spökar."

"Och samma hotell har en bar där jag brukar ta en öl", la Peter Sympson till. "Fastän det egentligen inte har någon betydelse i sammanhanget. Det var inte på baren vi träffades."

”Jag tror”, avslutade Rosa, ”att vi bara stod på kajen och väntade på er, kapten.”

”Det vill ni att jag ska tro på?”

”Det är sant”, sa Rosa.

”Det är kanske stjärnorna som har styrt och ställt,” sa Marcel med ett leende och tittade på Rosa Moreno. ”Men vilka orsakerna än är, så ska jag först och främst försöka se till så att vi får en trivsam vecka tillsammans. Det hoppas jag ni kan acceptera?”

”Kapten,” sa mme Le Grand, ”jag tror inte någon av oss har något att invända mot hur ni har tänkt er den här oväntade kryssningen. Men eftersom jag har en viss erfarenhet av rederier skulle jag vilja fråga er om ni inte kan få problem genom att ta med oss ombord och ligga för ankar en vecka?”

”Det här fartygets ägare har utan vidare råd med en veckas overksamhet. I alla händelser skulle problemen bli mina, och inte era.”

”Jag har också en fråga”, sa Jacob Nielsen. ”Hade det inte varit enklare att tala med oss var och en i land? Jag har i alla fall svårt att tro att någon av oss skulle vilja ställa till med besvär. Ni har ju trots allt ett jobb att sköta.”

”Det är väl det minsta jag kan göra efter era ansträngningar, ja förutom er, mr Sympson, för att ta er till Kinsale. Det är också mitt sätt att betala tillbaka det jag är skyldig.”

”Skyldig?” frågade Jacob Nielsen.

”Ni har var för sig tagit emot en enkel sjöman som behövde få sig litet glädje och mänsklig samvaro till livs under sin korta tid i land. Det är värt mycket.”

Mme Le Grand öppnade munnen för att protestera och för att säga att det i själva verket förhöll sig tvärtom, att åtminstone hon själv hade Marcel att tacka för en solskensglimt i Tréguiers höstmörker, men Marcel började genast prata om annat, om kusten de seglade förbi, om manskapet, om livet ombord på ett fartyg som hans, om skymning och gryning till havs, om fyrvaktaren på Fastnet Rock, om Dödens Kust och den undersköna bukten vid Cedeira, om allt det som folk i land gick miste om och knappt visste fanns. Sedan berättade han om hur det kunde te sig för en nomad som han att för första gången stiga i land i små oansenliga kuststäder i olika delar i Europa, om vilka tankar han gjorde sig när han anlöpte en ny hamn för första gången i sitt liv, om hur han undrade vilka människor som bebodde städer som Vilagarcía, Tréguier, Kinsale eller Marstal, om sin nyfikenhet på hur de människorna levde och bar sig åt i livet.

”När vi kom till Tréguier”, sa Marcel till slut, ”möttes vi på kajen av er, mme Le Grand. Vi togs om hand och ni blev vår guide under uppehållet i land. Den här gången är det ni som är mina gäster och jag som är guide. Precis som ni alla, var och en på sitt sätt, ska jag göra vad jag kan för att ni ska få med er ett minne för livet tillbaka.”

Om de hade varit ensamma, tänkte Rosa Moreno, så skulle hon ha talat om för Marcel att han redan hade gett henne ett minne för livet, men hon, liksom de andra, förblev tyst.

”Nu måste jag upp på bryggan och se till så att Sundgren håller tungan rätt i mun. Ta tillfället i akt och njut av seglatsen, så ses vi senare när vi närmar oss Baltimore.”

Och därmed lämnade han gästerna, aningen rådvilla och trevande, åt sig själva. De drack upp sina glas och sa några intetsägande men vänliga ord till varandra innan de skildes åt och drog sig tillbaka till sina hytter för att vänja sig vid tanken på att vara tillsammans med Marcel i varandras sällskap. Peter Sympson och Jacob Nielsen hade gärna velat tillbringa eftermiddagen i sällskap med Rosa Moreno respektive mme Le Grand, men ingen av dem vågade ta ett så dristigt steg på detta tidiga stadium. Ingen av dem hade ju på förhand kunnat föreställa sig att det var under dessa former de återigen skulle få träffa Marcel.

Klockan sju på kvällen, med den vita kummeln som kallades Lot's widow och som markerade inloppet till Baltimore Harbour i sikte, stod alla återigen på bryggan, Sundgren, Marcel och passagerarna. De fyra hade var för sig lämnat sina hytter när de kunde se att fartyget närmade sig land.

Marcel tog över från Sundgren när sundet öppnade sig framför stäven och de kunde se in på det lugna vattnet mellan Shirkin Island och fastlandet. Kort därefter rasslade ankarkättingen ut ur klyset och fartyget la sig till rätta med stäven mot den lätta sydliga vinden. Fartyget hade lyckligen anlänt till sin destination med sin last av manskap, passagerare och en sjökapten varom ingen nästan inte visste någonting.

IV

32

Det var den första kvällen för ankar i Baltimore Harbour. Besättningen och gästerna samlades i mässen. Samtliga utom Marcel var nyduschade och iklädda sina bästa kläder. Marcel hade för sin del använt tiden efter ankringen till att duka och att laga mat. Nu gick han runt och serverade.

"Men ni själv?" frågade mme Le Grand när alla hade fått sitt och hon hade upptäckt att det inte fanns utlagt något kuvert till Marcel. "Tänker ni inte äta med oss?"

"I dag är jag kock och servitör. Någon måste ju vara det."

Besättningen, som var van vid Marcel, såg inget underligt i det. De hade för länge sedan lärt sig att han var en sådan som inte hade sin fasta plats, vare sig vid middagsbordet eller någon annanstans. Men gästerna hade svårt att inte vända sig om och titta efter honom när han försvann ut i köket eller kom tillbaka med fat. De ville ha Marcel som sin mittpunkt, inte på cirkelns omkrets utan i dess nav. Men Marcel tycktes föredra att passa upp på sina gäster, placera ett ord här och ett annat där och föra en kortvarig diskussion först med den ene och sedan med den andre, hellre än att sitta ned vid bordet och dra till sig allas blickar.

Nu tvingades hans gäster prata med besättningen och lära känna den bättre. Sundgren strålade som ett slags sol där han satt bredvid mme Le Grand. Sundgren talade mycket om Marcel och höjde honom till skyarna, som kapten för det första och som människa för det andra. När allt kom omkring var det ett av de få samtalsämnen där Sundgren var säker på att kunna briljera. Vad Sundgren inte begrep var att mme Le

Grand inte av det skälet kom att fästa större uppmärksamhet vid honom själv. Tvärtom. Ju mer Sundgren la ut texten om Marcel, desto mer förstod hon att det inte bara var för hans leendes skull som hon hade rest från Tréguier. Samtidigt, medan Sundgren berättade om Marcels infall, avmönstringar och avstickare, började det gå upp för henne med vilken försiktighet en sådan människa som Marcel skulle behandlas. Ett ord eller bara ett bindestreck för mycket, och Marcel skulle vara försvunnen, bortblåst i vinden som drog in från Atlanten.

O'Brian, skälmsk och pojkaktig, hade haft turen att få Rosa Moreno till bords. Försåvitt det inte var ett avsiktligt drag från Marcels sida, tänkte O'Brian. Det skulle just vara likt honom. O'Brian gjorde vad han kunde för att muntra upp Rosa Moreno. Han ville inget hellre än att få henne att le och skratta. Med den munnen! Det var ingen lätt uppgift, och O'Brian fick ta till alla irländska historier han kunde och några till. Han fick till slut lön för mödan när Rosa sprack upp i ett leende. Men ögonblicket därefter upptäckte O'Brian till sin besvikelse att Rosas leende var ett svar på en blick från Marcel.

Så var det med det, tänkte O'Brian. Men vad hade han egentligen inbillat sig? Rosa hade inte stått på kajen i Kinsale för hans skull, det borde han ha tänkt på från första början. För övrigt var han gift, ett irländskt giftermål solidare än betong. Nej, han hade inte tänkt försöka förföra den unga spanjorskan. Inte på riktigt. Han hade bara velat känna, en kort stund, att han också hade varit ung en gång i tiden.

Jacob Nielsen hade så att säga fått filippinen Castro till bords, och var nöjd med det, för på hans andra sida satt mme Le Grand, även om Sundgren, vilket var dennes rätt som bordskavaljer, la beslag på henne större delen av tiden. Jacob Nielsen hade svårt att få igång samtalet med Castro ända tills Castro frågade vad Jacob Nielsen hade för bil. Jacob Nielsen hade nämligen en gång i tiden haft en Mercedes medan Castros högsta önskan ju var att en gång i livet få äga en Mercedes. I en timme pratade därför Jacob Nielsen och Castro om Mercedes.

Till slut kunde inte Jacob Nielsen låta bli att fråga varför det var just att äga en Mercedes som var Castros högsta dröm.

Castro skrattade.

"Det är en bättre bil än BMW", sa han. "Och jag kommer aldrig att ha råd med en Rolls, hur mycket övertid jag än arbetar."

En kort stund föraktade Jacob Nielsen denne Castro vars enda livsdröm bara var att bli ägare till en bil av ett visst märke. Men sedan kom Jacob Nielsen att tänka på att det egentligen var precis samma sak hemma i Danmark. Var exempelvis hans karriärlystne son en bättre människa än denne så kallade simple sjöman? Ju fler pengar man hade, desto finare bil köpte man. Den enda skillnaden var att man inte visade samma barnsliga entusiasm som sjömannen vid hans sida.

Peter Sympson var på sin kant kluven mellan Edwards opolerade vänlighet och Rosa Morenos vackra ansikte snett emot honom. Men för att låta bli att stirra på henne började Peter Sympson prata allt mer med Edwards.

De två kom att prata om ädla stenar och om motorer. Peter Sympson lärde sig, precis som mme Le Grand hade gjort det många år tidigare, att det fanns människor som var djupt förälskade i motorer, att motorer hade själ och personlighet precis som människor, ja kanske till och med, i vissa fall, mer än somliga människor. Det var i alla fall Edwards bestämda åsikt, grundad på rikhaltig erfarenhet av båda.

Edwards å sin sida upptäckte till sin häpnad att ädelstenar kunde vara en port till evigheten för eldsjälar som Peter Sympson. Denne lät i alla fall tidvis som Edwards egen frälsta farmor. Men det var först när Peter Sympson började prata om facettslipning som Edwards och Peter Sympson fann varandra på allvar. Det som förenade maskinisten med juveleraren var ingenting annat än *precision*, bränslepumparna som sprutade in diesel i cylindern på en tusendels sekund när, facettsliparen som arbetade med en exakthet på tusendelar av en grad. Efter några glas blev de två rörande överens om att den stora fördelen med ädla stenar respektive motorer var just att båda, jämfört med människor, var precisionsinstrument medan människorna alltför ofta kunde tyckas vara halvfabrikat, hafsbyggen och måndagsexemplar.

Med ett undantag, ville gärna Peter Sympson tro, fastän han inte sa det högt, den spanska flickan Rosa Moreno. Just därför högg det till i honom varje gång han i ögonvrån såg henne titta efter Marcel när Marcel hade vänt ryggen till.

Rosa Moreno själv satt mest och lyssnade, dels på O'Brian med ett halvt öra, dels på samtalsskärvor som kom i hennes väg. Men varken det ena eller det andra fastnade i minnet.

Rosa Moreno var förundrad; över sig själv, över att just hon befann sig ombord på ett av alla de lastfartyg som hon hade sett lägga till i Vilagarcía, över dessa människor som satt runt henne och visade henne all möjlig välvilja; hon som väl ingen, med undantag för Marcel och Juan, någonsin riktigt hade lagt märke till, hon som så oändligt många gånger hade vaknat i sin tomma enrumslägenhet och börjat dagen med att försäkra sig om att hon fortfarande fanns till.

Rosa Moreno la särskilt märke till Peter Sympsons förstulna blickar. Hon tänkte på hur han hade sett ut när hon hade valt ut den sten som hon ville ha i gåva. Det var som om det var Peter Sympson och inte hon själv som hade fått en vacker sten till skänks. Tänk om det hade varit Marcel när hon gav honom sitt örhänge! Tänk om hon hade haft en sten som Peter Sympsons att ge till Marcel! Hon la dessutom märke till att Marcel hade bytt tröja till middagen och att karneolen tydligen följde med tröjan och inte honom själv. Det var inte mer än rätt, tänkte Rosa Moreno. Trots vad Peter Sympson hade sagt ångrade hon att hon hade gett Marcel en karneol. En sten som symboliserade rasrenhet! Från en som knappt visste vem hon var till en som hade sneda ögon och vit hy.

33

Rosa Moreno kände sig litet yr när hon kom tillbaka till sin hytt, ledsagad av O'Brian som hade visat henne vägen. Han önskade henne en god natts sömn och tackade för en trevlig kväll. Själv orkade bara Rosa Moreno med en nick och ett försök till leende. Hon klädde av sig, la sig naken på sängen och tittade ner över sin kropp. Hon såg hur magen hävde sig i en svag välvning över resten. Hon smekte bulnaden och sa till människofröet inom sig vad hon skulle ha velat säga till Marcel. Vad var det? Att hon älskade honom? Nej, för det var hon inte säker på att hon gjorde. Hon älskade något som fanns i honom, något som fick henne att känna att hon var lika viktig som alla andra, att hon hade lika rätt som alla andra att räknas som den hon var. Ja, redan från början hade hon känt att det inte lönade sig att låtsas eller göra sig till inför Marcel. Men hur skulle hon vara sig själv, hon som knappt visste vem hon var? Vad kunde en sådan som hon egentligen betyda för Marcel, annat än att vara en flicka i en hamn bland tusentals andra flickor i hundratals andra hamnar?

Mme Le Grand var en av de allra sista att lämna bordet. När hon till slut reste sig för att gå var det bara Jacob Nielsen och Marcel kvar. Mme Le Grand hade faktiskt hoppats att hon skulle bli lämnad ensam kvar med Marcel, men Jacob Nielsen hade suttit som klistrad vid sin stol och precis som Marcel druckit ett ganska stort antal glas whisky. Ingenting märktes på Marcel, men Jacob Nielsens ögon var simmiga, även om hans tal var redigt och klart. Själv hade hon bara druckit rödvin i måttliga mängder och kände sig alldeles klar i huvudet. Alltför klar, tänkte hon. För varje längre blick hon gav Marcel, för varje önskan om att deras blickar skulle mötas och kroka fast i varandra, såg hon för sitt inre Yann som gick rakt ut i havet. För varje gång hon tittade på Marcel var det som om Yann tog ytterligare några steg ut i havet. Det var som om det var hennes fel att Yann fortsatte ut i tomma intet. Hon försökte säga till sig själv att Yann skulle ha varit den förste att önska att hon fann en ny livskamrat, att han skulle vara den siste att komma med förebråelser om det mot all förmodan fanns en himmel där de skulle mötas igen. Men det hjälpte henne inte att bli av med skuldkänslorna. Hon hade trots allt varit så lycklig en människa kunde önska sig att bli i livet. Att vilja ha mer var väl både högmodigt och orättvist mot dem som aldrig hade haft någonting, kanske som den unga spanjorskan.

Mme Le Grand tänkte att hon borde ha druckit sig en smula berusad, precis som Jacob Nielsen. Då skulle hon åtminstone ha kunnat glömma en stund vem hon var och varifrån hon kom.

Peter Sympson reste sig och gick så snart Rosa Moreno hade lämnat bordet ledsagad av den evinnerlige O'Brian som hade lagt beslag på henne hela kvällen. Men kanske var det trots allt bara bra att Peter Sympson slapp följa Rosa Moreno till hytten. Han ville visserligen vara på tu man hand med henne, men vad skulle han säga? Han kunde inte tala om för henne att hon i princip var femtio tusen pund rikare innan han hade fått klartecken från Marcel. Och Marcel hade inte nämnt saken med ett ord. Peter Sympson hade med sig sitt checkhäfte, och hans bankförbindelser skulle betala ut beloppet till vem som helst när som helst.

Skulle Peter Sympson i stället skänka Rosa Moreno sin egen sten genast? Eller senare? Visst, han hade lovat henne att hon skulle få välja den sten hon tyckte var vackrast. Men skulle han kunna förmå sig att ge henne stenen bara för att sedan få se henne försvinna ut i det blå, kanske med Marcel? Skulle han inte erbjuda henne att se fler stenar innan hon bestämde sig? Och så vidare, tänkte han. Sanningen var den att Peter Sympson kände det som om han stod i färd med att klyva en stor rådiamant, utan att vara säker på utgången, utan att säkert veta var brottytorna fanns, utan att veta om de klyvda delarna skulle bli värdelösa eller värdefulla.

Skulle han erbjuda sig att följa mme Le Grand till hytten? Jacob Nielsen hade knappt hunnit ställa frågan till sig själv förrän han visste att svaret var nej. För det första hade han druckit för mycket och var inte längre säker på att han visste vad han gjorde. För det andra ville han inte riskera att få ett nej, i all synnerhet inte inför Marcel. Varför? Han hoppades att det berodde på att han var full. Men långt nere inom sig, lika långt nere som i botten av sin slingrande datafraktal, bortom töcknet av whisky, kände han att det var allvarligare än så. Han var faktiskt en aning rädd för mme Le Grand, eller åtminstone rädd för att bli avvisad och avpolletterad innan han ens hade försökt komma henne inpå livet, innan hon åtminstone hade fått veta att han var en livs levande människa och inte bara en datorfreak. Dessutom kände han på sig att mme Le Grand hade ett gott öga till Marcel. Det var naturligtvis för hans skull som hon hade rest till Kinsale. Och vad kunde en rastlös före detta ingenjör ställa upp med mot en bekymmerslös och sorgfri sjökapten som denne Marcel? Ingenting väl?

34

Det var den första förmiddagen för ankar i Baltimore Harbour. Tidigt på morgonen bad Marcel O'Brian att segla iland honom i gummibåten. De gick först upp till Baltimores seglarskola där Marcel förhörde sig om huruvida han kunde få hyra en stadig segeljolle som kunde ta fem vuxna. Eftersom det var utanför säsongen fick han hyra en Caravelle så länge han behövde den.

"Våra gäster måste ha något att göra", förklarade Marcel för O'Brian när de satt och drack en öl på Baltimore Pub. "Jag tänker erbjuda dem seglatser i de skyddade vattnen häromkring."

"Tror du verkligen de följer med? De verkar vara landkrabbor allihop."

"Vi får väl se."

"Egentligen undrar jag varför du tog ombord dem, om jag får lov att säga det."

"Vad skulle jag göra? De har trots allt rest halva Europa runt bara för att träffa mig, ja förutom Peter Sympson förstås, juveleraren."

"Vet du varför de ville träffa dig? Jag menar, de måste ha haft sina skäl för att resa så långt på vinst och förlust."

"Nej, det vet jag inte."

O'Brian log ett knipslugt leende.

"Om du frågar mig, så tror jag att spanjorskan har kärat ner sig. Mama hade nog rätt den där gången i Tréguier när hon pratade om krossade hjärtan."

"Den tanken har tyvärr slagit mig också."

"Tyvärr? Det är en grann flicka. Om jag hade varit yngre och ogift hade jag inte tvekat en sekund."

"Tvekat att göra vad?"

"Att lägga an på henne."

"Och om företaget lyckades?"

"Så var min lycka gjord, det är ett som är säkert."

"Och hennes lycka då?"

"Mer tveksam, det erkänner jag."

"För mig är det snarast tvärtom."

O'Brian frågade inte Marcel vad han menade. Det gjorde man inte. O'Brian hade aldrig tidigare tänkt på det, men nu slog det honom hur litet manskapet pratade om sin kapten. Marcel var så självklar på något sätt, trots att han inte liknade någon annan sjökapten som O'Brian hade seglat med, eller ens någon annan människa han hade mött. Det var inte bara det att Marcel aldrig var på dåligt humör, som om ingenting *bet* på honom. Det var inte heller för att Marcel tycktes leva och göra precis som han ville, som om det inte fanns någonting som kunde hålla honom tillbaka. Nej, det som imponerade mest på O'Brian var Marcels lugn. Det verkade som om det inte fanns något som kunde bringa honom ur jämvikt, vare sig hårt väder, idiotiska order från redarna eller dumheter från manskapets sida. Ibland kunde Marcels kolugn rent av framstå som omänskligt eller osannolikt.

Inte ens när de året dessförinnan hade seglat på en container i öppen sjö och slagit upp ett meterstort hål strax ovanför vattenlinjen hade Marcel visat prov på nervositet eller oro. Han hade bara lagt fartyget i en snäv gir som fick det att kränga tillräckligt för att de skulle komma åt att täta provisoriskt. Och O'Brian tänkte fortfarande ofta på hur det var då de hade upptäckt fyra senegaleser ombord. Det var inte långt efter att de hade fått höra historien om den ryske kaptenen på fartyget Mc Ruby som hade låtit slå ihjäl sju afrikanska fripassagerare och kasta liken över bord. Reglerna var glasklara. Det var kaptenens ansvar att det inte kom ombord fripassagerare. Tio tusen dollar per huvud kunde det kosta att få dem omhändertagna och hemskickade. I värsta fall vägrade hamnmyndigheterna att ta emot fartyget som fick segla tillbaka till ursprungshamnen och lämna tillbaka de oönskade gästerna. Och till och med där kunde korrumperade tjänstemän ta bra betalt för att ta tillbaka sina egna landsmän. Att få fripassagerare ombord var något av det värsta som kunde hända på ett fartyg. O'Brian kunde till och med förstå, åtminstone till nöds, om en kapten, i all synnerhet en lusfattig ryss utan framtidsutsikter, förlorade besinningen.

Efter dramat på Mc Ruby hade de själva fått nya och strängare förhållningsorder att bevaka landgången dygnet runt i alla riskhamnar. Ordern hade de följt, men trots det hade alltså Edwards utanför Madeira upptäckt fyra livrädda och uthungrade senegaleser i ett skrymsle i maskinrummet där Edwards hade stuvat undan reservdelar.

Vad hade Marcel gjort? Han behandlade de fyra som sina gäster. Han utrymde sin hytt för deras skull, klädde upp dem, lät dem lägga på hullet och förklarade för dem på sin ombordarfranska hur västerlandets så kallade civilisation skulle tacklas. I gengäld fick de berätta på sin negerfranska om sina liv i Senegal, om vad de önskade sig och hoppades på, om sin släkt och vänner, om tro och mycket annat som besättningen inte hade haft en aning om. Marcel översatte med stort tålamod allt de berättade.

Följden av affären blev att var och en i besättningen fick fyra vänner för livet, ja till och med, trodde O'Brian, fyra vänner som skulle ge sitt liv för Marcel och manskapet om det behövdes. Men var befann de sig nu? Marcel hade med besättningens hjälp smugglat iland dem i Rotterdam, försedda med en summa pengar och adresser till säkra personer som skulle hjälpa dem vidare. Marcels råd hade varit att de skulle återvända till Senegal. I Europa, sa Marcel som påstod sig veta vad han talade om, skulle de alltid få slåss för sin blotta rätt att finnas till och att få vara människor som alla andra.

O'Brian mindes hur tomt det hade känts när de fyra hade lämnat dem. De hade satt färg på samlivet ombord. Det var bara Marcel själv som hade tyckts vara helt oberörd av avskedet. O'Brian kunde inte påminna sig en enda gång då Marcel hade givit uttryck för saknad. Efteråt var det som om de aldrig hade funnits.

Marcel var en glad skit, det var ett som var säkert, men O'Brian förstod sig inte på honom. Fast varför skulle han det? Det räckte så väl med att få ha honom som kapten. O'Brian skulle inte vilja byta för något i världen. Just därför tyckte han inte riktigt om att Marcel hade bjudit ombord sina passagerare. En hade väl gått an, Rosa till exempel, men fyra stycken var att ta i! Man visste trots allt aldrig riktigt var man hade Marcel. Plötsligt kunde han vara försvunnen, som de andra gångerna när han bara hade mönstrat av. O'Brian var säker på att både Mama och Rosa hade förälskat sig i Marcel. Sådant kunde bara ställa till problem. Och de andra två, Nielsen och Sympson, vad var det för typer? Vad ville de Marcel? Nej, O'Brian kände sig inte helt lugn, även om det var trevligt att få litet semester. Det kändes som om nästan vad som helst skulle kunna hända, allt utom att Irland vann femnationsturneringen i rugby. I går hade All Blacks sopat banan med dem och fransmännen var urstarka för närvarande. Det var synd i alla fall att de hade fått gäster ombord precis samma vecka som turneringen pågick. När han själv nu för en gångs skull var i sina hemtrakter skulle han allra helst ha velat sitta på en pub och titta på TV med en pint i näven. Om Marcel behövde hjälp med underhållningen, skulle han få det. Lojaliteten till Marcel fick gå före Irlands rugbylandslag. Åtminstone den här gången när de ändå inte hade någon chans att vinna.

35

Redan under lunchen den första dagen för ankar i Baltimore Harbour föreslog Marcel att de skulle segla en tur i den hyrda segeljollen. Av de fyra passagerarna var det bara Rosa Moreno som så att säga hade varit till sjöss förut, nämligen den gången om året då hon var med om att segla ut madonnan på Ría Arousa. Mme Le Grand visste förstås allt eller det mesta om sjöfart, men till sjöss på riktigt hade hon aldrig varit, och aldrig i en liten båt. Peter Sympson å sin sida var i sin egenskap av juvelerare själva urtypen för en landkrabba. Jacob Nielsen slutligen hade aldrig haft tid att använda sig av så långsamma fortskaffningsmedel som segelbåtar. Till och med över Öresund hade han tagit flyg eller helikopter. Men trots deras ringa erfarenhet av båtliv sa alla ja utan att tveka, för att inte förlora varandra eller Marcel ur sikte.

Marcel satte sig mitt i båten vid masten och placerade ut de andra. Mme Le Grand fick rodret till att börja med, Rosa Moreno fockskotet, medan Peter Sympson och Jacob Nielsen skulle agera motvikt i vindpustarna. Marcel förklarade för sina gäster att detta inte enbart skulle bli en fråga om sightseeing, att det inte bara skulle vara en utflykt i det blå. Nej, om de ville följa med fick de finna sig i att själva få prova på seglingens ädla konst.

Jacob Nielsen frågade om det var sant som han hade hört sägas av inbitna seglare, att det var nödvändigt att segla.

”Vad är det bra för?” frågade Jacob Nielsen. ”Som sjöman måste ni väl ha funderat en del över det?”

”Vad det är bra för?” svarade Marcel. ”Det är ingen lätt

fråga, som säkert kan ha en mängd olika svar, både ytliga och djupa. Om jag vore allvarlig, skulle jag kanske säga att det är bra att segla för att lära sig stå ut med sin egen förgänglighet."

"Det ordet kan jag inte på engelska", sa Rosa Moreno.

"Det betyder säkert olika saker för olika människor", svarade Marcel. "Även på deras eget språk. För mig är det väl att livet är ungefär som kölvattnet efter ett fartyg. En stund efter att vi har passerat förbi är det som om vi aldrig hade funnits."

Mme Le Grand tittade upp. Hon kände sig träffad. Hon som till Yanns minne hade ägnat så mycket tid åt att bekämpa just förgängligheten, hon som inte ville acceptera, inte till något pris, att människorna bara var daggdroppar i gryningen några ögonblick efter soluppgången eller skuggor som löstes upp i det sista, orkeslösa skymningsljuset!

Peter Sympson, där han satt vid styrbords reling, tänkte att Marcel, naturligtvis, utan minsta tvekan, hade helt och hållet rätt. Det enda som var säkert var att allt tal om en fortsättning på livet var humbug. Det var önsketänkande. Det fanns inget paradis åt gamle Tom med ett Tap Tavern där Tom för all evighet kunde sitta vid den öppna spisen och dricka sin pint Guinness och sin whisky. Det fanns ingen himmel där gamle Tom skulle få träffa sin fru och få de barn som de aldrig hade fått här på jorden. Så var det med det. Det enda som var beständigt var en diamants knallhårda skönhet. Och till och med den kunde förstöras av människans ofantliga oaktsamhet.

Jacob Nielsen var, som han själv skulle ha varit den förste att erkänna, inte lagd åt det filosofiska hållet. Sådana frågor som den om människan som kölvatten lämnade han mer än gärna åt andra att försöka besvara. Samtidigt var han tvungen att erkänna att Marcel hade slagit huvudet på spiken. Var det inte helt enkelt för att göra sig litet viktig som han hade kommit på tanken att göra sig synlig på all världens datamaskiner? Varför annars denna mani att vilja lämna digitala spår bakom sig? Om inte av rädsla för att hans söner strängt taget skulle känna *lättnad* över att en dag få bli av med honom. Varför skulle han annars ha blivit så intresserad av denna Mama, som nu satt med rorkulten i sin hand, hon denna sjömännens stiliga bokhållare? En hårddisk kunde trots allt krascha. Inget lagringsmedium varade ju för evigt. Han, om någon, som hade varit specialist på säkerhet, visste hur oändligt lätt ovärderlig information kunde gå förlorad.

Då Rosa Moreno efter Marcels förklaring hade förstått vad som menades med ordet "förgänglighet" tänkte hon genast på det frö till människa som låg i hennes mage. Marcel hade fel, tänkte hon, han måste ha fel. Beviset på att hon, Rosa Moreno, hade mer än ett liv låg ju där i hennes mage. Ett barn var i alla fall inte bara kölvatten. Hon undrade om det syntes att hon var med barn. Hon hade alltid klätt sig ledigt och luftigt, med stora tröjor och lösa kjolar, men hon gjorde ingenting särskilt för att dölja sin graviditet. Egentligen hoppades hon att Marcel skulle upptäcka hur det var fatt utan att hon själv behövde säga något. Hon kände sig faktiskt ganska hoppfull, vad Marcel än hade sagt och menat. Hon trodde att allt skulle bli bra till sist, även om hon inte visste hur det skulle gå till.

"Vad ska jag göra med den här?" frågade hon Marcel och höll upp fockskotet.

"Det används för att reglera förseglets vinkel mot vinden", förklarade Marcel.

Innan de stötte ut från fartygssidan berättade Marcel om vinden, ingenting annat, som om det skulle räcka för att förvandla landkrabbor till seglare. Marcel förklarade att de skulle få klara sig själva bäst de kunde, och lära sig av sina misstag. Själv skulle han bara se till att de inte kantrade eller seglade upp på land. Därför var det inte så underligt att hela besättningen stod uppradad längs relingen. De ville se hur detta skulle sluta.

Det började bra. Marcel sköt ut stäven så att seglen fångade vinden tills jollen hade avlägsnat sig ett par båtlängder från det svarta stålskrovet som tornade upp sig bakom dem. Mme Le Grand höll rodret rakt fram och hoppades att hon skulle kunna fortsätta med det tills någon annan kunde ta över. Men strax därefter kom en vindby som fick fören att peka åt ett annat håll. Mme Le Grand sköt långsamt över rodret i ett försök att få stäven tillbaka dit där den hade befunnit sig ögonblicket dessförinnan. Följden blev den motsatta. Mme Le Grand kände snart hur vinden började blåsa henne i nacken. Snabbt sköt hon över rodret åt rakt motsatt håll och höll kvar det tills båten hade girat hundraåttio grader och stäven pekade rakt mot vinden. Båda seglen började fladdra och slå fram och tillbaka. Eftersom mme Le Grand inte hade en aning om vad hon skulle ta sig till därnäst släppte hon helt enkelt rodret. Till sin förvåning upptäckte hon att allt plötsligt blev lugnt. Jollen drev långsamt snett bakåt.

”Vad hände?” frågade hon och tittade på Marcel. ”Vad tar jag mig till nu?”

Marcel slog ut med armarna.

”Ni menar väl inte att vi ska lära oss att segla *helt* på egen hand?” sa Jacob Nielsen.

”Inte på egen hand”, sa Marcel. ”Tillsammans.”

”Vad gjorde jag för fel?” frågade mme Le Grand de andra. Den som gav sig in i leken fick leken tåla, tänkte hon, och undrade vad Marcel egentligen ville att de skulle lära sig.

Tillsammans gick de igenom vad som hade hänt och försökte förstå hur de skulle få båten dit de ville, i stället för tvärtom, samtidigt som de drev makligt över Baltimore Harbours lätt krusade vatten. Diskussionernas vågor gick tidvis högt.

”Får vi ställa frågor?” sa Jacob Nielsen till Marcel.

"Om det är en gemensam fråga", svarade Marcel.

Efter en stunds konfererande gjorde sig Jacob Nielsen till passagerarnas talesman.

"Vi har två frågor: för det första, vad ska vi akta oss för mest?"

"Att få bommen i huvudet."

Marcel pekade på bommen så att alla skulle veta vad han talade om.

"Och när riskerar vi att få bommen i huvudet?"

"Antingen när vinden kommer rakt framifrån. Eller också när den kommer rakt bakifrån."

Peter Sympson nickade till de andra.

"Fråga nummer två är hur det kan komma sig att vi just nu ligger still och driver."

"Därför att ni har råkat dreja bi, som det kallas. Som ni kan se blåser vinden in på olika sidor av de båda seglen. Följaktligen tar krafterna ut varandra och vi ligger still."

"Hur får man dem att samverka igen?" frågade mme Le Grand.

"Det borde ni kunna lista ut själva."

Det var Rosa Moreno som föreslog de andra att hon skulle släppa det rep hon höll i för att få förseglet att byta sida. Och mycket riktigt. Efter några ögonblicks förvirring sköt jollen fart på det smula vattnet med kurs rakt ut genom The Sound mellan Spanish Island om styrbord och Shirkin Island om babord. Det dröjde inte länge förrän jollen hade försvunnit ur besättningens synfält, till styrman Sundgrens stora oro.

Det är inte alls omöjligt att de fyra med gemensamma krafter skulle ha klarat att segla runt Shirkin Island utan Marcels hjälp, åtminstone efter att de hade lärt sig att dreja bi. Varje gång de kom i trångmål gjorde de om manövern för att få betänketid inför nästa steg. Marcel fungerade mest som deras ciceron där han makligt låg utsträckt tvärs båten med händerna vilande på magen. Litet betänksam blev besättningen när han berättade att de nu var på väg ut över Roaring Water Bay, som inte hade fått sitt namn av en slump. Men allt gick bra, med Peter Sympson vid rodret. I Gascanane Sound, mellan Shirkin Island och ön Cape Clear, fick de ösa några skopor i den krabba sjö som reste sig när den starka tidvattensströmmen mötte den lätta vinden. Dessutom var de tvungna att kryssa. I sanningens namn ska det väl sägas att de knappast skulle ha klarat det om det inte hade varit för medströmmen. Även om man inte kunde klandra Rosa Moreno, som satt till rors, så måste man erkänna att det var si och så med mme Le Grands skotning av förseglet. Hon satt nämligen och njöt av skådespelet, av det grönblå Atlantvattnet, av de kritvita stränderna i små bukter på Shirkin Island och av Cape Clears ormbunksklädda toppar.

Jacob Nielsen tog över rodret strax efter Reenabulliga, Shirkin Islands sydvästspets. Det föll på hans lott att styra dem tryggt tillbaka till Baltimore Harbour och fartyget. Fram till inloppet gick det med flygande fart. I den sydliga vinden var det akter om tvärs som gällde. Nedför den stora Atlantdyningen hände det att jollen började surfa. Alla hejade och kom med entusiastiska utrop. Dessa vanligtvis så pass belevade och återhållsamma människor glömde helt, för några korta ögonblick, att uppföra sig som folk är mest. De blev snarast som barn, med mycket dimmiga föreställningar om dåtid och framtid. I seglingens hetta och skum kände de till och med något av den sorglöshet som de annars tillskrev Marcel.

Men då de efter mindre än en timme kunde se in på Baltimore Harbours lugna vatten kom trots allt Marcel med ett besinningens ord.

”Den sista biten blir läns. Som ni förstår vid det här laget innebär det att storseglet lika gärna kan stå rakt ut åt det ena som åt det andra hållet. Men ni förstår kanske också att det är lätt hänt att vinden blåser in på baksidan av storseglet om man styr åt fel håll. Följden blir att storseglet byter sida med våldsam fart och kraft. På en stor båt kan masten knäckas, en mindre båt som denna kan välta och i båda fallen kan man få hjärnskakning eller värre om man inte ser upp."

"Var det det ni menade med att man kunde lära sig något om förgängligheten genom att segla?" frågade mme Le Grand.

Marcel log.

Det var, tänkte mme Le Grand, det där leendet som hon hade skrivit in på sitt kort, men som hon ännu inte hade sett särskilt ofta sedan Kinsale.

Marcels leende dröjde sig kvar inom mme Le Grand och det är mycket möjligt att det var det som gjorde att det ändå gick galet till sist. Jacob Nielsen girade plötsligt styrbord för att undvika en överhängande slänggipp. Mme Le Grand, som skötte storskotet, halade in för alla krafter i stället för att ta det varligt. Jollen krängde ner så fort att Rosa Moreno och Peter Sympson inte hade en chans att ta sig över på andra sidan för att agera motvikt. Strax därefter låg de allihop i vattnet, bara femtio meter från fartyget, frustande och skrattande när den första förskräckelsen hade släppt.

Sundgren, som hade hållit orolig utkik från bryggan, gick ut med gummibåten och räddade damerna först, medan herrarna fick ligga kvar, vända jollen på rätt köl under Marcels ledning, ösa läns och förtöja den vid fartyget.

Alla passagerarna tänkte efteråt var för sig att de hade haft en storslagen eftermiddag, som dessutom hade fört dem en bit närmare varandra, på kryss och tvärs så att säga. Mme Le Grand tänkte också att just det kanske hade varit Marcels avsikt och greps samtidigt av rädsla för att han plötsligt skulle ge sig av och lämna dem. Rosa Moreno kände sig å sin sida pånyttfödd, och full av tillförsikt. Under några bråkdelar av en sekund efter att hon hade fallit i vattnet hade hon trott att hon skulle drunkna, och med henne barnet i hennes mage, att hennes barn precis som hennes bror skulle uppslukas av havet utan att ha fått en chans att få leva. Men när Marcel kom upp till vattenytan och gav upp sitt sprudlande skratt hade all hennes rädsla, skräck och ångest försvunnit. Nu tänkte hon i stället att det ofrivilliga doppet hade varit ett dop, för henne och för barnet; det var början på ett nytt liv, inte slutet.

Peter Sympson var även han mycket nöjd med sin eftermiddag. Det var inte främst på grund av seglatsen. Hav och vind var verkligen alldeles för obeständiga för hans smak. Allt var flyktigt, lösligt, osäkert och förgängligt precis som Marcel hade sagt. Det fanns inga fasta märken att utgå ifrån, ingen hårdhet att ta stöd emot. På land kunde man utan svårigheter få kompassnålen att stå still. I båten hade den inte varit lugn ett ögonblick. Nej, det som fyllde Peter Sympson med tillfredsställelse var den sista timmen när han och Rosa Moreno tillsammans hade agerat motvikt tätt intill varandra medan Jacob Nielsen styrde och mme Le Grand reglerade snöret till förseglet, det som Marcel envisades med att kalla för skot. Det var den timmen, och enbart den, som hade varit behållningen med dagens utflykt.

Jacob Nielsen, som den praktiskt inriktade person han var, hade uppskattat litet aktivitet med buller och bång. Han hade arbetat hårt för att få allting att fungera i harmoni. Hans analytiska sinne hade kommit väl till pass för att reda ut de olika faktorer som påverkade båtens framfart: vindvågornas riktning och kraft i förhållande till dyningen, vindens ombytlighet, seglens vinkel, viktens placering i båten, strömmens styrka, fart och riktning, rorsmannens nycker och plötsliga rörelser.

Jacob Nielsen hade varit särskilt aktiv när mme Le Grand satt till rors eller när hon reglerade förseglet. Han gjorde allt som stod i hans makt för att mme Le Grand skulle klara av sin uppgift med glans. Belöningen hade han fått när hon gav honom en vänlig nick som tack för hans hjälp och ansträngningar.

Vad Marcel tänkte och kände visste ingen. Men inför besättningen berömde han sina passagerares seglarfärdighet och snabba uppfattningsförmåga.

"Det var lagarbete hela vägen", sa han. "Ensam är sällan stark till sjöss."

Han tog själv på sig skulden för kantringen, men viftade också bort Sundgrens förebråelser för att han skulle ha varit dumdristig nog att ta med sig fyra nybörjare och landkrabbor på en så pass äventyrlig färd som strängt taget inte ledde någon vart utan bara hade fört dem tillbaka till utgångspunkten. Ett fartyg, stort eller litet, menade Sundgren, skulle segla med ett ärende från en plats till en annan för att ha mål och mening, inte driva planlöst runt som ett tacksamt offer för väder och vind eller till och med kaptenens nyckfullhet.

Vartill Marcel svarade att var och en, och i synnerhet Sundgren som var hans gode vän, hade full rätt att vara sin egen lyckas smed på det sätt som passade dem bäst. Om man blev lycklig av det vill säga. Fasta rutter gav trygghet, det var Marcels erfarenhet, men lycka var det oftast sämre beställt med.

"Jag är hellre trygg än lycklig", sa Sundgren som därmed trodde att den saken var ur världen.

Passagerarna sa ingenting, men de stod på Marcels sida i diskussionen, fast de väl noga räknat hade levt som Sundgren.

36

Det var den andra aftonen för ankar i Baltimore Harbour. Middagen lagades och serverades av Castro, som förutom att vara matros dubblerade som kock, allt för att tjäna pengar till sin Mercedes.

Alla var trötta efter dagens fysiska strapatser. Castro försökte förgäves få igång ytterligare ett samtal om bilar med Jacob Nielsen. Edwards ville återigen prata precision och materialhårdhet med Peter Sympson, men fick inget gensvar. O'Brian berättade en rolig irländsk historia, och en till, men fick bara spridda och ganska frånvarande leenden till svar. Sundgren gjorde vad han kunde för att underhålla mme Le Grand, men det mesta av det han sa föll med viss rätt platt till marken. Marcel satt mest tyst.

Efter middagen föreslog han ett parti biljard och ett glas cognac som avslutning på en lärorik dag. Edwards och O'Brian anmälde genast förhinder. England och Irland skulle mötas i femnationsturneringen. Sundgren tänkte för sin del ha ankarvakt. Enligt väderleksrapporten fanns det risk för åskväder, och det visste väl alla att åskväder kunde leda till kraftiga vindstötar. Mme Le Grand ursäktade sig hon också. Hon hävdade att hon hade fått nog av sport för dagen. Jacob Nielsen följde tropp och anförde trötthet efter simturen.

"Dessutom", la han till, "ska biljard spelas på en rökig nattkrog i Köpenhamn med en öl i näven."

Slutligen var det Rosa Morenos tur att tala om att hon helst gick och la sig. Hon anförde trötthet, men sa förstås inte att det var barnets hon tänkte på och inte sin egen. Följaktligen fanns det ingen anledning för Peter Sympson, som avskydde sällskapsspel, att dröja kvar.

När alla hade gått vände sig Marcel till Castro.

”Hur är det med dig? Tänker du också svika mig?”

”Det beror på insatsen.”

”Hundra dollar i potten.”

”Okay, boss!” sa Castro i full förvissning om att pengarna redan var hans.

Marcel spelade mycket riktigt som en kratta den kvällen och Castro vann lätt sina hundra.

”Hur mycket pengar saknar du till din Mercedes?” frågade Marcel när de två efter avslutat spel satt och hängde över de sista skvättarna Martel.

”Jag är inte säker. Det beror på växelkurserna och på hur mycket pengar jag måste skicka hem till familjen. Men tio tusen dollar är det nog.”

”Ett par år till ombord alltså. Vad tänker du göra sedan?”

”Göra?”

”Ja, när du har fått din Mercedes.”

”Köra den förstås. Vad annars?”

”Men du jobbar ju jämt. När var du hemma sist?”

”För ett år sedan. Tre veckor. Tillräckligt för att göra frun på smällen igen, för fjärde gången.”

Castro grinade brett.

”Det är inget vidare för ekonomin”, sa han.

”Saknar du inte din familj?”

”Det är klart jag gör.”

”Och ändå fortsätter du?”

”Vad skulle jag annars göra? De mina äter sig mätta och har fina och hela kläder på kroppen. Mina ungar kan gå i skolan. Det är det inte många som kan i min by. När jag får min bil kommer ungarna att bli stolta som tuppar över sin pappa. En sådan pappa glömmer de inte i första taget, även om jag inte är hemma så ofta.”

”Du har rätt, Castro. Man ska se om sitt hus. Många gör det svårt för sig här i livet. De är aldrig nöjda. De vill ha tio Mercedes i garaget, och inte ens då är de lyckliga. De skaffar sig familj och barn utan att veta varför. Om man undantar katolska präster och Hitler, så har nästan alla tyranner igenom historien varit så kallade lyckliga familjefäder. Kan du förklara det?”

Castro skakade ivrigt på huvudet. Detta var frågor av en art som inte fick plats i hans skalle.

”Katolska präster är väl inte som Hitler i alla fall?” sa han med försiktigt hopp i rösten.

”Tänk på inkvisitionen!”

Castro nickade, tjänstvilligt. I själva verket hade han, som aldrig hade läst en bok och knappt öppnat en tidning, en mycket vag uppfattning om inkvisitionen.

”Vet du vad jag tror?” sa Marcel.

Castro skakade återigen på huvudet och såg ner i bordet. Han kände sig illa till mods över den vändning som samtalet tog. Han hade så gärna velat delta och komma med något klokt för att vara Marcel, den bästa människa han kände, till lags. Men Castros huvud var tomt, förutom på Mercedes, familjen hemma på Filippinerna och en hel del cognac.

”Felet är att tyranner och deras medlöpare bland vanligt folk inte har någon fantasi. De kan inte leva sig in i hur det skulle vara att vara någon annan än den de är eller hur andra har det. Fantasin, Castro, inlevelseförmågan, konsten att berätta och förstå sagor, det är det som gör oss till människor. Utan det är vi djur som alla andra.”

Marcel tömde sitt glas.

”Glöm aldrig det, Castro. Berätta sagor, gör det, när du kör dina ungar till skolan i din Mercedes!”

Castro nickade för sista gången den kvällen.

”Till och med Bibeln och Koranen är bättre än inga sagor alls”, la Marcel till.

37

Den andra morgonen för ankar, redan innan han hade öppnat dörren till mässen, kände Sundgren doften av färskt bröd. Då han kom in såg han Marcel sitta framför en jättelik korg med bröd. I knät låg *The Irish Times* uppslagen. Sundgren visste inte vad som förvånade honom mest, tidningen eller det färska brödet. Var det något som Marcel annars tycktes helt ointresserad av, så var det nyheter om världens gång och dess elände.

”Har det hänt något?” frågade Sundgren.

”Varför skulle det ha hänt något?”

”Vet du om att det är första gången jag ser dig läsa en tidning?”

”Nej, det visste jag inte.”

Sundgren väntade på en förklaring, men när den inte kom satte han sig ned.

”Har du bakat?” frågade han.

”Nej, jag seglade in med jollen i morse och hämtade både bröd och tidning. Till våra gäster.”

”Jaså, det var därför. Jag började bli orolig.”

”För vad?”

”Om du tillåter att jag säger det, så tycker jag inte riktigt du har varit dig själv de senaste dagarna.”

”Du menar att jag inte har varit den muntergök jag har rykte om mig att vara?”

”Något ditåt.”

”I så fall är det en riktig iakttagelse.”

”Det är dina gästers fel.”

”Rätt igen. Men inte enbart. Felet kan lika gärna vara mitt.”

”Det tror jag inte.”

”Du är alltid lojal, Sundgren. Men jag är inte ofelbar.”

”Som jag ser det borde du inte ha bjudit dem ombord.”

”Inte ens Mama?”

Sundgren rodnade.

”Vi har alla våra svaga ögonblick”, sa Marcel och log. ”Mitt var kanske att bjuda mina fyra bekanta på kryssning. Men jag visste inte vad jag skulle ta mig till med dem. Det är bra och oskyldiga människor allihop, som gör så gott de kan för att få ordning på livet. Det förtjänar respekt och uppmuntran, eller hur? Ibland, Sundgren, ser jag mig som en gårdfarihandlare i drömmar. Varje gång när jag går i land i någon liten avkrok av världen ser jag till att finna någon som drömmer om ett annat och litet bättre liv. Jag blåser liv i deras drömmar, det är vad jag gör. Jag kan inte låta bli, hur gärna jag än skulle vilja.”

”Det är väl inget ont i det?” sa Sundgren förbindligt.

”Ont? Nej, det är det väl inte. Det är, som jag sa till Castro i går, fastän han väl inte begrep vad jag menade, fantasin som skiljer oss från djuren och gör oss till människor. Men fantasin kan förstås skena iväg med rätt bränsle.”

”I så fall måste jag tillhöra aporna”, sa Sundgren med sitt skeva leende.

”Fel igen, Sundgren. Erkänn att du höll på att gå upp i limningen när vi seglade runt *Shirkin Island* igår!”

Sundgren nickade.

”Med andra ord kan du mycket väl föreställa dig vad som skulle kunna hända om olyckan vore framme. Felet med dig är bara att du har svårt att föreställa dig ett gott hellre än ett dåligt slut.”

”Det är sant.”

”Jag däremot föreställer mig alltid att mina oskyldiga

äventyr i land slutar lyckligt, om jag bara ger mig av i tid. Men nu verkar det som om några av mina flyktiga bekantskaper har börjat tro att de behöver *mig* för att förverkliga sina drömmar."

"Krossade hjärtan?" sköt Sundgren in.

"Kanske det. Men tyvärr är det nog allvarligare än så."

"Varför sätter vi inte bara i land passagerarna och lättar ankar?"

Sundgren lät sin irritation märkas.

"Tids nog", svarade Marcel. "Tids nog gör vi precis det. Men inte innan de fyra kan luta sig mot varandra i stället för mot mig."

"Bara det inte blir för sent."

"För sent? För vad?"

"Jag vet inte."

Men det visste Sundgren förstås. Han var orolig för att något skulle hända med Marcel innan de hann bli av med gästerna, mme Le Grand inklusive. Det var bara det att Sundgren inte ville erkänna sin oro. Det skulle bara ge vatten på Marcels kvarn att hans egen fantasi var olyckskorpens, och inget annat.

"Vad har du planerat för dagen?" frågade Sundgren.

"Jag skulle föreslå att du erbjöd passagerarna en dag i land, på egen hand, på tu man hand eller alla fyra tillsammans, med eller utan ditt sällskap, men i varje fall utan mitt. Du kan säga att jag kommer att ha fullt upp hela dagen med pappersexercis."

"Har du det?" frågade Sundgren, utan att tänka sig för.

"Fantasin, Sundgren, det var det som skilde oss från djuren. Om man använder den."

Sundgren nickade, men klokare för det blev han inte.

38

När Sundgren efter lunch erbjöd sig att segla i land passagerarna, var och en för sig eller tillsammans, möttes han först av tystnad. Sundgren fick en känsla av att de fyra väntade ut varandra. För att säkert bli av med dem förklarade Sundgren att Marcel skulle vara strängt upptagen hela dagen. Det blev Peter Sympson som till slut bröt dödläget.

"Om jag kan undvaras", sa han och gav Rosa Moreno en hastig blick, "så skulle jag gärna vilja ta mig en titt på berggrunden runt Spain Point."

"Det ligger en gammal koppargruva på toppen", la han till.

Mme Le Grand var den nästa att bestämma sig. Hon sa sig vilja bli landsatt på Shirkin Island och gå en promenad. Bland annat, sa hon, ville hon se från land hur det såg ut där de hade seglat förbi.

Jacob Nielsen hade helst velat följa med mme Le Grand till Shirkin Island, men han vågade inte fråga. I stället sa han på måfå att han kunde tänka sig att tillbringa eftermiddagen i själva Baltimore.

Till sist var det bara Rosa Moreno kvar. Hon hade helst velat stanna kvar på fartyget, men hon insåg att Sundgren aldrig skulle ha erbjudit sig att segla in dem utan att ha hört med Marcel först.

"Jag skulle gärna vilja se Spanish Island", sa hon. "Om det inte är alltför besvärligt."

På Spanish Island var man i alla fall så nära fartyget att man kunde se om någon, till exempel Marcel, gick runt på däck. Dessutom lät det väl ganska naturligt att just hon ville se en ö som hade fått namn efter hennes landsmän, om det nu var det de var.

Marcel hade föreslagit Sundgren att han skulle ta jollen, men på den punkten vägrade Sundgren blankt. I stället lät han sjösätta livräddningsbåten. På det sättet kunde han slå två flugor i en smäll, både transportera runt gästerna i full trygghet och testa livräddningsbåtens motor och nödutrustning. Det var ju, som Marcel väl visste, längesedan de hade utfört en riktig livräddningsmanöver ombord.

Rosa Moreno var den som lämnades av först. Sundgren manövrerade skickligt på grunt vatten så att hon kunde gå i land på en fallfärdig brygga.

"Jag hämtar er senast klockan sjutton", sa Sundgren. "Senare blir det omöjligt att lägga till på grund av tidvattnet."

Rosa Moreno nickade och gick i land med en liten axelväska och en kikare som hon hade fått låna av O'Brian. Hon väntade tills båten hade lagt ut, vänt och satt kurs mot nästa anhalt. Sedan gick hon ett par hundra meter längs stranden tills hon fann en sten som hon kunde sitta på. Där slog hon sig ner och flyttade sig inte på hela eftermiddagen. Med jämna mellanrum tog hon upp sin kikare och såg på fartyget, utan att se skymten av liv ombord. Då och då lät hon kikaren svepa över bergen i söder där Peter Sympson vandrade runt i jakten på sin koppargruva. En gång såg hon honom faktiskt. Han stod och stirrade åt hennes håll. Det var som om han tittade rakt in i hennes kikarlinser.

Från Spanish Island seglade Sundgren till Baltimore och lämpade av de båda herrarna. Sundgren undrade för sig själv om det var en slump att de båda hade valt fastlandet medan damerna hade låtit sig isoleras på varsin ö.

Peter Sympson hängde genast på sig sin ryggsäck och försvann längs en väg som ledde upp på berget. Han gick med raska steg och andades in den friska havsluften i stora sjok. Det var ändå detta som var hans liv, tänkte han, att ensam och i full frihet vandra runt i sökandet efter det Jacob Nielsen i sin jargong kanske skulle ha kallat hårdvara. Detta var något annat än att sitta instängd i en metallåda på vattnet, om än i trevligt sällskap, om än i Rosa Morenos närhet.

Men samtidigt hade Peter Sympson svårt att koncentrera sig på uppgiften. Flera gånger stannade han upp och spanade mot Spanish Island. En gång tyckte han sig se Rosa Moreno som en svag kontur nere vid vattnet, men i nästa ögonblick blev han osäker på om det kanske inte bara hade varit önsketänkande. Att han senare fann öppningen till koppargruvan var snarare en slump mer än resultatet av ett systematiskt sökande. Peter Sympson brydde sig för övrigt inte om att gå ner i gruvans djup, trots att det var just på sådana platser, de mest otillgängliga och undangömda, där det fanns störst chanser att finna de ädlaste och vackraste stenarna.

Jacob Nielsen å sin sida stod länge obeslutsam på kajen. Baltimore var mindre än han trott, några pubar och några affärer samt bostäder, det var ungefär allt, förutom hamnen. En enda gata, som dessutom tog slut åt ena hållet, löpte genom staden. Vad skulle han ta sig till i fem timmar? Naturen intresserade honom inte, men eftersom han hade tagit med sig sin dator tog han sin tillflykt till en pub.

Men det dröjde inte mer än en timma innan Jacob Nielsen tröttnade på sin vandring på Internet. Det kändes plötsligt ofattbart meningslöst att slumpmässigt besöka diverse hemsidor, den ena banalare och mer intetsägande än den andra. Det hade börjat gå upp för honom att miljontals av alla dessa privata hemsidor, där någon berättade om sin hobby, vänner, husdjur och favoritmusik, bara var ganska tafatta försök att få litet uppmärksamhet, precis som hans egen dröm att lämna spår efter sig i digital form. Jacob Nielsen packade alltså ihop sin dator och gick ner till hamnen där han upptäckte en skylt med turlistan till båten som seglade till Shirkin Island. Jacob Nielsen köpte biljetter, men då det blev dags att gå ombord stod han kvar på kajen med sin dator under armen.

Om det möjligen var en tillfällighet att mme Le Grand och Rosa Moreno blev öbor, så var det helt säkert inte slumpen som gjorde att mme Le Grand sist fick fast mark under fötterna. Det var i stället Sundgren som här hade sett sin chans att få vara på tu man hand med Mama. Inte för att han visste till vad han skulle begagna tillfället. Förklara sin kärlek? Men Sundgren tänkte inte alls i sådana banor. Tala om att han aldrig hade mött någon som Mama? Men det kunde betyda vad som helst. Det Sundgren egentligen borde ha sagt, om han hade haft fantasi nog till det, var väl att han skulle ha velat vara en annan människa, en sådan som Marcel, en sådan som skulle ha kunnat lägga an på en sådan som Mama utan att verka löjlig och bara riskera att mötas av en förvånad blick.

Sundgren satte i land henne på tidvattensrampen vid det gamla klostret. Han hade tänkt förtöja ordentligt för att kunna räcka henne en hand när hon skulle stiga upp på den hala och algbevuxna betongen. Men knappt hade han lagt sig långsides förrän mme Le Grand hade klättrat upp på däck och hoppat i land.

”Ni glömmer”, sa hon med ett leende, ”att jag bor på en kust med tolv meter mellan hög- och lågvatten. Inte ynka tre som här. Jag är en landkrabba, men tidvatten begriper jag mig på.”

”Ursäkta att jag säger det”, sa Sundgren vars tunghäfta äntligen släppte, ”men jag skulle ha önskat att min fru var som ni.”

Och så backade han ut.

Tyvärr, för Sundgren, trodde mme Le Grand att Sundgren skulle ha velat att hans fru hade varit lika van som hon själv vid tidvattnet och hala slipar.

Mme Le Grand gick med snabba steg uppför den första

branta backen och kom snart till Shirkin Islands enda vägskäl. Hon slog resolut in på den vänstra vägen som ledde rakt västerut ut till Atlantens rand. Men det dröjde inte länge förrän hon slog av på takten. Efter en stund insåg hon att hon egentligen inte alls var intresserad av att återse Gascanane Sound. Alltså vände hon om, gick tillbaka till vägskälet och fortsatte norrut tills hon kom fram till Shirkin Islands pub. Där, med en strålande utsikt över Baltimore Harbour och Marcels fartyg för ankar, stannade hon tills det blev dags att återvända.

39

Det var den tredje kvällen för ankar i Baltimore Harbour, en ljum, mjuk och stilla kväll som man skulle ha kunnat tro var början på våren, om man inte hade vetat bättre. Passagerarna hade återvänt till fartyget i tid för middagen. Sundgren hade hämtat dem i samma ordning som han hade lämnat av dem, mest för att han nu, efter att ha öppnat sitt kantiga hjärta för Mama på ditvägen, inte vågade vara ensam med henne igen. Rosa hade till hans lättnad suttit på den ramponerade bryggan. Längre än en kvart skulle han inte ha kunnat vänta på grund av tidvattnet. I Baltimore stod Peter Sympson och Jacob Nielsen på kajen och väntade tillsammans – till Sundgrens besvikelse. Han hade hoppats att åtminstone någon av dem skulle ha tröttnat på livet ombord och bestämt sig för att stanna i land. Sundgren undrade till och med om det inte var därför som Marcel hade velat att de skulle tillbringa dagen i land utan honom. Inte heller mme Le Grand behövde Sundgren vänta på. Hon stod på tidvattensrampen och väntade på att bli upplockad, hon som de andra. Det var som om de ingenting hellre önskade än att få komma ombord igen på fartyget så snart som möjligt.

Under middagen berättade var och en om sina expeditioner i allmänna ordalag. Ingen av dem sa vad de egentligen hade tänkt på. Ingen av dem gav uttryck för sin känsla av att ha spillt oersättlig tid till ingen nytta.

Efter middagen föreslog Marcel att de allihop, passagerare och besättning, skulle segla in till Baltimore och höra på musik. Frances Black skulle sjunga på Baltimore Pub.

”Det är systern till Mary Black”, förklarade O’Brian. ”Men jag tycker att Frances sjunger bättre. I varje fall så bra att jag hellre hör henne sjunga än ser Irland förlora mot Nya Zeeland i rugby i kväll.”

”Irland blev helt utspelat av England i går”, sa Edwards.

O’Brian log besvärat.

”Det är en sak jag aldrig begripit med irländare”, fortsatte Edwards. ”I norr kan de slåss i trettio år utan att någon ger vika en tum. I rugby har de aldrig tillräckligt med motivation för att ge järnet en hel match.”

”Det ena är lek”, sa O’Brian. ”Det andra allvar.”

”Det är väl lika för alla.”

”Ja, men engelsmän kan inte skilja på det ena och det andra.”

”Den diskussionen får vi fortsätta en annan dag”, avbröt Marcel.

Om alls, tänkte Sundgren. För var det något Marcel inte ville veta av ombord, så var det diskussioner om olika folkslags lynnen och kynnen. På den punkten var Marcel kategorisk, för att inte säga oresonlig. Men det var trots allt ganska förståeligt, tyckte Sundgren, med tanke på hur Marcel såg ut och var han kom ifrån.

Besättningen, passagerarna och Marcel gick i livräddningsbåten halv nio på kvällen. Vattnet låg blankt och det verkade som om den runda stäven gled ovanpå vattenytan. På långt håll, till exempel från kajen i Baltimore, kunde det se ut som om det trubbiga skrovet låg still medan det sakta steg och sjönk i den dyning som alltid, hur lugnt vädret och havet än var, letade sig in i Baltimore Harbour från Atlanten. Från ett flygplan skulle man ha kunnat se hur dyningen spred sig ut över Baltimore Harbour som en gigantisk solfjäder med den orangefärgade båten som en självlysande prick på solfjädern. Varken från kajen eller från luften skulle man dock ha kunnat lista ut vad en livräddningsbåt hade där att göra.

Det gällde i hög grad den tulltjänsteman och den polisman som väntade på kajen med korslagda armar. Ryktet hade naturligtvis spridit sig om det ankrade fartyget, om den förhyrda segeljollen och dess tur runt Shirkin Island, om livräddningsbåtens skenbara irrfärder mellan öarna, om besättningsmedlemmar som vandrade runt i bergen eller satt med portabla datorer på pubarna och om kvinnor som gick runt på öarna med kikare.

Från början hade det bara varit löst prat, sådant man sa till varandra i brist på annat att tala om. Men allt eftersom pratet gick började människorna i Baltimore att lägga ihop två och två för att därefter dra slutsatsen att allt inte var som det borde vara. Två olika berättelser gick från mun till mun. Den ena var att det var fråga om narkotikahandlare. Den andra var att fartyget hade vapen till IRA. För vem skulle ha kunnat ha fantasi nog att föreställa sig hur det förhöll sig i verkligheten?

Till tullens och säkerhetstjänstens försvar måste man emellertid säga att de tog ryktena med en nypa salt, utan att för den skull avfärda dem som verklighetsfrämmande. Å ena sidan kunde man ifrågasätta ryktenas sanningshalt eftersom besättningen inte gjorde något för att dölja sina förehavanden. En vapensmugglare satt inte på en pub med en dator, inte ens i en avkrok som Baltimore, och berättade för vem som ville höra på att han bara var passagerare ombord på fartyget.

Å andra sidan visste tullen att nästan vad som helst var möjligt med människor som bara var ute efter att tjäna storkovan. Året dessförinnan hade kustbevakningen uppfångat ett anrop på VHF-radion. Skepparn på en segelbåt bad en fiskebåt om bogsering på grund av motorhaveri. Fiskebåten svarade att de hade trål ute och hänvisade till kustbevakningen. Något anrop kom emellertid aldrig. På eget bevåg gick livräddningskryssaren i Courtmacsherry ut och bogserade in segelbåten, en Swann i mångmiljonklassen hemmahörande i

Cork och ägd av en av stadens mest respekterade fria företagare. På väg in kallade livräddningskryssarens kapten upp polisen enligt gängse rutiner. Polisen väntade följaktligen på kajen i Courtmacsherry, gick ombord och upptäckte två ton hasch.

Allt var alltså möjligt, till och med med en till synes helt vanlig styckegodsare för ankar i Baltimore Harbour. För alla eventualiteters skull hade man därför lagt ett kustbevakningsfartyg utanför inloppet till Baltimore Harbour, närmare bestämt bakom Beacon Point, där det inte kunde ses vare sig från det ankrade fartyget eller från hamnen.

Livräddningsbåten närmade sig långsamt hamnen. Två huvuden stack upp över däcket, det ena var Marcels i luckan ovanpå det lilla styrhuset, det andra var Sundgrens i luckan på fördäck, medan gästerna och manskapet satt hopträngda innanför det bulliga skrovet. I hamninloppet klättrade Sundgren upp på däck med två uppkransade förtöjningslinor i handen. Han gjorde snabbt fast i däck och väntade tills båten låg still långsides innan han gick i land med de båda tampändarna.

Sundgren stod kvar på kajen medan passagerarna och manskapet tog sig i land. Den ene efter den andres huvud dök upp genom förluckan och krängde sig ut. Sist kom mme Le Grand som dagen till ära, utan att egentligen veta varför, hade klätt sig i samma mundering som den hon hade haft på när hon hade mött Marcel första gången på kajen i Tréguier.

Tullaren och säkerhetstjänstemannen tittade på varandra. Vad i all världen var detta?

Till sist klättrade Marcel upp ur sitt styrhus och hoppade i land. Tullaren gick genast fram till honom, förde två fingrar till brättet på sin skärmmössa och sa:

”Goddag. Jag skulle vilja träffa er kapten.”

”Varför då?” frågade Marcel.

”Det är tullen.”

”Mig lurar ni inte”, sa Marcel med ett leende.
”Vad menar ni?”
Tullarens röst blev genast skarpare.
”Vem som helst kan ta på sig en uniform och utge sig för att vara tulltjänsteman”, sa Marcel. ”Kläderna gör inte mannen.”
Tullaren tog fram ett kort och höll det framför ögonen på Marcel.
”Inte ett plastkort heller”, sa Marcel.
”Det tjänar ingenting till att käfta emot”, sa tullaren. ”Min kollega här är polis och han har rätt att omhänderta er.”
”Det undrar jag.”
”För sista gången, för mig till er kapten!”
”Det behöver jag inte!”
”Det är jag som bestämmer vad ni behöver göra eller inte göra.”
”Det kan alltid diskuteras. Men ni hörde inte efter ordentligt. Kläderna gör inte mannen. Det är jag som är den kapten som ni vill tala med.”
”Ni?”
Inte för ett ögonblick hade tullaren kunnat föreställa sig att denne halvasiat, klädd i säckiga bomullsbyxor och ylletröja, med en kanvaspåse över axeln, kunde vara fartygskapten.
”Ni, om någon, som är specialist på utrikeshandel”, sa Marcel, ”borde väl veta att man inte ska döma folk efter utseendet, vare sig efter kläder eller hudfärg.”
Tullaren grymtade något obegripligt till svar.
”Fartyget förtullades och klarerades in i Kinsale för fem dagar sedan”, fortsatte Marcel. ”Vi ligger här för att reparera en mindre maskinskada.”
”Och det vill ni att jag ska tro på?”
”Nej”, sa Marcel, ”det *ska* ni tro på, för det är sant. Jag skulle kunna ställa till med ett jävla liv om ni krävde att få gå ombord. Men jag är en fridsam person som vill leva i fred

med människor och djur, till och med med sådana som bär uniform, med sådana som dömer folk efter utseendet, ja till och med med rasister, fastän det är svårt."

"Vad är ert namn, kapten, om det är det ni är?"

"Marcel. Som Proust."

"Okay, Marcel Proust. Jag ska kontrollera era uppgifter. Det är ingen idé att försöka smita. Kustbevakningen har ett fartyg liggande bakom Beacon Point."

"Tack för upplysningen."

Tulltjänstemannen vände på klacken och gick därifrån.

Marcel vände sig mot kollegan som stod kvar med en fundersam och småfarlig blick i ögonen.

"Och ni tillhör den irländska säkerhetstjänsten gissar jag?"

Mannen ryckte till, alldeles ofrivilligt.

"Tror ni verkligen", fortsatte Marcel, "att jag är så dum att jag skulle ankra på Baltimores redd om jag seglade vapen till IRA?"

"Nej, det tror jag inte. Inte nu längre."

Och så vände han också på klacken och gick sin väg. De andra hade stått tysta och lyssnat på meningsutbytet. Sundgren lyste av stolthet. Det var långt ifrån första gången han hade hört Marcel prata omkull tjänstemän i uniform. Men det här var en av de bästa, för här fanns det vittnen som kunde intyga att historien var sann.

Jacob Nielsen tänkte på sin vanvettiga rusning mot kravallpolisen i Köpenhamn och mätte skillnaden. Rosa Moreno tänkte på Stenbockens horoskop, på Stenbockens kyla och logiska sinne.

Peter Sympson tittade på Rosa Moreno och frågade sig om Marcel verkligen skulle kunna göra henne lycklig i långa loppet, för Peter Sympson hade upptäckt en skarp egg hos Marcel, en egg lika seg och hård som flintans, en egg som bara blev vassare om man försökte slå på den. Mme Le Grand, slutligen, tänkte det hon redan hade tänkt, att Marcel nog kunde vara en farlig bekantskap att göra, på mer än ett sätt.

På Baltimore Pub var det redan fullt när de nio trädde in och ökade trängseln ytterligare. Passagerarna, förutom Peter Sympson som den irländare han var, tittade sig förvirrat omkring. Var kom alla dessa människor ifrån? Hade hela Baltimore gått man ur huse? En sak var säker; de skulle inte kunna sitta till bords tillsammans och än mindre föra ett normalt samtal.

Mme Le Grand undrade i sitt stilla sinne om inte även detta var avsiktligt från Marcels sida. Hon kunde inte låta bli att tänka att han gjorde vad han kunde för att fylla deras tid med allt annat än allvarliga samtal på tu man hand. Hon undrade om någon av de andra hade haft mod att söka upp Marcel, särskilt den unga spanjorskan. Det syntes lång väg att hon var förälskad i Marcel. Men nej, mme Le Grand trodde inte att Rosa hade vågat tala med Marcel. Ibland kunde det verka som om Marcel var innesluten i en glaskula som man var tvungen att slå sönder för att komma honom inpå livet. Eller som om han var ett nödhandtag bakom ett fönster som bara fick krossas när det var en fråga om liv och död. Och knappt ens då.

O'Brian, med sin stora erfarenhet av irländskt publiv, banade sig väg genom folkmassan och beställde Guinness till allihop, nio på ett bräde, sju *pints* till herrarna och två *glasses* till damerna. Att få dem skänkta tog sin runda tid, men O'Brian hade tid att vänta och efter en stund kunde han nöjd dela ut en omgång.

"Den här gången är det jag som bjuder", sa han belåtet.

Här var han på hemmaplan. Här, i hur man förde sig och levde rullan på en irländsk pub, kunde han till och med slå Marcel på fingrarna. Här, på puben i Baltimore, i goda vänners lag, mitt i larmet och rökskyarna, bland glada och halvfulla County Corkbor, i väntan på Frances Black och med en välskänkt Guinness i näven, behövde man inte ställa sig frågan om det alls hade någon mening att finnas till. Här, åtminstone för en sådan som O'Brian, var frågan inte aktuell.

"Det är trångt och trivsamt som i er Citroën", sa Marcel till mme Le Grand och höjde glaset.

Ordet Citroën fick Castro att lystra och det dröjde inte länge förrän han hade lagt beslag på mme Le Grand för att prata bilar. Jacob Nielsen hakade på för att få vara i närheten av mme Le Grand. De tre skildes snart från de andra.

Rosa Moreno, som ju tyckte illa om trängsel och människovimmel, höll sig alldeles nära Marcel. Hon hoppades att han snart skulle säga något till henne, att han åtminstone med en blick, om än i förbifarten, skulle antyda vad det var som hade bundit dem samman i Vilagarcía. Dittills hade hon bara sett vänlighet och ett slags sorgsenhet som ibland fyllde henne med ängslan. För Marcels sorgsenhet verkade vara av det slag man kände när man var i färd med att ta avsked, eller när man hade lämnat någon bakom sig. Rosa Moreno, om någon, var tyvärr expert på att känna igen just den typen av sorg.

Peter Sympson gjorde vad han kunde för att inte förlora Rosa Moreno ur sikte i trängseln och rökridåerna. Hans ansträngningar underlättades av att Marcel tycktes bereda plats åt honom. Som om, tänkte Peter Sympson, han inte ville bli lämnad ensam med Rosa Moreno. Peter Sympson fingrade på sina stenar i innerfickan. Skulle han förklara för Rosa Moreno vad det var hon hade sett? Skulle han tala om för henne att hon hade upptäckt hans, juvelerarens, själ? Skulle han våga tala om för henne att han, väl dolt under hans belevade yta, gömde på en sprakande regnbåge i rött, en glimtande jättestjärna i rymden, en blodröd och smärtsamt vacker solnedgångshimmel, som bara väntade på att få visa sig i öppen dager?

Det blev, skulle man kunna säga, en halvmesyrernas kväll, om man undantar O'Brian, Frances Blacks sång och Guinnessen som ingen, inte ens Tim på Harbour Bar, skulle ha kunnat klaga på. Mme Le Grand lyckades emellertid få tid att berätta för Marcel, och för Jacob Nielsen som inte vek från hennes sida, om sitt arkiv, inte bara om gästboken som de redan hade sett och beundrat, utan också om de tusentals katalogkort på vilka hon noggrant antecknade alla de historier som hon hade hört.

"På dem finns alla de sjömän jag mött och bjudit hem", sa hon, "arkiverade för tid och evighet om så skulle behövas."

"Om sjömännen visste det", sa Marcel, "så är jag säker på att de skulle känna sig hedrade."

"Och ni själv?" frågade mme Le Grand.

Marcel var tyst en stund.

"Jag är ledsen", sa han. "Men jag skulle nog föredra att bli struken ur rullorna efter min död. Och helst till och med före."

Marcel reste sig och gick till baren för att beställa en ny öl. Så snart han hade gått sa Jacob Nielsen:

"Jag ber om ursäkt om ni tycker att jag är framfusig ännu en gång, men jag skulle för min del ha känt mig hedrad om jag hade fått vara med på ett kort i ert arkiv."

"Tack", sa mme Le Grand och tycktes mena det, tillräckligt i alla fall för att Jacob Nielsen skulle fatta mod och berätta något om sin dröm att lämna spår efter sig på all världens datorer, om hans fruktan att så att säga tappas bort i hanteringen, om hans rädsla för att hans dyrköpta frihet bara skulle bli ett slag i luften, ingenting annat än en trött rallarsving som blottade honom för en tung, rak och knallhård livshöger.

Orden rann ur Jacob Nielsen som när man öppnar en omskakad och halvljummen flaska champagne.

"Om ni vill", sa mme Le Grand när hans flöde tröt, "så skriver jag gärna in er på ett av mina kort."

Jacob Nielsen var inte säker på om hon var ironisk. Men hon tittade honom vänligt in i ögonen. Fast vad skulle han svara? Det han egentligen ville, och hade försökt få henne att förstå, var ju att hjälpa *henne* med att säkra och sedan sprida informationen på hennes kort till världen.

Jacob Nielsen nickade bara.

Men mme Le Grand menade vad hon sa och hade inte en tanke på att vara ironisk. Hon hade börjat ana att Jacob Nielsen på sitt jordnära och tekniska vis var en sådan som hon. Hon tänkte mycket kort på Robert som redan kändes oändligt avlägsen, som om han aldrig riktigt hade funnits. Nu förstod hon också varför hon inte hade känt behov av att skriva in honom på sina kort. Han trodde helt enkelt inte på livet. Men något annat än att bli en historia på ett av hennes kort kunde hon inte erbjuda Jacob Nielsen. Han hade inte Marcels leende och han kunde inte få henne att drömma en stund.

Rosa Moreno å sin sida visste inte vad hon skulle säga eller ta sig till när hon plötsligt, på grund av folkmassans oberäkneliga rörelser, fann sig stå ensam med Marcel. Men till slut tog hon mod till sig och tackade för de upplevelser han hade gett henne i Vilagarcía.

”Det låter kanske idiotiskt”, sa hon, ”för att jag bara är en ung spanjorska. Jag åkte till Kinsale för att säga tack.”

”Ni behöver inte tacka”, sa Marcel.

”Jo”, sa Rosa Moreno, ”om ni visste vad det har betytt för mig så skulle ni inte säga så.”

Marcel log, och Rosa Moreno kände äntligen igen det där leendet som han hade gett henne och enbart henne på Café Sport.

”Glöm inte att jag bara skulle vara en dröm”, sa Marcel. ”En dröm dör om den blir verklig. I synnerhet om drömmen är en snedögd och rotlös sjöman utan fast hemmahamn.”

Rosa Moreno var på vippen att säga att Marcel inte längre kunde vara bara en dröm, ens om han hade velat, och att det liv hon bar på var så verkligt något kunde vara. Men hon förblev tyst.

Marcel ursäktade sig och reste sig.

Ja, kanske hade Marcel rätt, tänkte Rosa Moreno när hon såg honom bana sig väg mot toaletterna. I själva verket var det hon som var en dröm, en vemodig saga som ingen ville läsa, medan Marcel livs levande var en sjöman som gick på toaletten, och inget mer.

Utanför toaletterna möttes Marcel och Peter Sympson. Peter Sympson tog tillfället i akt ocn frågade Marcel rakt på sak hur Marcel ville att han skulle göra med de femtio tusen punden.

"Jag har förstås inte sagt något", la Peter Sympson till.

"Jag vill fortfarande att ni ger henne pengarna", svarade Marcel. "Men inte förrän vi skiljs. Och fortfarande utan att nämna med ett ord varifrån pengarna kommer. Vill ni göra mig den tjänsten?"

"Frågan är bara vad jag ska säga till henne."

"Varför säger ni inte bara att det är ni själv som skänker henne pengarna. Ni kunde erbjuda henne arbete i er affär till en mycket bra lön och pytsa ut pengarna på det viset."

Peter Sympson nickade. Han visste redan hur han skulle göra. Han skulle säga att den sten Rosa Moreno hade valt ut var värd femtio tusen pund, men att han föredrog att ge henne reda pengar i stället för att mista stenen.

Senare på kvällen, när Francis Black sjöng sin sista sång, berättade Peter Sympson för Rosa Moreno en del av sanningen om sina två stenar, men utan att nämna att hon själv, Rosa Moreno, var en livsdröm som skulle kunna bli verklighet för stenarnas ägare. Det hoppades han att Rosa Moreno skulle förstå ändå.

Och det gjorde hon faktiskt, precis som mme Le Grand hade börjat ana att Jacob Nielsen inte bara var intresserad av att datorisera hennes arkiv. Men tyvärr kunde inte Rosa Moreno, lika litet som mme Le Grand, erbjuda Peter Sympson något i gengäld.

När de sista tonerna hade ebbat ut samlade styrman Sundgren ihop sina skaror. Han meddelade sin kapten att alla var på plats och bad att få bli befriad från uppdraget som fördäcksgast.

"Jag är inte helt tillräknelig", sa han slirigt.

För Sundgren hade kvällen varit en värre halvmesyr än för någon av de andra. Han hade inte fått tillfälle att utbyta ett enda ord med Mama och hade haft svårt att finna sig till rätta bland alla upprymda irländare. För inte nog med att Sundgren var Sundgren, han var svensk dessutom.

När de kom ner till kajen lösgjorde sig en man ur mörkret och gick fram till Marcel. Det var mannen från irländska säkerhetstjänsten.

"Jag ville bara be om ursäkt", sa han. "Vi har haft kontakt med Kinsale, med er redare och dessutom sökt igenom fartyget. Trevlig resa!"

Marcel svarade inte och gick förbi mannen som om han inte fanns, som om han aldrig hade funnits och som om han och hans gelikar aldrig skulle få finnas.

"Men besättningslistan stämmer inte", la mannen till. "Nio i stället för fem. Det är något ni får reda ut med invandrarmyndigheterna innan ni lättar ankar."

Marcel vände sig om till O'Brian som slingrade sig fram bakom Marcel med ett saligt och delvis fånigt leende, uppfylld av Guinness och skönsång.

"Vet du vad det värsta är med män som ser ut som en uniform i huvudet?" frågade Marcel honom.

O'Brian skakade våldsamt på huvudet.

"Deras fantasilöshet", sa Marcel. "Deras totala brist på inlevelseförmåga. De tror att alla andra är precis lika inrutade och mönstergilla i skallarna som de själva."

O'Brian nickade lika våldsamt som han nyss hade skakat på huvudet. För en gångs skull var han säker på att han förstod precis vad Marcel menade. Just då var hans hjärna så långt ifrån uniformerad och mönstergill man kunde tänka sig.

40

Det var den tredje morgonen för ankar i Baltimore Harbour, den morgon då Marcel försvann.

Sundgren greps av onda aningar redan vid frukosten när han upptäckte att mässen var tom. Marcel brukade alltid vara sist i säng och först upp. Sundgren försökte intala sig att det hade blivit sent dagen dessförinnan och att de alla hade fått sig en tår på tand. I synnerhet O'Brian som hade varit så glad i hågen att han hade haft svårt att ta sig upp för lejdaren. Sundgren själv kände sig omtöcknad både i huvud och kropp. Men samtidigt visste han att några glas extra aldrig hade hindrat Marcel från att vara på plats och uppfylla sina plikter. Efter frukosten knackade Sundgren på Marcels dörr, men utan att få något svar. Sundgren letade igenom hela fartyget utan att finna minsta spår efter Marcel. Ett tag var Sundgren nära att knacka på hos passagerarna. Men dels visste han inte vad han skulle säga till Marcel om han hittade honom, annat än möjligen meddela honom den illavarslande väderleksrapporten, dels var han rädd för att kanske upptäcka att Marcel sov hos Rosa Moreno eller mme Le Grand, alldeles särskilt hos den senare.

Det *hade* varit ett misstag av Marcel att bjuda in de fyra. Inte bara för Marcels egen skull som människa, utan framför allt för Marcel som kapten på fartyget. Nu skulle de få besök av invandrarmyndigheterna till råga på allt. Tänk om de fick för sig att Marcels gäster var fripassagerare! Rederiet skulle få reda på att Marcel hade tagit ombord obehöriga. Kanske skulle de till och med börja misstänka att maskinskadan var uppdiktad, lögn från början till slut. Det skulle bli Marcels slut som kapten.

Det var först efter att ha sökt igenom fartyget från för till akter en gång till som Sundgren upptäckte att segeljollen var borta. Sundgrens humör steg flera grader. Marcel hade bara tagit sig en segeltur. Men i nästa ögonblick kom Sundgren att tänka på väderleksrapporten: ett djupt och mäktigt lågtryck närmade sig snabbt från Atlanten. Kulingvarning, *gale* 8, var utfärdad med början från samma eftermiddag, ökande till *severe gale* 9 och sedan full storm från och med kvällen.

Sundgren gick upp på bryggan, tog fram kikaren och började spana åt alla håll. Sundgren hade, som sagt, bara ett enda sätt att få bukt med sin mörka fantasi, nämligen att banka huvudet rakt in i verkligheten, tills han började blöda eller förlorade medvetandet.

41

Rosa Moreno låg i sin hytt denna den tredje morgonen på fartyget för ankar i Baltimore Harbour. Hon iakttog en skuggform som vaggade fram och tillbaka på väggen i takt med fartyget som rullade lätt och mjukt i dyningen. Rosa Moreno undrade för sig själv om hon var som denna skugga, som vaggades än hit än dit och som kunde försvinna bara på grund av minsta molntuss som kom i vägen för solen. Var hon bara en dröm? Var hon verkligen med barn? Hon visste att det fanns kvinnor vars menstruation upphört därför att de var rädda för att vara med barn. Var inte det motsatta minst lika möjligt?

Men så la hon händerna på magen och ögonblicket därefter kände hon en otydlig rörelse inom sig. Och därefter ännu en.

Rosa Moreno började gråta, stillsamt. Hon hade inte drömt. Hon levde och hon var verklig. Liksom livet i henne.

Peter Sympson vaknade sent, så sent att han bestämde sig för att hoppa över frukosten. Han blev liggande i sängen och funderade över gårdagen. Först tänkte han på samtalet med Marcel och på Marcels förslag att han själv skulle ge Rosa Moreno pengarna i sitt eget namn. Dagen före hade förslaget förefallit honom utmärkt. Hade han inte tänkt i precis samma banor den gången då Marcel hade bett honom sälja stenen? Men då var Rosa Moreno förstås inget annat än en vacker dröm i Peter Sympsons huvud, en dröm som lika gärna kunde ha visat sig vara ett fantasifoster, ett luftslott, precis som så många andra kvinnor för vilka han hade visat sin sten genom årens lopp. Nu var allting annorlunda. Rosa Moreno hörde verkligheten till. Samtidigt insåg Peter Sympson att det tyvärr var Marcels verklighet och inte hans egen.

Peter Sympson tog på sig sin morgonrock och satte sig vid det lilla bordet vid sängen. Han tog fram de båda stenarna. Han lät sig först sväva viktlöst i den gula stenens osynliga kärna, som alltid när han behövde samla krafter. Sedan vred han försiktigt på bergkristallen och bländades av tiotusentals röda nyanser som flammade upp på en och samma gång. Efteråt stod en sak klar för Peter Sympson. Han skulle aldrig klara att förlora både Rosa Moreno och stenen. Om Rosa Moreno inte ville veta av honom, så var han tvungen att behålla stenen. För att leva en stund till med någon mening behövde han åtminstone kunna fortsätta drömma.

Mme Le Grand sov nästan ända fram till lunchen. Det hade dröjt länge innan hon somnade föregående kväll. Hon hade vänt och vridit på allt och framför allt undrat vad Marcel kunde ha menat med att han helst ville bli struken ur rullorna både före och efter sin död, att han inte ville vara en av dem som fick ett eftermäle på hennes kort. I bästa fall kunde han ha menat att han ville vara mer i mme Le Grands liv än bara ett namn och en berättelse, bland tusentals andra, på ett katalogiseringskort. Å andra sidan kunde han ha menat att en sådan som han inte lät sig beskrivas, varken i ord eller i verkligheten. Tyvärr, för mme Le Grand, måste hon erkänna att det sista alternativet var det troligaste.

Hon undrade också vart Marcels särskilda leende hade tagit vägen. Värmen, omtanken och intensiteten fanns kvar, men leendet, det var som bortblåst. Men vad hade hon förväntat sig? Vad hade hon föreställt sig? Att Marcel skulle kasta sig i hennes armar bara för att hon hade sökt upp honom? Nej, hon hade faktiskt inte föreställt sig någonting alls. Hennes resa hade varit på vinst och förlust, det var allt. Trots det räddes hon det ögonblick då Marcel skulle sätta i land dem igen. Vad skulle hon ta sig till då? Skulle hon återvända till det vintertysta Tréguier, till sina arkiv, till sina sjömän, till Robert och till Tréguiers idioter? Saknade *de* henne?

Tanken på att återvända ville hon inte tänka till slut. Hon bestämde sig för att åtminstone tala med Marcel innan hon sattes i land, för att tala om vem hon var och berätta *sin* historia. Marcel skulle i alla fall få veta innan de skildes att hon var en riktig människa och inte bara en Mama i Tréguier.

Det första Jacob Nielsen tänkte på när han vaknade var mme Le Grand. Han såg henne klättra upp ur livräddningsbåten i sin fantasieggande klädsel. Det var ju också själva fan, sa han till sig själv. Mme Le Grand var inte bara Mama i Tréguier som arkiverade liv och höll förbindelserna öppna med världen. Hon var en kvinna, och vilken kvinna! Han tänkte kort, mycket kort, på sin före detta hustru och jämförde. Hans före detta hade varit vacker, men bara när det behövdes, till exempel när hon skulle fånga den lovande dataingenjören i sitt nät, till exempel när de skulle ha gäster, och särskilt när det var män i faggorna. In natura var hon ingenting, för det fanns ingenting inuti. Hans hustru var en blank yta, på sin höjd någon att spegla sig i. Mme Le Grand var helt annorlunda. Hon lät andra finnas till, till och med en högst vanlig dataingenjör som han själv.

Vid lunch meddelade Sundgren att Marcel saknades och den troliga anledningen. Sundgren sa att han inte visste när Marcel skulle komma tillbaka och att han själv inte hade fått några förhållningsorder vad gästerna beträffade. Han sa också att han kunde sätta i land dem om de så önskade, men att de i så fall fick räkna med att tillbringa natten på landbacken. Ett våldsamt lågtryck närmade sig snabbt från Atlanten.

"Är det farligt att stanna ombord?" frågade Rosa Moreno.

"Nej", sa Sundgren, "det är det inte. Det värsta som skulle kunna hända är att ankaret inte höll. Men i så fall skulle vi bara driva en bit och sedan fastna på grundare vatten. Vi kan inte sjunka eller välta, till exempel, inte här."

"Men", la Sundgren till efter ett ögonblick, "jag skulle inte vilja segla runt i en jolle när det brakar loss på allvar."

"Som Marcel?" sa mme Le Grand.

"Ja", sa Sundgren, utan att försöka dölja sin oro.

Timmarna släpade sig fram den eftermiddagen, i synnerhet för O'Brian som led en blixtrande baksmällas helvetiska kval. Vid tvåtiden dök de första gigantiska cumulusmolnen upp över Shirkin Island. På några minuter fyllde de söndertrasade molnformationerna himlen och rusade vidare in över land. Med molnen kom vinden, en hård sydostlig vind som vände fartyget nittio grader så att de kunde se en flik av Atlanten rakt söderut.

En efter en hade passagerarna sökt sig upp till bryggan där de tysta iakttog hur Sundgren kontrollerade instrumenten och tog bäringar för att se om de draggade. När han hade försäkrat sig om att ankaret inte hade vridit sig loss tog han återigen kikaren och sökte horisonten runt.

"Ser ni något?" frågade Jacob Nielsen.

"Inte ett jävla dugg. Inte ett enda sketet segel så långt ögat når. Det är så att man kan bli tokig, om man hade huvud nog till det. Marcel borde ha begripit vad det är för väder som är på väg. Som kapten borde han vara ombord och se till fartyget."

”Han litar väl på er”, sa mme Le Grand.

”Det ger jag fan i”, sa Sundgren, utan att ens lägga märke till vem det var som hade tilltalat honom. ”Det är kaptenens förbannade skyldighet och plikt att vara ombord. Inom en timme eller två börjar det dessutom regna, och då blir sikten lika med noll.”

Det var Rosa Moreno som till slut, äntligen, fick syn på segelbåten. Den kom söderifrån, rakt utifrån själva Atlanten, som redan var i uppror. Marcel hade tagit ner storseglet och gick på bara focken. Trots det blåste det redan så hårt att båten då och då surfade nedför vågorna. Tidvis försvann den nere i vågdalarna. Det dröjde inte länge förrän Marcel hade passerat Beacon Point och kom in på lugnare vatten.

Alla fem på bryggan gick ner på däck där de såg Marcel göra en elegant manöver, ta ner förseglet och klättra upp för lejdaren med jollens förtöjningslina i handen.

”Vad ni ser molokna ut!” sa han när han kom upp.

”Var har du varit?” frågade Sundgren. ”Stormvarning är utfärdad.”

”Jag tog mig en tur till Fastnet Rock och tillbaka. Jag har aldrig sett fyren på riktigt nära håll.”

”Fastnet Rock!” utbrast Sundgren. ”Du är inte riktigt klok. Segla mitt ute i Atlanten i den där i det här vädret!”

”Det var en provsegling.”

”Provsegling?”

”Ja, för att se vad båten duger till. Jag har köpt den. Turen runt Shirkin gav mersmak. Skulle du kunna be Edwards och O’Brian att hissa upp den på däck.”

”O’Brian har sjukanmält sig.”

Marcel skrattade.

”Jag gör det själv”, sa Sundgren.

”Bra. Och kan du säga till Castro att han håller sig beredd att förse oss med kaffe och mat under natten. Någon av oss får sitta ankarvakt. Jag äter med gästerna och tar över vid midnatt. Är det okej?"

"Fint!"

Sundgren var glad och lättad över att ha Marcel ombord igen. Nu kunde ingenting hända, i alla fall ingenting som räknades.

Men som vanligt, när det handlade om så invecklade ting som människor, tog Sundgren fel.

42

Det var den fjärde kvällen för ankar i Baltimore Harbour. Vinden hade vridit till sydväst och ökat till *severe gale* 9, precis som förutsagt. Regnet piskade ner. Shirkin Island, bara några hundra meter bort, hade försvunnit ur sikte. Det var som om de befann sig i ett ingenmansland. Fartyget rullade ganska kraftigt med vinden i sydväst och den sydliga dyningen som svepte in genom inloppet till Baltimore Harbour.

Marcel lugnade sina gäster med att berätta att rullningen skulle minska under kvällens lopp. Tidvattnet som vände skulle ta bort en del, och vinden som vred ytterligare mot väst-nordväst skulle göra resten.

"Ni kommer att kunna sova lugnt", sa han. "Däremot bör ni vara mycket försiktiga om ni får för er att gå ut på däck. En kastby av stormstyrka kan slå omkull en fullvuxen som inte är på sin vakt. Helst skulle jag vilja att ni lät bli att sticka ut huvudet. Middagen kommer att serveras i min hytt, om ni inte har något emot det. Det blir bara jag själv och ni fyra. Besättningen kommer att ha fullt upp med att sitta ankarvakt. De behöver mässen för att koka kaffe och koppla av eller ta sig en tupplur. Vi ses alltså hos mig. Klockan sju."

Precis klockan sju stötte de fyra passagerarna ihop utanför Marcels dörr. Inne i hytten hade Marcel dukat ett runt bord till fem.

"Det här blir en middag utan armbågar på bordet", sa han.

”Jag har fuktat duken för att inte servisen och maten ska åka i golvet.”

På bordet tronade två ishinkar med champagne. Marcel smällde båda flaskorna och hällde upp.

”Jag föreslår en skål för ett fint fartyg, ett styvt manskap och de bästa av passagerare!”

Alla skålade och drack. Rosa Moreno minst, för hon tänkte redan på barnets framtida liv, mme Le Grand mest, för att stärka sig inför det allvarliga samtal som hon hade tänkt ha med Marcel redan denna kväll. Det var också hon som sa:

”Då föreslår jag en skål för en enastående kapten, både som sjöofficer och människa.”

Marcel nickade, till synes oberörd.

Som om, tänkte mme Le Grand, han inte alls brydde sig om vad andra tyckte om honom.

Under middagen var Marcel precis så som alla fyra passagerarna kom ihåg honom. Det särskilda leende som var hans enligt Rosa Moreno och mme Le Grand lämnade honom inte en sekund medan han berättade dråpliga eller rörande historier om människor han mött på sina irrfärder i land och till sjöss. Han skämtade med Castro om dennes Mercedes när Castro kom in och serverade den ena utsökta indonesiska rätten efter den andra.

”Recepten är mina”, svarade Marcel som svar på en fråga om maten, ”men kokkonsten är Castros. Mänskligheten vore bättre betjänt av att han stod vid grytorna än att han satt bakom ratten i en Mercedes. Det sista är ju ingen konst. Det kan vem som helst.”

Marcel fick sina gäster att berätta om det de var bäst på: Rosa Moreno om Spaniens kafékultur, Peter Sympson om ädla stenar, mme Le Grand om Tréguiers historia och sjöfart, Jacob Nielsen om datatekniken. Alla, till och med Rosa Moreno, tyckte sig plötsligt ha något väsentligt att berätta, och viktiga erfarenheter att dela med sig av. Glömda var de senaste dagarnas trevande väntan och samtal, glömda den stenhårda vinden och det piskande regnet utanför, glömda föresatserna att tala ut, glömda också alla förhoppningar och drömmar om ett annat liv, ja glömda till och med alla tvivel och all osäkerhet inför framtiden. Allt detta hade ersatts av trivsel och samförstånd. Det var de fyra, och inga andra, som hade den äran att sitta till bords med sjökaptenen Marcel ombord på ett fartyg som låg för ankar i Irlands sydvästliga hörn mitt i en rykande storm.

Ingen av dem var därför förberedd på Marcels förslag efter middagen.

”Vad säger ni om att leka Mamas allvarliga lek?” frågade han.

Alla, även mme Le Grand, såg förvånade ut.

”När jag och hela min besättning så generöst bjöds hem till Mama i Tréguier fick var och en av oss berätta en historia om oss själva. Historien skulle vara sann. Om jag minns rätt berättade jag själv en vacker och kanske vemodig historia om en ung spanjorska i Vilagarcía som råkade få en sjökapten som gäst i sitt kafé. Den här gången tänkte jag att vi kunde berätta mer, vilka vi är, var vi kommer ifrån, till och med vad vi drömmer om. Jag tror att vi har allt att vinna på att lära känna varandra bättre, och mycket litet att förlora. Vad säger ni?”

Ingen sa något till att börja med. Men så tog Rosa Moreno mod till sig. Hon hade bestämt sig när Marcel hade sagt att han hade berättat om henne själv hos Mama. Det hade han väl ändå inte sagt av en slump? Nu hade hon tillfälle att berätta om sitt liv och om vem hon var, så att Marcel i alla fall fick veta det. Och kanske skulle hon berätta om barnet. Vågade hon det?

Rosa Moreno började alltså på sin trevande engelska att berätta den till synes sorgliga historien om en föräldralös ung flicka vars bror hade omkommit till sjöss och som därför inte hade haft så mycket att hoppas på, men desto mer att drömma om. Det var en flicka som tyckte sig vara en myra bland miljoner andra myror, en liten mus, en förunderlig obetydlighet, knappt märkbar i livets stora kosmos, kort sagt försumbar. Så hade hon känt det ända tills den dagen då hon hade mött en sorglös sjöman som hade lagt märke till just henne bland alla de andra. Sjömannen hade gjort henne till kvinna och hon hade som tack skänkt honom ett av sina örhängen.

”Han hade också...”, fortsatte Rosa Moreno, men modet svek henne till sist. ”Det var min historia. Jag åkte till Kinsale för att jag hoppades att jag kanske skulle kunna få arbete ombord på kaptenens fartyg.”

Peter Sympson å sin sida berättade en egendomlig historia om en juvelerare som hade försökt ge sig ett slags evigt liv genom ädla och hårda stenar, som hade ägnat en stor del av sitt liv åt att leta upp en försvunnen diamant och som på Irland hade funnit en av de vackraste ädelstenar som gick att uppbringa på denna jord. Det var den tragikomiska historien om en juvelerare som i tjugo år hade gått runt och hoppats på att en kvinna skulle komma förbi och upptäcka den ena stenens undangömda skönhet, om hur han hade misströstat tills en dag då en ung kvinna för inte så länge sedan hade sökt stenens hemlighet och funnit den.

Som avslutning på sin historia tog Peter Sympson fram sina två stenar och la dem mitt på bordet där de blev liggande på den fuktiga duken, men utan att någon skänkte dem större uppmärksamhet.

Därefter var det mme Le Grands tur. Hon berättade en historia om en ung flicka som hade förälskat sig i den bästa och godaste av män på ett tivoli, som hade levt som en sagoprinsessa i femton år tills hennes make en dag hade gått rakt ut i havet och tagit livet av sig i förtvivlan över att inte kunna ge henne ett barn. Mme Le Grand berättade också hur kvinnan därefter hade ägnat sitt liv åt att försöka se till att åtminstone ett urval av de miljarder människor som befolkade vår jord inte bara glömdes bort, som om de aldrig hade levt, hur kvinnan en gång om året fortsatte att gå på tivoli och älska med en ställföreträdare för att hedra sin makes minne, men också hur kvinnan för inte så länge sedan hade mött en man med ett alldeles särskilt leende som hon hade velat se spricka upp på en klippö omgiven av tidvattensvirvlande hav.

Jacob Nielsen, som den siste av passagerarna, berättade för sin del en historia om en ung man som vid tjugo års ålder bestämde sig för att bli fri, obunden och ekonomiskt oberoende, om hur samme man så när arbetade livet ur sig, och i varje fall ur sin familj, för att nå sitt mål, men också vilken tillfredsställelse han hade känt när han strax före femtioårsstrecket sålde den datafirma han byggt upp för trettio miljoner danska kronor och drog sig tillbaka till den lilla hamnstaden Marstal för att njuta frukterna av sitt slit. Men Jacob Nielsen berättade också om hur den nu drygt femtioårige mannen i full frihet hade drabbats av yrsel och rastlöshet först och sedan av en absurd önskan om att göra sig synlig och märkbar på all världens datorer, eller åtminstone på alla dem som var inkopplade på Internet. Slutligen berättade han hur han hade hört talas om en dam som förevigade sjömän på kort och hur han själv hade börjat inse att det inte räckte med att skicka ut miljontals digitala kontaktannonser. Man behövde få svar också. Åtminstone från någon, och allra helst från en kvinna som denna dam i Tréguier, och i all synnerhet när man hade barn som inte behövde en längre och som strängt taget gjorde vad de kunde för att glömma bort att man alls fanns.

”Det är tur att O'Brian inte var med i kväll”, sa Marcel när den sista historien var berättad. ”Han tycker inte om allvarliga historier. Kan ni förklara det, mr Sympson, hur det kommer sig att just irländarna är så bra på att berätta roliga historier, de som lidit så mycket?”

”Nej, det kan jag inte. Men jag antar att det är ett sätt att stå ut.”

”I det ljuset finns det möjligen något att lära av den historia jag tänker berätta”, sa Marcel. ”Det är berättelsen om en ung man, eller om en pojke, vars liv bäst kan liknas vid ett balansnummer på en knivsegg. Han föddes i Jakarta, son av en holländsk far och en indonesisk mor, och fick på kuppen sneda ögon, mörkt rödbruna läppar, svarta ögon och ljus hy. Fadern var sjömanspräst och missionär. Sjömännen respekterade fadern för att han alltid behandlade dem som människor. Det var inte självklart på den tiden då sjömän var en sorts andra rangens människor. Pojkens far höll sig inte för god för att torka spyor eller bjuda på återställarwhisky när morgonen och baksmällan kom.

Gud pratade fadern sällan om, och än mindre i familjen eftersom hans hustru var hindu. När sonen någon gång frågade om Gud svarade fadern att Gud var en symbol för det som hade gjort människan till människa, nämligen upptäckten av tecken och symboler, helt enkelt att något kunde stå i något annats ställe, att människorna därför kunde kommunicera med varandra om saker och ting som inte var närvarande, att människan alltså fick fantasi. För vad var fantasi om inte just att kunna tänka på och tala om sådant som vi inte ser, hör, luktar och känner, sådant som inte är *här*, utan bara möjligen *där*, utom räckvidd för våra sinnen. En apa, brukade fadern förklara, kan inte tala om för en annan apa att det ligger en banan bakom ett träd. Den ena apan måste ta den andra apan i handen och leda den till bananen så att den ser den med egna ögon. Det behöver inte människan, för hon har tecken och bilder som kan stå i den verkliga bananens och i det verkliga trädets ställe. Tänk på vad det står i Bibeln: *I begynnelsen var ordet.* Vad betyder det, om inte just precis att människan blev människa i det ögonblick hon lärde sig att använda ord eller bilder för att prata med andra människor om det som var frånvarande? Gud, sa pojkens far, var själva ursymbolen för denna människans allra största upptäckt att kunna låta en sak stå i något annats ställe. Det var det som gav människan språket, friheten, fantasin och medvetandet.

'Men vad är det då att tro på Gud', kunde pojken fråga, 'om Gud bara är en symbol för att det finns symboler?'

'Att tro på Gud', svarade fadern, 'är att se till att vi menar detsamma med ord och bilder så att vi kan förstå varandra. Paradiset, det är då alla förstår varandra. Helvetet, det är där ingen längre vet vad andras ord och bilder står för. Eller där någon börjar ljuga. För så är det ju tyvärr också. När vi kan börja prata om ting som inte är *här* så kan vi börja ljuga. Vi kan säga att det ligger en banan bakom trädet, fastän vi vet att det inte gör det. Syndafallet, det är lögnen, ingenting annat. Adam, som bet i kunskapens äpple, visste var bananerna fanns och inleddes i frestelse att ljuga om dem.'

Ungefär så talade fadern till sonen. En gång sa hans mor till honom att fadern hade förälskat sig i henne, en vacker hindu bland de kastlösa, och gift sig med henne mot hennes och hans familjs vilja bara för att bevisa att två människor från två helt olika kulturer kunde lära sig förstå varandra.

Det är klart att det mesta av allvarsord som dessa gick in genom pojkens ena öra och ut genom det andra. Som alla andra pojkar var han fullt sysselsatt med att bli vuxen, både tillsammans med sina jämnåriga kamrater och med de sjömän som kom till sjömanshemmet.

Vid tretton års ålder, när holländarna lämnade Indonesien för gott, trodde pojken att han visste mycket om världen, fastän det i själva verket bara var om hav och hamnstäder. Däremot visste han nästan ingenting om kolonialism, kommunism, kapitalism, nationalism och alla andra -ismer som tillsammans med ondska, maktlystnad, dumhet och okunskap gjorde Indonesien till en krutdurk. Den unge mannens karriär som lindansare med nakna fötter på en knivsegg började dagen efter hans trettonde födelsedag, 1965, när inbördeskriget i Indonesien bröt ut, ett av de blodigaste och brutalaste som historien känner till och då finns det ändå en hel del att jämföra med.

Pojken hade inte en aning om att hans egen far var i farozonen. Fadern hade länge arbetat aktivt för att förbättra de fattigas lott. Bara några dagar efter krigets utbrott dök en av Suhartos dödspatruller upp. De sköt blint omkring sig och massakrerade ett hundratal av dem som ändå aldrig hade haft något att hoppas på. Sedan bröt de upp dörren till den förhatlige sjömansprästens hem. I vardagsrummet började de med att våldta modern inför faderns och sonens ögon. Sedan sparkade de fadern till döds, sköt modern och sonen, den sistnämnde förmodligen enbart för att han inte skulle sluta sig till kommunisterna för att hämnas. Sonen fick köttsår i huvudet och benet, tillräckligt för att förlora blod och medvetandet, men inte nog för att bli av med livet.

Soldaterna samlade ihop alla kadaver och slängde dem på en soptipp. Det var där den unge mannen vaknade upp. Med sina sista krafter lyckades han flytta undan några kroppar som låg ovanpå honom, krypa därifrån och släpa sig ner till hamnen. Där togs han om hand av ett par sjömän som smugglade ombord honom på sitt fartyg med destination Rotterdam.

När fartyget anlände till hamn hade den unge mannens kroppsliga sår läkt. De själsliga läkte väl aldrig. Men på något förunderligt vis lyckades han vända dem till sin fördel och de kom honom väl till pass senare i livet, som den lindansare han kom att se sig som. Han var ju en sådan som skulle bli tvungen att gå på en spänd lina utan skyddsnät från födsel till död. Han var också en sådan som inte kunde kosta på sig ett enda felsteg. Han fick inte se åt sidorna, inte ge publiken så mycket som en blick, utan skulle koncentrera hela sin uppmärksamhet på att behålla sin sköra jämvikt. Att knyta sig till andra människor var helt enkelt förenat med livsfara. För han om någon visste ju att alla sådana band till människorna kunde slitas av. Ensam och fri att dansa, det blev alltså den unge mannens lott på den här sidan graven.

Han gick till sjöss, inte av romantik, rotlöshet, utan därför att han trodde att det var det bästa sättet att undvika vänskap och kärlek, som bara kunde brista. Men han lärde sig snart att havet kunde ersätta dem båda om bara strandhuggen kunde fyllas med flyktig mänsklig samvaro och värme som ingen, inte ens lindansarnas mästare, väl kan leva helt utan.

I över tjugo år levde mannen på ungefär samma vis. Med tiden blev han, tack vare sitt luftiga väsen, en gårdfarihandlare i drömmar, särskilt drömmar om ett annat och friare liv. Var inte han så fri från allt man rimligen kunde bli? Hans sår i själen syntes ju inte. Dessutom hade han inom sig ekot av faderns ord att det var drömmarna och fantasin som gjorde människor till människor. Som alla söner försökte han väl på sitt sätt att leva upp till det fadern hade lärt ut.

Så hände det som inte fick hända. Några människor i olika hamnar i Europa fick för sig att han kunde dela med sig av sin frihet och att han kunde göra verklighet av deras drömmar. Men det var just precis det han inte kunde. Om han skulle leva med någon mening och glädje tills det tog slut, så skulle han vara ensam, alldeles ensam, och vara fri från människorna.”

”Slut på historien!”, sa Marcel efter en stunds tystnad. ”Den var inte heller särskilt munter. En irländare som O'Brian skulle ha kunnat berätta den så att vi kiknade av skratt, utan att poängen försvann. Det kan inte jag, men i mina ögon har berättelsen i alla fall ett lyckligt slut, i alla fall för huvudpersonen. Det går efter allt att döma att leva ett slags lyckligt liv, som människa, utan Gud och andra fantasier, även om man har varit igenom det värsta. Men fråga mig inte hur! Jag är ingen guru, ingen trollkarl, bara en enkel sjökapten som berättar historier!”

Ingen frågade heller något. Ingen sa någonting. Det fanns inte mycket att tillägga.

43

Rosa Moreno gick långsamt nedför trappan. Hon var tvungen att få luft. Hon måste ut, ut i ovädret, ut i stormen och ut i det piskande regnet. Hon höll på att kvävas.

När hon öppnade dörren ryggade hon först tillbaka. Uppe i Marcels hytt hade man bara märkt stormen på fartygets rullning. Trots att den massiva järndörren i botten av däckshuset vette akteröver och Rosa Moreno stod i lä för vinden möttes hon nu av ett öronbedövande larm och en vind som fick henne att kippa efter andan. Regnet slog som blyhagel på ståldäcket.

Rosa Moreno stod länge klistrad mot väggen utan att röra sig. Inom sig kände hon en ofattbar tomhet. Det fanns alltså ingenting att hoppas på. Marcel hade haft rätt. Hon skulle ha stannat i Vilagarcía. Då hade hon åtminstone haft en sjöman kvar att drömma om. Nu stod hon i stället med ryggen mot den hjärtskärande, stenhårda verkligheten som var att Marcel aldrig skulle bli hennes och att hennes barn skulle växa upp utan far.

Ur den stora tomheten kom skräcken krypande. Var det så det hade gått till med hennes egen mor? Hade hennes egen mor övergivit henne och Cecilio därför att hon inte hade orkat ta hand om dem ensam? Och Rosa Moreno själv? Skulle hon orka? Skulle hon, denna myra, detta dammkorn, denna molntuss, detta fjät, kunna ge sitt barn ett liv som var värt att leva, ett annat liv än det som hon själv hade fått leva?

Rosa Moreno flyttade sig långsamt åt sidan. Till slut var det bara en enda rörelse som skilde henne från vindens fulla kraft. Hon visste att hon var tvungen att ta det avgörande steget. Hon visste att hon måste få veta hur mycket hon vägde i detta våldsamma kaos, om hon kunde stå emot.

När hon kom runt hörnet slogs hon tvärt omkull. Hon reste sig till knästående och kröp framåt. Hon skulle fram. Hon skulle bevisa för sig själv, för sitt barn och för Marcel att hon var stark. Hon skulle ända fram till stäven.

Men halvvägs tröt hennes krafter och med ens blev hon säker på att hon aldrig skulle klara sig ensam, vare sig att slåss mot vinden eller att göra sitt barnfrö till människa. Hon låg en stund raklång på det plaskvåta däcket. Sedan hävde hon sig upp till stående med båda händerna på relingen. Där stod hon vacklande i några ögonblick innan hon lät överkroppen falla rakt ut i mörkret. Hon tyckte sig samtidigt höra ett skrik, men trodde att det var hennes eget, innan allt blev svart.

44

Peter Sympson kände sig sorgsen, lättad och till och med en smula uppmuntrad efter att ha hört alla berättelserna, och i synnerhet Marcels. Han var sorgsen därför att Marcels historia hade öppnat de reglade portarna till de dammiga hjärnvindlingar där han hade gömt undan minnet av sin far. Men hans egen far hade tagit risker med beråtT mod. Han var medlem i IRA och betraktade sig som soldat i krig. Vem vet hur många han själv hade dödat? Han var medskyldig. Det var precis det som Peter Sympson aldrig hade kunnat förlika sig med, att hans far hade kunnat offra sin egen son på idealens altare. Varför hade han inte tagit med sig sin familj och flyttat till Republiken, åtminstone tills sonen blev vuxen?

Peter Sympson kom tydligt ihåg hur upprörd han hade blivit när han hade fått veta att Che Guevara, denne romantiske revolutionshjälte, hade lämnat fru och en sexårig dotter i Kanada medan han själv reste till Peru för att bli gerillasoldat för mänsklighetens skull. Precis som Peter Sympsons egen far. Hur kunde de? Var inte deras barn också människor?

Marcels far var oskyldig. Han hade aldrig gjort en fluga för när. Än mindre hans hustru eller son. Det var väl så sorgligt det kunde bli. Det överskred i alla fall med råge att höra Joe sjunga sin sång på julafton på Tap Tavern, fastän det kanske var samma sak.

Varför kände sig Peter Sympson trots allt uppmuntrad? Därför att det ju tycktes som om Marcel hade lyckats leva ett slags liv, till och med leva ett liv med ett slags glädje, och i varje fall ett liv som hade fått andra att le och drömma. Hur det var möjligt brydde sig inte Peter Sympson om, lika litet som Marcel själv. Det enda som räknades var att det efter allt att döma gick att leva trots att det inte fanns något att hoppas på efter detta och knappt här på jorden, att det gick att leva med någon mening på den här sidan graven trots *allt*.

Dessutom stod det alldeles klart att Rosa Moreno inte kunde göra sig några förhoppningar om Marcel. Han var inte stabil som gittret i en kristall. Han var själva den där osäkerhetsrelationen som härskade i det mikroskopiska bråddjupet, en sådan som man aldrig kunde veta var man hade. När man hade fastställt hans läge, var han redan på väg någon annanstans med okänd fart och riktning. När man såg honom på väg visste man i gengäld inte var han befann sig. Peter Sympson var ingen människokännare, men så mycket hade han förstått av Rosa Morenos berättelse, att Marcel inte skulle göra henne lycklig. När allt kom omkring, tänkte Peter Sympson med ett slags förtvivlan, så var kanske Marcel av samma sort som Peter Sympsons egen far, en sådan som till nöds kunde undvara människorna.

45

Så var det med det, tänkte mme Le Grand i tystnaden efter Marcels berättelse. Precis som hon hade anat och fruktat. Marcel var en vacker dröm. Han var som vinden, inte som denna blytunga och knivskarpa lågtrycksvind från Atlanten, utan snarare som en livgivande och flyktig solbris som blåste blid luft in över land om morgonen och dog ut samma kväll. Mitt i sitt vemod kände mme Le Grand ett tryck över bröstet lätta. Marcel hade fått henne att börja föreställa sig ett nytt liv, ett andra liv, ett liv utan Yann och arkivet, innan det blev för sent. Men hon hade inte blivit förälskad och därför heller inte svikit Yann. Hon hade fått drömma en stund, och vad var det för ont i det, som Marcel kanske skulle säga.

Då var det värre för den unga spanjorskan, tänkte mme Le Grand med stort medlidande. Mme Le Grand hade sett hur Rosa förlorade färg och liv allteftersom Marcels berättelse skred fram. Det var inte att undra på. Rosa Moreno själv hade inte haft något lätt liv. Marcel hade inte ljugit den där gången då han berättade sin historia om mötet med den unga barflickan som lämnade små meddelanden i hans tobaksburk. Han hade inte krossat hennes hjärta. Däremot hade han satt det i brand. Och nu hade han släckt elden.

Mme Le Grand undrade om hon kunde hjälpa flickan på något sätt. Hon visste bara inte hur. Vad hjälpte några vänliga ord från en i stort sett vilt främmande människa? Det skulle ju knappast vara till någon tröst att erbjuda Rosa Moreno plats i arkivet.

Mme Le Grand kände sig fruktansvärt otillräcklig. Här var

en människa som ville räknas i livets tumult, som väl mer än någon annan, och långt mer än kranskötaren Chevalier, behövde få veta att hon fanns till. Och vad hade mme Le Grand att erbjuda; några anteckningar på ett katalogkort, ett livstecken till framtiden. Vad var det i jämförelse med drömmen om ett liv tillsammans med Marcel, även om det livet bara skulle vara en stund här på jorden och sedan falla helt och hållet i glömska. Det var ingenting.

Och så såg mme Le Grand hur det var ställt, lika gnistrande klart som den diamant som Peter Sympson hade visat dem: det fanns bara ett enda liv för var och en av människorna att leva, bara ett. Det var det, och ingenting annat, som var Marcels hemlighet, det var det som gjorde honom så oåtkomlig och overklig, ja till och med ofattbar och omänsklig. Han, som den ende av dem, vågade leva som om han bara hade ett liv.

46

Jacob Nielsen hade lyssnat till Marcels berättelse med stigande förundran. Jacob Nielsen kunde inte låta bli att fråga sig om historien var sann. Hur kunde en glad och lättsam figur som denne Marcel ha haft en sådan dåtid? Och de andra? Tänk att det över huvud taget fanns sådana människor! Tänk att de alls lyckades leva!

Jacob Nielsen skämdes. Vad var hans rastlöshet och banala familjeproblem att komma med i jämförelse med de andra passagerarna och Marcel? Nu förstod han också djupet av mme Le Grands sorg när de tillsammans hade sökt Den Helige Yves, två träffar, och hennes make, ingen träff, på Internet. Hans egna söner var ändå i livet och tycktes vara nöjda med det, var och en på sitt sätt, även om de inte hade mycket till övers för sin far och helst ville bli av med honom för gott. Och själv var han både rik och fri.

Men samtidigt fanns den där, otillfredsställelsen, yrseln, rastlösheten, önskan att bli uppmärksammad och att bli hörd. Åtminstone av någon. Eller var det bara virtuell verklighet det också, som så mycket annat i Jacob Nielsens värld, nu och förr?

Nej, sa Jacob Nielsen till sig själv, det var verkliga buggar i systemet på livets hårddisk. Men här gick det inte att ringa någon support-service och få hjälp. Här fanns det ingen jourtelefon med back-up och specialister i andra änden som kunde tala om för honom vilka knappar han skulle trycka på för att åtgärda problemet. Här, mitt i livet, kunde man inte bara gå in i närmaste databutik och inhandla hjälpprogram för att rensa upp på hårddisken. Här, i livet, var man helt och hållet överlämnad till sig själv och, om man hade tur, vilket ju Jacob Nielsen till synes saknade, andra människor. Här, i livet, var det långt säkrare att vara en berättelse hågkommen och nedtecknad på ett av mme Le Grands handskrivna kort än att lita på några spår på en diskett eller en hårddisk.

När Jacob Nielsen till slut somnade kände han sig lugn. Alla hans tvivel var bortblåsta. Han visste med absolut säkerhet vad han skulle göra.

47

När alla passagerarna hade lämnat hytten reste sig Marcel och gick ut på bryggan där Sundgren stod pliktskyldigast med en kopp kaffe och tittade på instrumenten.

”Hur står det till här?” frågade Marcel.

”Allt väl. Men det är en jävla vind. Två gånger har vi varit uppe i 11 Beaufort, riktiga orkanbyar. Medelvinden ligger runt 9.”

”Och ankaret?”

”Vi har inte flyttat oss en millimeter vad jag kan se. GPS:n är litet lurig med de där jäkla amrisarna som bara ger oss en noggrannhet på ett par hundra meter. Men ekolodet ljuger inte. Bäringarna till land har jag inte kunnat använda. Sikten är inte mer än ett par hundra meter.”

”Och väderleksrapporten?”

”Barometern har redan börjat stiga. Det värsta är säkert över om någon timme. Den irländska rapporten talade om sol och frisk vind för i morgon.”

”Det låter fint. I morgon skiljs jag och mina gäster åt.”

Sundgren sprack upp i ett leende.

”Du vet vad jag tycker i den frågan”, sa han.

”Ja”, sa Marcel, ”det vet jag.”

Han vände ryggen åt Sundgren och stirrade ut genom fönstret.

Det var i detta ögonblick som Rosa Moreno krampaktigt fattade relingen med båda händerna och hävde sig upp till stående. Marcel måste ha upptäckt henne först när hon redan var på väg ut över fartygssidan, för när han hade ryckt upp dörren ut till bryggvingen och skrikit en varning ut i mörkret var det redan för sent.

Han rusade in till Sundgren och började ta av sig byxorna.

”Vad fan är det?” frågade Sundgren.

”Det är Rosa. Hon har fallit över bord. Rikta alla våra strålkastare mot vattnet på styrbordssidan. Jag dyker efter henne. Du skaffar hjälp, sjösätter livräddningsbåten och plockar upp oss.”

Marcel väntade tills Sundgren hade riktat om strålkastarna. Sedan tog han en flytväst som alltid hängde på en krok på bryggan, gick ut på bryggvingen, tittade ned och hoppade. Sundgren såg honom försvinna bakom fartygssidan och rusade sedan ned till mässen och hämtade Edwards och O'Brian.

”Spanjorskan har fallit över bord”, sa Sundgren. ”Vi sjösätter livräddningsbåten. Gummibåten är för lätt. Den skulle blåsa bort i den här vinden.”

Sundgren och O'Brian gick ombord, medan Edwards skötte sjösättningen. Hela tiden räknade Sundgren sekunder. Hur länge skulle Rosa och Marcel klara sig i vattnet? Skulle Marcel över huvud taget finna henne? Tyvärr var Sundgren säker på att Marcel skulle offra allt, inklusive sitt eget liv om det behövdes, för att rädda Rosa.

Det hade inte gått mer än högst fyra minuter när livräddningsbåten bröt vattenytan och Sundgren vred om startnyckeln. Motorn startade omedelbart. Mitt i alltihop kunde han inte låta bli att tänka på att det allt var en satans tur att han hade insisterat på att ta livräddningsbåten för att segla i land passagerarna.

Sundgren fick använda all sin skicklighet för att manövrera i den hårda vinden. Edwards stod i förluckan med en handstrålkastare. Sundgren själv hade stuckit ut huvudet genom luckan i styrhuset. Men inte ens då var det lätt att se i det tunga och hårda regnet. Det enda som talade till deras fördel var den måttliga sjögången i lä av Shirkin Island. Den största risken var egentligen att de skulle segla på Rosa eller Marcel eller båda två tillsammans.

Men bara någon minut senare hittade de Marcel och Rosa Moreno ett trettiotal meter akter om fartyget. Marcel hade lyckats få på henne flytvästen och gav konstgjord andning i vattnet. Sundgren kastade ut två livräddningsbojar med linor fastgjorda i båten. Med dödsförakt klättrade O'Brian upp på fördäck och hjälpte till att bärga, Rosa Moreno först och Marcel sedan.

"Det är ingen fara med henne", sa Marcel. "Hon andades själv när jag hittade henne."

Sundgren la båten långsides fartyget och O'Brian krokade fast med visst besvär eftersom linorna blåste iväg i vinden. Edwards stod klar och tog upp båten på däck.

"Vi lägger henne i min hytt", sa Marcel.

Med Sundgrens hjälp bar de upp henne.

"Nu tar jag hand om resten", sa Marcel. "Du gjorde ett skickligt jobb."

"Tack. Ska jag meddela de andra vad som hänt."

"Nej. Det måste ha varit en olyckshändelse. Hon får själv välja om hon vill berätta för de andra."

48

Rosa Moreno hade aldrig helt och hållet förlorat medvetandet. Hon hade inte gripits av fruktan, uppror eller panik. Hon hade inte ens kämpat emot när det kalla vattnet slöt sig runt henne. I stället hade hon gjort sig mjuk och följsam. Hon hade låtit sig stiga och sjunka i vågorna utan en rörelse. Hon hade tagit ett andetag när huvudet då och då stack upp ur vattnet.

Någonstans inom henne fanns det tydligen ett slags förtröstan. Allt skulle sluta väl, hur det än slutade, bortom eller hitom livet. Vad som än hände skulle allt bli annorlunda från och med nu. Hon hade inte besegrat vinden, men hon hade vågat försöket. Hon var, upptäckte hon, inte rädd för att dö. Det hon hade varit rädd för, det var att leva.

När hon kände Marcels händer ta tag i henne, kränga på henne flytvästen och ge henne konstgjord andning slappnade hon av och domnade bort. Just i det ögonblicket var hon verkligare och tryggare än någonsin tidigare i sitt liv.

När hon vaknade upp ur sin dvala kände hon hur Marcels händer masserade hennes nakna kropp. Hon låg kvar med slutna ögon och njöt av att vara i livet. Hon visste med sig att hon hade ett leende på läpparna och undrade om Marcel såg det.

Marcels händer stannade till på hennes mage. Fingrarna följde trevande dess välvda konturer. Och plötsligt var det där, livet. Människofröet i henne rörde sig precis där Marcel höll sina händer.

Hon slog upp ögonen och mötte Marcels blick. Han log sitt

leende, fullt av livskraft och drömmar, men utan förpliktelser eller minsta löfte. Nu var hon säker på att han visste.

Det skulle inte ändra på någonting. Hon skulle ändå få slåss mot vinden ensam. Men barnet hade en far, även om det bara var en sådan som barnet skulle kunna drömma om och bygga luftslott av, även om det bara var en sjöman utan fast hemmahamn, även om det bara var en sagolik lindansare på en kringresande cirkus, även om det var Marcel.

Rosa Moreno andades lugnt och djupt med slutna ögon för att få Marcel att tro att hon sov. När han hade gått satte hon sig upp i sängen och höll båda händerna på magen för att säkert märka livet som växte inom henne. Plötsligt såg hon för sina ögon skenet som strömmade ut ur Peter Sympsons sten och hans blick när han såg på henne. I hans ögon värkte det också av oförlöst liv, tänkte hon, precis som i henne själv. Men det var liv som hörde verkligheten till.

49

Marcel kom upp på bryggan vid tvåtiden på morgonen. Sundgren var fortfarande på plats trots att vinden redan hade bedarrat. Han tittade frågande och bekymrat på Marcel. I sin ensamhet hade Sundgren kommit att tänka att Rosa Moreno hade låtit sig falla överbord som ett förtvivlat rop på hjälp, för att hon skulle bli räddad av Marcel, för att hon skulle våga tala om hur mycket hon älskade honom.

"Hon sover", sa Marcel. "Hon kommer att vara fullt återställd när hon vaknar i morgon."

"Det var skönt att höra. Hon är så ung. Bara barnet."

"Där tar du fel. Hon är en kvinna, en fullvuxen kvinna."

"Vad menar du?"

Sundgren tänkte på sina onda aningar.

"Hon är med barn."

"Med barn?"

Sundgren stirrade på Marcel som om han inte hade förstått vad han sa.

"Ja", sa Marcel och drog nästan på munnen. "Med mig!"

"Med dig? Vad i helvete menar du?"

"Precis vad jag säger. Att det är jag som är far till barnet."

Det var slutet, tänkte Sundgren. Slutet på femton års kompanjonskap på samma däck utan fnurror på tråden.

Marcel brast ut i ett skratt.

"För tusan, Sundgren, gaska upp dig. Världen går väl inte under bara för att ett barn kommer till världen. Inte ens om det är jag som är fadern."

"Vad tänker du göra?" frågade Sundgren.

"Mönstra av. Jag tänker mönstra av människorna."

"Du tänker väl inte...", började Sundgren, men rösten svek honom.

"Jag har inte tänkt följa Rosas exempel, om du trodde det. Jag har bara varit oförsiktig. Jag har låtit människor knyta sig till mig i tron att det inte skulle kunna vara längre än den tid fartyget låg i hamn, några dagar på sin höjd, en obetydlig stund här på jorden. Jag trodde det var kärringknutar alltihop, men så visar det sig att några av dem var shipshape, stadiga halvslag om egen part där jag var den egna parten. Det duger inte för en sådan som jag. Jag måste vara lös och ledig om det ska vara någon glädje med livet. Och det *ska* det vara, Sundgren. Annars är det lika bra att hoppa över bord meddetsamma."

"Men barnet då? Och flickan, Rosa?"

Sundgren såg ingen annan möjlighet än att vädja till Marcels ansvarskänsla.

"Ekonomiskt kommer de inte att lida nöd, det har jag sett till. Och Rosa kommer att ge barnet ett bättre liv ensam än tillsammans med mig."

"Det tror jag inte på."

"Det är din fulla rätt. Trots det kan du ha fel. Du har inte friheten i blodet som jag."

"Ingen, inte ens du, är helt och hållet fri."

"Det vet jag. Jag vill bara vara fri från människorna."

"Men barnet?" upprepade Sundgren. "Hur kan du vara så säker på att barnet inte behöver dig som far?"

"Det är jag bara. Det tror jag till och med Rosa inser vid det här laget. Man kan inte bygga livet på en dröm som blåser runt i en flyktig vind, inte i längden."

"Det har alltid gått bra ombord."

"Det är inte samma sak, det vet du lika bra som jag. Ta bara dig själv, du är en förstklassig sjöman och styrman, den bäste jag seglat med, du har aldrig haft något otalt med manskapet eller med din kapten, men som familjefar och landkrabba är du inte direkt framstående."

Sundgren kände att han inte kom någon vart med Marcel. Det som oroade honom mer än allt annat var emellertid att Marcel denna gång hade förvarnat honom om sin kommande avmönstring. Tidigare tycktes det bara ha varit ögonblickliga infall, stundens ingivelse och inget annat.

"När har du tänkt att ge dig av?"

"Jag seglar i morgon bitti."

"Seglar?"

"Jag tar jollen. Det är en stadig jolle, idealisk för långfärd. Jag tar med mig en presenning och en sovsäck. Sedan styr jag norrut, Irlands västkust, Hebriderna, inre och yttre, Orkney, Shetland, Västnorge, vad vet jag."

"I den där? Det är livsfarligt."

"Inte om man tar god tid på sig. Jag har all tid i världen. Jag tänker bara segla när vädret är säkert. Blir det för ruggigt tar jag in på en *bed and breakfast* några dagar innan jag fortsätter. Jag tänker ta paus från människorna, Sundgren, en lång paus, och det här är det bästa sättet jag kan tänka mig."

"Du är inte riktigt klok, det har jag alltid sagt."

"Och du vet att jag alltid har hållit med. Men jag vill helst inte bli galen."

"Då är väl det mesta jag kan hoppas på att du blir så tokig att du tröttnar och kommer tillbaka. Om du vill, så kan vi låta bli att meddela rederiet att du har tagit semester. Jag sköter fartyget tills du kommer tillbaka."

"Det är en vacker tanke, men det går inte. Du måste mönstra på en styrman även om du går med på att ta över fartyget."

"Läget är med andra ord ganska hopplöst."

"Varför se allt i svart?"

"Jag kan alltid försöka. Men jag lovar ingenting. Du vet

hur jag är. Är det något du vill att jag ska ordna?"

"Ja, meddela rederiet att reparationen är slutförd. Sätt i land gästerna, här eller i Kinsale."

"Var det allt?"

"Inte riktigt. Skicka in det här till rederiet i morgon."

Marcel lämnade över ett papper.

Sundgren var säker på att det var Marcels avskedsansökan, men i stället såg han att det var en räkning på ackumulerad övertid för Castro på tretton tusen dollar. Sundgren tittade frågande på Marcel.

"Så att Castro kan köpa sin Mercedes innan han har arbetat ihjäl sig."

Sundgren nickade.

"Och vad ska jag säga till gästerna?"

"Bara att jag har seglat. De kommer att förstå. Men du kan hälsa Peter Sympson från mig att hans och min överenskommelse om en viss ädelsten står fast."

"Och manskapet?"

"Väck dem till frukost klockan sju. Jag lägger ut vid åtta."

"Och jag själv?"

"Fortsätt hoppas på att vi ses igen, på en fartygsbrygga eller någon annanstans. Livet är ju trots allt fullt av överraskningar, om man bara har ögonen med sig och tar en avstickare då och då. En sak bör du i alla fall veta, fast du redan vet det. Vi har seglat ihop i femton år. Vi har passat bra ihop och kompletterat varandra, du med fötterna på jorden och jag med huvudet någonstans uppe i skyn. Inte en enda gång har jag tänkt tanken att skaffa mig en annan förste."

"Tack."

Sundgrens röst var tjock.

"Och Sundgren, ta inte så förbannat allvarligt på saker och ting. Tillåt dig en omväg då och då, gå ur vägen bara för utsiktens skull. Du har bara ett liv, du lika väl som jag."

”Jag ska göra vad jag kan, kapten.”

”Marcel räcker fortfarande gott.”

Och därmed lämnade Marcel en nedslagen Sundgren på bryggan.

50

Det finns dagar på norra Atlanten, i kölvattnet på ett djupt lågtryck, som tycks vara sprängfyllda av liv. Det är dagar då den nordvästliga stormvinden har bedarrat till en frisk bris efter att ha blåst bort de regntunga och jämngrå lågtrycksmolnen som la lock på himlen. Det är dagar då kallfronten fyller himlen med luftiga och kritvita cumulusstackar, då den rena och klara luften har ett kyligt skär, då sikten är oändlig och kristallklar, då den skarpa solen får vattenmassorna att gnistra i tusentals nyanser av grönt och blått.

Det var en sådan dag som sjökaptenen Marcel stötte ut från sitt fartyg efter att ha tagit avsked av manskapet, Sundgren inklusive, för att ta paus från människorna. Längs relingen, midskepps, stod Edwards, O'Brian och Castro och tittade ner på den lilla caravellen vars segel fyllde så snart Marcel skotade hem. Sundgren hade valt bryggan som sin utkikspost för att få vara ensam med sina tankar och sina fåtaliga, men äkta, känslor. Framme i fören stod mme Le Grand och Jacob Nielsen och såg på. Båda hade vaknat tidigt, gått upp på däck, mötts av tystnad och snart förstått vad som stod på.

När jollen hade avlägsnat sig några hundra meter dök Rosa Moreno upp i aktern på fartyget. En blick på de andra och på jollen räckte för att även hon skulle förstå vad som höll på att hända. Inte långt därefter blev Peter Sympson synlig. Han ställde sig bredvid Rosa Moreno. Som den ende av passagerarna hade han fått veta i förväg att Marcel skulle lämna dem vind för våg att klara sig utan honom. Sundgren hade informerat honom, hälsat från Marcel enligt order och dessutom, för att få prata i stället för att tänka och känna efter, berättat att Rosa Moreno hade fallit över bord, att hon var med barn och att Marcel skulle mönstra av.

Marcel satte kurs mot inloppet till Baltimore Harbour. Sundgren, som hade sjökortet framför sig, gissade att Cape Clear skulle bli Marcels första anhalt. Tyvärr skulle han förlora Marcel ur sikte bakom Shirkin Islands sydvästspets innan han hann försäkra sig om att Marcel verkligen girade in i Gascanane Sound. Ännu så länge såg det ut som om Marcel var på väg rakt ut i Atlanten, som om han hade kurs rakt ut mot hela den förbannade oceanen. Plötsligt fick Sundgren en hemsk tanke: tänk om Marcel faktiskt tänkte segla rakt ut i havet, bära eller brista. Tänk om!

Innan jollen helt hade försvunnit vände sig Jacob Nielsen till mme Le Grand och sa:

”Om ni vill och inte tycker att jag är taktlös, Madame, så följer jag gärna med er till Tréguier en längre eller kortare tid. Jag skulle kunna hjälpa er med att datorisera ert register och se till så att ingen av era sjömän riskerar att försvinna i hanteringen. En av mina specialiteter var faktiskt säkerhetsback-up. Även om jag inser att ingen back-up duger för en sådan som Marcel.”

Mme Le Grand såg länge ut mot havet innan hon vände sig mot Jacob Nielsen.

”Monsieur Nielsen, om ni verkligen vill, så får ni gärna följa med mig tillbaka till Tréguier. På ett villkor.”

”Vad är det?”

”Att ni följer med mig på Tivoli och cyklar med mig ut till en klippö mitt ute i havet dagen därpå om ni stannar tills dess.”

Ungefär samtidigt vände sig Peter Sympson mot Rosa Moreno.

"Jag är ledsen", sa han.

Rosa Moreno fortsatte att stirra ut över det solskimrande havet där jollen alltmer framstod som en dallrande luftspegling. När hon inte längre var säker på att hon kunde urskilja Marcels silhuett i jollens akter vände hon på huvudet och tittade på Peter Sympson.

"Mr Sympson", sa hon. "Är ni verkligen säker på att det är till mig ni vill ge bort er sten?"

"Ja", svarade Peter Sympson.

Rosa Moreno vände återigen blicken ut mot havet, men nu var hon inte längre säker på att hon i glittret alls såg jollen och än mindre Marcel.

"Jag vet inte vad ni har tänkt er efter det här", fortsatte Peter Sympson långsamt, "men om ni vill så kunde ni få anställning i min affär. Med ert sinne för skönhet skulle det gå mycket bra, det är jag säker på."

"Jag är med barn", sa Rosa Moreno. "Det är Marcels barn."

"Jag vet."

Rosa Moreno såg återigen för sina ögon skenet som strömmade ut ur Peter Sympsons sten. Hon tänkte att hon fortfarande hade nästan allt att vinna och bara en dröm att förlora.

"Mr Sympson", sa hon med fast röst, "jag vill gärna arbeta i er affär. Men barnet behöver en far."

Peter Sympson nickade stumt. Han vände bort blicken och tittade ut över havet. Men det enda han såg av den gnistrande skönheten framför honom var ett skimmer som hos månstenen eller porslinsopalen, solen som lyste igenom ett stilla duggregn.

Under tiden blev jollen verkligen allt mindre och mindre. Snart kunde man inte urskilja annat än seglen som steg och sjönk i den väldiga dyningen som låg kvar efter föregående dags storm. Ibland, i några särskilt djupa vågdalar, försvann båten och dess kapten helt.

Och en stund senare hade jollen och Marcel oåterkalleligen försvunnit ur sikte. Marcel skulle hädanefter inte vara mer än ett minne, en hägring, en sagolik dröm som skulle leva vidare ett tag i manskapets och passagerarnas fantasi för att sedan alltmer blekna och förlora sig i havets glitter, i ädelstenarnas hårda reflexer, i stjärnornas glimt, i sjömännens flyktiga berättelser och i dataskärmarnas flimmer.

Inte ens Marcels historia, berättad och åter berättad, kanske till och med som minnesanteckningar på Mamas kort, eller annorstädes, skulle ge honom ett liv efter detta som säkert var värt att leva.

Inte ens det.